Wenn der Acker brennt

Dieses Buch ist ein Roman. Handlungen und Personen sind frei erfunden. Ähnlichkeiten mit lebenden oder toten Personen sind nicht gewollt und rein zufällig.

BRIGITTE MÄRKER

Wenn der Acker brennt

LANDKRIMI

emons:

Bibliografische Information der Deutschen Bibliothek
Die Deutsche Bibliothek verzeichnet diese Publikation in der Deutschen Nationalbibliografie; detaillierte bibliografische Daten sind im Internet über http://dnb.d-nb.de abrufbar.

FSC www.fsc.org
MIX
Papier aus verantwortungsvollen Quellen
FSC® C083411

Umschlagmotive: iStockphoto.com/tatarnikova, fotolia.com/moleskostudio, sxc.hu/Billy Alexander
Klappeninnenseiten: iStockhphoto.com/nicoolay
Umschlaggestaltung: Franziska Emons/Tobias Doetsch
Gestaltung Innenteil: César Satz & Grafik GmbH, Köln
Druck und Bindung: CPI – Clausen & Bosse, Leck
Printed in Germany 2013
ISBN 978-3-95451-166-2
Landkrimi
Originalausgabe

Und hier finden Sie den Klingelton zum Landkrimi:

http://www.emons-verlag.de/landkrimis

Für Patrick, mein schönstes Geschenk.
Für Wolfgang, der mich immer unterstützt.
Für Moni, meine Leserin der ersten Stunde.

1

Am Morgen war Föhn aufgekommen. Die Berge, die sich sonst hinter einem dunstigen Schleier verbargen, ragten mit ihren Gipfeln an den stahlblauen Himmel und schienen zum Greifen nah. Die Hitze der letzten Wochen hatte den Fluss abschwellen lassen. Die weißen Kiesbänke, die sich nun überall aus dem smaragdfarbenen Wasser der Isar erhoben, boten einen atemberaubenden Anblick.

Christine saß am Ufer, hatte die Beine angezogen und hielt sie mit ihren Armen umfasst. Der Wind spielte mit ihrem langen dunklen Haar, blies es ihr immer wieder ins Gesicht. Sie störte sich nicht daran, schien es kaum zu bemerken. Eine Forelle tanzte nicht weit von ihr entfernt durch das Wasser, von irgendwoher drang fröhliches Kinderlachen. Überall war Leben, aber Christine nahm es nicht wirklich wahr. Die Trauer, die sie in sich trug, ließ es nicht zu. Nach einer Weile stand sie auf. Sie musste eine Entscheidung treffen.

Das Haus lag auf einem sanft ansteigenden Hügel, nur durch die asphaltierte Straße vom Flussufer getrennt. Für Christine aber war es, als müsse sie die Grenze zwischen zwei Welten überschreiten. Sie betrachtete den weißen Verputz des Hauses, die hohen Tannen, deren Schatten über das Mauerwerk glitten. Ein Schmetterlingsstrauch stieß mit seinen Ästen gegen die Stufen der Treppe. Blütenblätter rieselten auf das helle Terrakotta der Steinfliesen, hinterließen kleine violette Punkte.

Christine schloss die Augen, um den Duft der vertrauten Umgebung einzuatmen, wollte ihn für immer in ihrem Gedächtnis bewahren. Ihre Hand zitterte, als sie das Messingschild von der Tür löste: »Betti und Robert Weingard«, stand dort in geschwungener zarter Schrift. Unschlüssig blickte sie sich um.

Neben der Tür hatte ein stämmiger Oleanderbaum seinen Platz. Sie bückte sich, vergrub das Schild in dem irdenen Kübel, wandte sich schnell ab und öffnete die Tür. Sie hatte die letzten vier Nächte in ihrem alten Zimmer geschlafen, das noch immer so aussah, wie sie es einmal verlassen hatte. Das gelbe Polsterbett, die weißen Regale und der zierliche Sekretär mit den sechs kleinen Schubfächern, den ihr Vater ihr zu ihrem zehnten Geburtstag geschenkt hatte. Alles war so vertraut, Zeugnisse einer behüteten Kindheit. Sonst hatte sie im Haus kaum etwas angerührt. Weder hatte sie sich auf die blaue Ledercouch im Wohnzimmer mit den bunten nebeneinander aufgereihten Kissen gesetzt noch die geordneten Bücher im Regal oder Bettis Puppensammlung in der Glasvitrine angefasst. Auf dem Esstisch lag das Etui mit dem Werkzeug ihres Vaters. Sie hatte es geliebt, ihm in der kleinen Werkstatt im Keller zuzusehen, wie er Kunstwerke aus Gold und Silber herstellte. Goldschmied war der schönste Beruf, den sie sich vorstellen konnte, bis sie ihren ersten Fotoapparat bekam. Sie war zehn Jahre alt, als sie ihre wirkliche Leidenschaft entdeckte. Sie wusste, dass ihr Vater sich gewünscht hatte, sie würde seine Arbeit fortsetzen, aber seine Enttäuschung darüber, dass sie ihm diesen Wunsch nicht erfüllte, ließ er sie nie spüren.

»Jeder hat seine eigenen Träume. Sie zu leben, das ist der einzig wahre Schlüssel zum Glück«, machte ihre Mutter ihr Mut.

Sie würde ihre Stimme nie wieder hören. Ihre Eltern waren seit einer Woche tot. Ein aufgeregter Anruf der Nachbarin, dass es einen Unfall gegeben habe, und auf einmal war Christine kein Kind mehr.

Sie betrachtete das Hochzeitsfoto, das in einem vergoldeten herzförmigen Rahmen an der Wand hing. Zum ersten Mal fiel ihr auf, wie sehr sie ihrer Mutter ähnelte. Sie hatte den gleichen hellen Teint und ebenso schwarzes Haar, nur ihre Augen waren nicht so dunkel wie die von Betti: Sie waren hellgrau mit einem bernsteinfarbenen Schimmer.

Die Gewissheit, die Eltern für immer verloren zu haben, war so quälend, dass Christine nicht einmal weinen konnte. Sie hatte sich in die Arbeit gestürzt, kümmerte sich um all die Dinge, die erledigt werden mussten. Die Beerdigung war zu organisieren, Bankkonten und Versicherungen aufzulösen. Ihre Gedanken waren immer einen Schritt voraus, beschäftigt mit dem, was als Nächstes getan werden musste. Sie stand vor der Entscheidung, was sie aus dem Leben der Eltern aufbewahren wollte und was mit dem Haus geschehen sollte.

Sie ging ins Schlafzimmer und setzte sich auf das Bett aus dunkel gemasertem Kiefernholz. Auf der Frisierkommode neben dem Fenster lag ein Fotoband: »Sommer in der Provence«. Ihr drittes Buch. Es war erst vor ein paar Tagen auf Deutsch erschienen.

»Der Betrachter deiner Bilder spürt, dass du die Landschaft fühlst«, hatte Lucien Maron, ihr Verleger, gesagt.

Seine Anerkennung bedeutete, dass sie es geschafft hatte, zu den etablierten Fotografen im Verlagswesen zu gehören. Sieben Jahre zuvor hatte Lucien zufällig eine Ausstellung in München besucht, ihre Bilder entdeckt und ihr angeboten, für seinen Verlag in Frankreich zu arbeiten. Sie war Mitte zwanzig gewesen und bereit, die Welt zu entdecken. Ein paar Tage nach ihrem ersten Treffen mit Lucien war sie nach Paris gezogen und hatte es nie bereut.

Inzwischen war sie viel gereist, hatte die schönsten Landschaften auf unzähligen Fotos festgehalten, aber wirklich zu Hause fühlte sie sich nur in diesem Haus am Ufer der Isar. Sie blickte aus dem Fenster, schaute flussabwärts, wo sich das Häusermeer der Stadt an den Fluss drängte. Ihr Blick wanderte hinüber zu den Bergen, und plötzlich erinnerte sie sich an den Duft des frisch gemähten Grases auf den Almen. Der Geruch erschien ihr so gegenwärtig, als sei sie erst vor Kurzem dort oben gewesen. Eine merkwürdige Erinnerung, da sie doch in den letzten Jahren kaum Zeit in den Alpen verbracht hatte. Ihre Mutter hatte sich nie für die Berge begeistert, und wenn sie zu Besuch nach Hause gekommen war, war ihr das Zusammensein mit den Eltern wichtiger als eine Wandertour gewesen.

»Wenn dein Vater nicht so sehr an seiner Werkstatt hängen würde, wären wir schon längst fortgezogen, irgendwo ans Meer«, hatte Betti geantwortet, sobald Christine in ihrer Kindheit den Wunsch äußerte, einen Ausflug ins Gebirge zu machen.

Hin und wieder ein Wochenende auf einem Bauernhof, zu mehr konnte sich Betti nie durchringen. In den Ferien ging es immer ans Meer: Nordsee, Mittelmeer, Atlantik. Robert schien

Bettis Vorliebe für die See zu teilen. Christine beschloss, das Beste daraus zu machen, und wurde zu einer ausgezeichneten Schwimmerin. Sie lächelte, als sie die Fotografie von sich betrachtete, die auf der Kommode stand. Ein glückliches dreizehnjähriges Mädchen inmitten seiner Medaillen und Pokale, das es für sich und seinen Schwimmverein gewonnen hatte.

»Mama, Papa«, flüsterte Christine, strich über das Kopfkissen ihrer Mutter, fuhr mit der Hand auf die andere Seite des Bettes. Sie legte die beiden Kissen übereinander und vergrub ihren Kopf in dem kühlen Baumwollstoff. Endlich konnte sie weinen.

Sie wusste, dass es ein unsinniger Gedanke war, aber sie fühlte sich von ihren Eltern verlassen. Es tat so weh, nie wieder Kind oder Tochter sein zu dürfen, nie wieder bedingungslos geliebt zu werden. Mehr denn je bedauerte sie, keine Geschwister zu haben. Niemand war da, der mit ihr trauerte. Ihre Mutter war als Kriegswaise aufgewachsen, und die beiden Schwestern ihres Vaters, ihre einzigen Verwandten, waren nicht einmal zur Beerdigung gekommen. Sie hatten den Kontakt zu Robert abgebrochen, als er Betti heiratete. Christine hatte den Grund nie erfahren.

Irgendwann trocknete sie ihre Tränen, öffnete den Kleiderschrank und zog einen Stapel Bettwäsche heraus. Vielleicht sollte sie die beiden Kissenbezüge mit den roten Rosen behalten? Das verblasste Muster erinnerte sie an die Zeit, als sie noch klein war, abends zu den Eltern ins Bett kroch und Paps ihr Geschichten erzählte, damit sie keine Angst mehr vor der Dunkelheit hatte. Beinahe ehrfürchtig betastete sie das feine Leinen, als sie auf eine mit Gold beschlagene Birkenholzschatulle aufmerksam wurde. Sie stand ganz hinten im obersten Fach des Schrankes. Behutsam nahm Christine sie heraus und setzte sich mit ihr auf den mit grünem Samt bezogenen Stuhl vor der Frisierkommode. Die Schatulle war nicht verschlossen. Auf dem schwarzen Satin, mit dem das Innere ausgekleidet war, lag ein in blauen Stoff gebundenes Buch. Auf der Vorderseite standen die goldfarbenen Initialen A. L.

Christine beugte sich nach vorn, um das Fenster zu öffnen. Die Nachmittagssonne tauchte den Garten in warmes Licht, und im Nu war das Zimmer vom schweren Duft der Rosen erfüllt, die dort blühten und die ihre Mutter so sehr geliebt hatte. Einen Augenblick lang war es Christine, als spürte sie Bettis Berührung, leise und unaufdringlich, so wie sie sich ihr immer genähert hatte. Sie legte die Beine auf die Kommode, steckte sich eine Zigarette an und klappte das blaue Buch auf.

Auf der ersten Seite stand in einer zierliche Mädchenschrift: »Mein neues Leben«. Die Eintragungen begannen im Mai 1982, ein Jahr und einen Monat nach Christines Geburt:

»Ab heute bestimme ich, was ich tue. Ich habe meine alten Tagebücher verbrannt. Es war ein befreiendes Gefühl. Ich werde J. sagen, dass er sich keine Gedanken mehr machen muss, ob ich möglicherweise zu anhänglich werde. Er wird mich bald los sein. Mama hat eine Schule für mich gefunden. Ich habe mir vorgenommen, sie mit einem guten Abschluss zu verlassen, und dann werde ich Journalistin.«

Christine fragte sich, warum ihre Mutter das Buch wohl versteckt haben mochte? Sie schlug die letzte Seite auf, um zu sehen, welchen Zeitraum die Aufzeichnungen umspannten. Die letzte Eintragung stammte vom 20. August 1982. Die Seiten danach fehlten. Jemand hatte sie herausgerissen.

»War mit J. in D.s Feld. Ich wollte es nicht mehr tun, aber ich kann nicht anders. Warum fasziniert er mich nur so? Ich weiß doch, dass er nicht gut für mich ist.«

Wer war A. L.? Und wer war dieser J., von dem sie nicht loskam? Christine blätterte durch die Seiten, fand aber keinen Hinweis. Zudem war kein einziger Name in dem Tagebuch ausgeschrieben und sie konnte auch nicht herausfinden, wo die Verfasserin des Tagebuchs gelebt hatte. So wie sie ihren Alltag schilderte, schätzte Christine sie auf fünfzehn oder sechzehn Jahre. Die kleinen Auseinandersetzungen mit Freundinnen, die Lästereien über zu strenge Lehrer, die endlosen Listen über das, was sie gegessen hatte und was sie davon in Zukunft nicht mehr anrühren durfte, um nicht als Zirkuselefant zu enden. Bis auf den letzten Eintrag deutete nichts darauf hin, dass dieses Mädchen ein besonderes Problem gehabt hatte, und doch gab es offensichtlich etwas, das es sehr wütend gemacht hatte.

Christine fragte sich, was wohl auf den letzten Seiten des Tagebuchs gestanden und wer diese Seiten herausgerissen hatte? Das Mädchen selbst, weil die Aufzeichnungen ihm peinlich waren und niemand sie lesen sollte? Christine dachte an ihre eigenen Tagebücher, die sie irgendwann im Kaminfeuer bestattet hatte. Oder war es dieser J., dem nicht gefiel, was dort stand? Oder Betti? Aber warum hätte ihre Mutter das tun sollen?

Mittlerweile war es beinahe dunkel, und sie konnte die Buchstaben kaum noch entziffern. Sie schaltete die Tischlampe mit dem bunten Glasschirm ein und schubste dabei die Schatulle versehentlich auf den Boden. Erst jetzt bemerkte sie die eingelassene Schublade.

»Welches Geheimnis hast du vor mir verborgen, Mama?«, flüsterte Christine und nahm das Foto heraus, das darin versteckt war.

Sie schüttelte die Schatulle, um herausfinden, ob sich noch etwas darin verbarg, und plötzlich rutschte eine feine goldene Halskette mit einem Anhänger heraus, ein Edelweiß in einen blauen Stein eingefasst. Nachdem sie die Kette eine Weile andächtig betrachtet hatte, schaute sie auf das Tagebuch und das Foto.

Das Bild zeigte einen Friedhof, dicht an einem Wald gelegen. Die Gräber waren mit mächtigen Holzkreuzen geschmückt. Auf dem Kreuz im Vordergrund konnte sie die Inschrift deutlich erkennen: »AMATA LACHNER, 21. Januar 1967–23. August 1982. Vergib uns!«

Das Grab war gepflegt und mit dunkelroten Rosenblättern übersät. Lachner war der Mädchenname ihrer Mutter gewesen. Amata Lachner! War sie etwa mit der Toten verwandt, oder war es nur eine zufällige Namensgleichheit? Aber hätte ihre Mutter das Tagebuch und die Schatulle allein wegen des Namens aufgehoben? Ohne Bezug zu diesem Mädchen?

Je länger Christine das Foto betrachtete, umso mehr fühlte sie sich zu Amata hingezogen. Wo war dieser Friedhof? An der Straße, die sie im Hintergrund erkennen konnte, stand ein Ortsschild, dessen Aufschrift aber mit bloßem Auge nicht zu entziffern war. Eine Lupe würde helfen. Die Lesebrille ihres Vaters! Christine kramte sie aus dem Nachttisch hervor und hielt sie über das Bild. Der Ortsname wurde deutlicher: Sinach.

Sie holte den Laptop aus ihrem Zimmer und hatte wenig später herausgefunden, dass Sinach ein vom Tourismus gerade entdeckter Ort in den bayerischen Alpen war. Wieder nahm sie das Tagebuch in die Hand und begutachtete den blauen Stoff, der sich an der Vorderseite ein wenig gelöst hatte. Als sie genauer hinsah, entdeckte sie einen Schriftzug auf dem weißen Pappeinband darunter. Vorsichtig hob sie den Stoff an.

»Amatas Tagebuch«, stand dort mit schwarzem Filzstift geschrieben.

Christine presste es an ihre Brust, schloss die Augen und horchte in sich hinein. Sie würde Amata nicht einfach wieder vergessen können. Ihre Worte hatten sie berührt, eine Verbindung zwischen ihnen hergestellt. Sie legte das Tagebuch beiseite und durchforstete das Internet nach Amata Lachner, konnte aber nichts Verwertbares finden.

»Das war nur ein erster Versuch. So schnell gebe ich nicht auf, Amata«, sagte sie leise und strich über den Einband des Tagebuchs. Morgen war der 23. August, Amatas dreißigster Todestag, morgen würde sie ihr Grab besuchen.

2

Rick Linden blickte auf die Fotografie, die er in der Hand hielt. Ein junges Mädchen in einem weißen Minikleid stand vor einem Banner mit der Aufschrift »Schreibwettbewerb 1982«. Das Mädchen nahm eine Urkunde entgegen.

Rick schreckte hoch, als es an der Tür seines Hotelzimmers klopfte. Er warf das Bild in die Schreibtischschublade und schob sie zu, bevor er sich der Tür zuwandte. »Ja, bitte!«, rief er und verschränkte die Hände im Nacken.

»1982 hat dich wieder eingeholt, richtig?«, stellte Johann Morgen fest, der hereinkam.

Rick schwieg. Warum auf etwas antworten, was der andere längst wusste? Johann und er waren seit zwanzig Jahren befreundet. Sie hatten sich während ihres Astronomiestudiums in Freiburg kennengelernt. Vor fünfzehn Jahren hatten sie A.L.M. gegründet und waren innerhalb von wenigen Monaten zu einer der bekanntesten Alpenrockbands aufgestiegen. Sie hatten so viel Zeit miteinander verbracht, dass es für sie unmöglich war, etwas vor dem anderen geheim zu halten.

»Du wirst wieder hinfahren, nehme ich an?« Johann sank in den grauen Ledersessel in der Sitzecke, ließ die Beine über der Seitenlehne baumeln und warf sein langes Haar zurück.

»Zum letzten Mal.«

»Es ist jedes Jahr das letzte Mal, so geht das schon, seitdem ich dich kenne.«

»Nicht«, bat Rick und schaute zu Boden. Er wollte nicht, dass der Freund ihn ansah.

Johanns hellblaue Augen schienen dunkler zu werden, so wie immer, wenn er die Stimmung seines Gegenübers einschätzen wollte.

»Was soll ich nicht?«, gab sich Johann unwissend.

»Lass diesen weisen Blick.«

»Den kann ich leider nicht abstellen. Ich habe ihn von meinem Großvater geerbt.«

»Jaja, der weise Mann aus den Bergen, der mit den Berggeistern sprach und Lawinen hörte, bevor sie sich lösten.«

»Er hat sie nicht gehört, sondern gespürt. Wer die Natur mit allen Sinnen wahrnimmt, der wird von ihr auch nicht überrascht. Sein Wahlspruch, an den ich mich noch heute halte. Wir beide haben doch bisher jede Wanderung heil überstanden, oder etwa nicht?«

»Ich schätze deine Qualitäten als Bergführer und als Gitarrist.« Johann stammte aus einem Dorf in der Nähe der Schweizer Grenze und hatte in seiner Kindheit viel Zeit mit seinem Großvater in den Alpen verbracht. Inzwischen kannte auch Rick all die Geschichten, die der alte Mann seinem Enkel stets aufs Neue erzählt hatte.

»Meine Fähigkeiten als Manager überzeugen dich nicht?«, hakte Johann schmunzelnd nach, als Rick aufstand und die Balkontür öffnete.

»Du weißt genau, dass wir mehr als dankbar sind, dass du diesen Job machst.« Sie waren mit zwei Managern nacheinander reingefallen, bevor Johann sich bereit erklärt hatte, die Aufgabe zu übernehmen. Er besaß ein angeborenes Organisationstalent, das er jetzt für sie alle gewinnbringend einsetzte.

Rick fuhr mit der Hand durch sein dunkelblondes Haar, massierte seinen Nacken und sah auf die Gipfel des Wettersteingebirges. Vielleicht sollte er sich für eine Weile in die Berge zurückziehen. Irgendwohin, wo niemand sich dafür interessierte, was er tat oder dachte. Seit Wochen schon fühlte er sich müde und ausgelaugt. Er spürte, dass er allmählich die Lust an ihren Tourneen verlor. Früher hatte er es genossen, zwischen Hotelzimmern und ausverkauften Stadien zu pendeln, sich die Mädchen aussuchen zu können, mit denen er die Nächte verbrachte. Es war ein ewiger Rausch gewesen, der ihn von der Wirklichkeit fernhielt, aber dieser Rausch war nun vorbei. Er konnte sich nicht länger vor sich selbst verstecken. »Ja?«, rief er, als es erneut klopfte.

»Geht ihr mit zum Essen?«, fragte der junge Mann, der ins Zimmer schaute.

»Johann kommt sicher gern mit.« Rick hielt dem prüfenden Blick stand, den ihm Adam, der Schlagzeuger von A.L.M., über seine Nickelbrille hinweg zuwarf.

»Ich kann schon selbst entscheiden, wohin ich gehe«, meldete sich Johann zu Wort und schnippte einen Fussel von seiner Jeans.

»Dicke Luft?« Stefan, der Bassgitarrist, ein schmächtiger junger Mann, lugte besorgt hinter Adam hervor.

»Nein, alles gut«, versicherte ihm Rick.

»Geht schon mal vor, Jungs, ich komme gleich nach.« Johann wollte noch einen Augenblick mit Rick allein sein.

»Okay, wir sind schon fort.« Adam hatte verstanden. Er drängte Stefan zurück und schloss die Tür.

»Sie sind verunsichert, Rick«, sagte Johann.

»Warum?«

»Das weißt du genau. Du machst schließlich keinen Hehl daraus, dass du genug von uns hast.«

»Es geht nicht um euch, sondern um das Leben, das ich führe. Davon habe ich genug.«

»Wenn es so ist, dann solltest du es ändern. Deinen Dämonen wirst du allerdings nicht entkommen, auch wenn du dein ganzes Leben umkrempelst. Du kannst sie nur besiegen, wenn du dich ihnen stellst.« Johann griff nach der Gitarre, die an der Wand lehnte, und entlockte ihr eine leise Melodie.

»Es ist schon so lange her. Warum kann ich nicht einfach alles vergessen? Warum kann ich es nicht wie einen alten Text aus meinem Gedächtnis ausradieren?« Rick ließ sich auf das breite französische Bett fallen und starrte das weiße Nichts der Decke an, in der Hoffnung, das Gedankenkarussell dadurch anhalten zu können.

»Vergessen wäre das Beste, sicher, aber ich befürchte, es wird nicht funktionieren. Du hast dich niemals wirklich den Tatsachen gestellt. Sage mir nur eins: Kann ich den Jungs versichern, dass du diese Tournee mit uns beendest?«

»Ich lasse euch nicht im Stich.«

»Gut. Dann bis später.« Johann stellte die Gitarre beiseite, schwang sich aus dem Sessel und verließ das Zimmer.

Rick blieb auf dem Bett liegen. Seine Gedanken kreisten weiter, ließen sich nicht anhalten. Die Schrecken der Vergangenheit lauerten darauf, ihn wieder in ihren Besitz zu nehmen. Er schaute auf das Telefon, das neben ihm auf dem Bett lag. Sollte er Georg

Denninger anrufen oder ihn im Ungewissen darüber lassen, ob er auch in diesem Jahr kommen würde? Er hatte ihm vor der Tournee geschrieben, in welchem Hotel er absteigen würde. Aber der alte Mann hatte sich bisher nicht bei ihm gemeldet. Er nahm wie immer Rücksicht, wollte sich nicht aufdrängen, obwohl er seit Jahren nur darauf wartete, dass er endlich mit ihm über das Unglück sprach, das damals in Sinach passiert war und sie alle aus der Bahn geworfen hatte. Aber Rick wollte nicht reden, und er war Denninger dankbar, dass er ihn nie mit Fragen gequält hatte.

Er blinzelte gegen die Sonne, die zum Fenster hereinfiel und ihn blendete. Das grelle Licht erinnerte ihn an die Sommernachmittage seiner Kindheit. Im Juli und August, wenn die Mittagshitze auf dem Hof unerträglich wurde, hatten sie die dunklen Holzfensterläden geschlossen und die Zeit bis zum Abend im kühlen Haus verbracht.

Wenn die Großeltern zu Besuch waren, verschwanden seine Eltern manchmal für eine Weile im Schlafzimmer. Er hatte keine Ahnung, was diese merkwürdig verhaltenen Laute zu bedeuten hatten, die bald darauf aus dem Raum drangen. Wenn er seine Großmutter dann verunsichert ansah, nahm sie ihn liebevoll in ihre Arme und murmelte: »Jetzt ist es so, wie es sein soll, Bub. Aber nur der Herr weiß, ob es so bleibt.«

Er hatte sie nie gefragt, was sie damit meinte. Er spürte, dass sie ihm keine Antwort darauf geben würde. Die Welt schien für ihn in Ordnung zu sein, alles war gut so, wie es war. Erst als er acht Jahre alt war, brach diese Ordnung zusammen. Nichts war mehr gut und würde auch nie wieder gut werden, nicht nach diesem Unglück, das sein junges Leben von nun an so traurig machte. Nach den schrecklichen Ereignissen in Sinach gab sein Vater den Lindenhof auf und akzeptierte das Angebot eines Freundes, ein Weingut in der Toskana zu übernehmen. Mit den Großeltern gingen sie nach Italien und bemühten sich jeden Tag darum, die Vergangenheit zu vergessen. Auch Rick sollte nicht mehr an den Sommer 1982 erinnert werden, aber er konnte nicht vergessen. Es war seine Schuld, dass Amata nicht mehr lebte.

3

Als er am nächsten Morgen aufwachte, war es kurz vor acht. Kathrin lag neben ihm. Ihr Atem ging ruhig und gleichmäßig. Er war froh, dass sie noch schlief. Das würde ihm lästige Fragen ersparen. Vorsichtig schlug er die Decke zurück, stand leise auf, duschte und zog sich an. Bevor er sich auf den Weg machte, ging er noch einmal ins Schlafzimmer, um seine Uhr zu holen.

Die Bettdecke war auf den Boden gerutscht. Er betrachtete Kathrins nackten Körper. Die vollen runden Brüste, die schmalen Hüften, die samtig zarte Pfirsichhaut. Ihr langes blondes Haar breitete sich auf dem blauen Kopfkissen aus und verlieh ihr ein zerbrechliches Aussehen. Er dachte an den Tag, als er ihr zum ersten Mal begegnet war, wie er den Blick nicht von ihrer elfenhaften Gestalt hatte abwenden können und sie ihn mit ihren grünen Augen verzaubert hatte. Gespannt hatte er darauf gewartet, ihre Stimme zu hören. Er fing nie etwas mit einer Frau an, deren Stimme ihm nicht gefiel. Für ihn war die Stimme das Tor zur Seele, der Körper nur die Verpackung. Eine schöne Stimme konnte ihn einen körperlichen Makel vergessen lassen, umgekehrt funktionierte es nie.

Er hob die Decke auf und legte sie behutsam über Kathrin. Sie war am Nachmittag zuvor aus Los Angeles gekommen und hatte ihn mit der Nachricht überrascht, dass sie für die weibliche Hauptrolle in einem Hollywoodfilm engagiert worden war, ihre erste große Rolle überhaupt. Sie hatte es ihm unbedingt persönlich sagen wollen. Während er sie beglückwünschte, fühlte er sich mies. Sie durfte nie erfahren, dass er den Produzenten überredet hatte, ihr diese Chance zu geben. Es sollte sein Abschiedsgeschenk für sie sein. Kathrin wollte Karriere machen, er seine beenden. Sie sehnte sich nach Ruhm und Bewunderung, er hatte genug davon. Zwischen ihnen gab es keine Basis für eine gemeinsame Zukunft. Er wollte Kathrin nicht länger etwas vormachen. Sobald er von seinem Ausflug zurückkam, würde er mit ihr reden. Leise nahm er die schwarze Lederjacke und den Motorradhelm aus dem Schrank. Seine Harley stand in der Hotelgarage. Er hatte das Motorrad mitgenommen, so wie immer, wenn sie im Sommer auf Tournee gingen. Die Ausflüge mit der Harley waren seine Art, sich zwischen den Konzerten zu entspannen.

4

Christine hatte das Verdeck ihres weißen Golf-Cabrio heruntergelassen und fuhr in gemächlichem Tempo die geschwungene Landstraße entlang. Die Dörfer mit ihren blitzsauberen Häusern, die alten liebevoll restaurierten Gehöfte inmitten der Wiesen und Weiden, der hoch aufgeschossene Weizen, die blühenden Sonnenblumenfelder, alles schien so friedlich. Ihre Gedanken wanderten zu dem fremden Mädchen, das so jung hatte sterben müssen. Was würde sie über Amata Lachner herausfinden?

Als sie einen Bach entdeckte, der nicht weit von der Straße entfernt mitten durch eine Wiese plätscherte, bog sie in den nächsten Feldweg ein und stellte den Wagen ab. Sie schlüpfte aus ihren Schuhen, rollte die Beine der hellen Jeans bis zu den Knien hoch und lief barfuß über die Wiese. Das Gras kitzelte an ihren Fußsohlen, aber der Boden war himmlisch weich. Freiheit! Sie stieg mit beiden Füßen in den Bach und erschauerte kurz. Er war nicht sehr tief, das Wasser stand nur eine Handbreit über ihren Fesseln, aber es war kristallklar und herrlich kühl. Genau die richtige Temperatur, um sie von ihren Gedanken abzulenken. Sie schaute zu, wie sich das Wasser an großen und kleinen Findlingen brach, und sprang erschrocken ans Ufer, als ein Frosch aus dem Wasser schoss und dicht an ihren Füßen vorbei auf einen Stein hopste.

»Angeber«, sagte sie leise, als der kleine Kerl seinen Kropf aufblähte und laut quakte. Sie ließ ihn allein, als sich ein zweiter Frosch zu ihm gesellte, lief noch ein paar Minuten am Bach entlang und staunte über den gewaltigen Wasserfall, der in der Ferne einen Steilhang hinunterrauschte, bis die Gedanken an Amata sie erneut gefangen nahmen.

Als sie wieder in ihren Wagen stieg, streifte ihr Blick den Rücksitz. Dort lagen die schwarze Umhängetasche mit ihrem Fotoapparat und ein Strauß weißer Rosen. Zuerst würde sie Amatas Grab besuchen, danach wollte sie sich im Dorf umsehen. Bevor sie losfuhr, schaltete sie das Radio an. Ein Verkehrsstau war zwar auf dieser Strecke nicht zu erwarten, aber in den letzten Tagen hatte es wegen der anhaltenden Trockenheit schon einige Waldbrände gegeben, und sie hatte keine Lust, in eine Absperrung zu geraten.

»Wer noch auf Karten für das Konzert von A.L.M. heute Abend an der Sprungschanze in Garmisch hofft, den muss ich enttäuschen. Die Vorstellung ist ausverkauft. Zum Trost für alle, die draußen bleiben müssen, spielen wir jetzt eine halbe Stunde lang die größten Hits der Band«, verkündete eine quirlige Jungmädchenstimme im Radio.

Ich wusste gar nicht, dass sie wieder auf Tournee sind, dachte Christine und drehte das Radio lauter, als die ersten Töne einer Rockballade erklangen. Sie mochte den bombastischen Alpenrock, der die Gruppe A.L.M. schon vor langer Zeit bekannt gemacht hatte. Das eher leise Stück, das gerade lief, erzählte von einem Jungen, der sich schuldig am Tod seiner Familie fühlt, weil er im Haus gezündelt hat. Es berührte sie immer wieder aufs Neue.

Ich könnte Lucien vorschlagen, das Konzert zu besuchen, um einige Fotos für sein Musikmagazin zu machen, dachte sie und zuckte gleich darauf zusammen, als nach einer Kurve ein Hinweisschild auftauchte. Bis nach Sinach waren es nur noch fünf Kilometer.

Die Berge schienen mehr und mehr zusammenzurücken, verdrängten die Wiesen und Felder. Die Straße führte nun stetig bergauf und wurde schmaler, bis kaum noch Licht durch die dichten Tannen fiel. Endlich, als Christine schon das Gaspedal durchtreten wollte, um der Dunkelheit schneller zu entkommen, öffnete sich der Wald und machte einem Hochtal mit samtgrünen Hängen Platz. In der Mitte des Tals, umrahmt von schroffen Gipfeln, lag Sinach.

Wie hell die Sonne hier wieder strahlte und die Wiesen und Almen in gleißendes Licht tauchte. Die Häuser mit ihren weißen Fassaden, roten Schindeldächern und üppig bepflanzten Balkonkästen, leuchtende Farbtupfer auf endlosem Grün. Stolz reckte der Zwiebelturm der Kirche sein vergoldetes Kreuz an den tiefblauen Himmel.

»Welch ein Empfang«, flüsterte Christine, als die Kirchenglocken zu läuten begannen, im selben Moment ein Sonnenstrahl das Kreuz traf und es so aussah, als versprühte es Funken. Obwohl sie sich nicht erinnern konnte, jemals in diesem Tal gewesen zu sein, kam es ihr vertraut vor. Das bilde ich mir nur ein, diese Täler sehen vermutlich alle irgendwie gleich aus, sagte sie sich und gab sich mit dieser Erklärung zufrieden.

Der Friedhof von Sinach lag am Ortseingang. Die Äste der dunklen Tannen und Fichten verdeckten die Gräberreihen, nur die weiße Spitze einer Kapelle ragte zwischen den Bäumen hervor. Christine parkte vor der Friedhofsmauer. Ein Rasensprenger besprühte die Wiese, die an den Parkplatz grenzte, und trug den Geruch von feuchter Erde bis zur Straße. Christine nahm das Foto aus ihrer Tasche und betrachtete es. Kein Zweifel, das war der richtige Friedhof. Der Gedanke daran, was sie vorfinden würde, ließ ihr Herz schneller schlagen. Sie schob das schmiedeeiserne Tor auf, ging ein paar Schritte, blieb stehen und benutzte das Objektiv ihrer Kamera als Fernglas. Langsam schwenkte sie es über die Reihen der Gräber mit den dunklen Holzkreuzen, alle mit Spitzdach und einer geschnitzten Jesus-Figur. Da war das Grab! In der letzten Reihe, dort, vor der Mauer, hinter der ein dunkler Kiefernwald begann.

»AMATA LACHNER, 21. Januar 1967–23. August 1982. Vergib uns!«

Immerhin kümmert sich jemand um das Grab, stellte Christine fest, als sie sich dem kleinen Stück Erde näherte, auf dem weiße und rosafarbene Blumen blühten. »Wer warst du, Amata?«, flüsterte sie und legte den Strauß weißer Rosen vor das Kreuz mit der Inschrift. Sie blieb noch einen Augenblick stehen, dann trat sie von dem Grab zurück und fotografierte es aus verschiedenen Perspektiven.

Nur wenige Meter entfernt hinter einer Hecke erkannte sie das Ortsschild, das sie hergeführt hatte. Genau aus dieser Position musste das Foto gemacht worden sein, das sie in der Birkenholzschatulle ihrer Mutter gefunden hatte. Als Christine die Kamera wieder absetzte, ließ sie ihren Blick erneut über den Friedhof schweifen. Vielleicht konnte sie jemandem aus dem Dorf nach

Amata fragen. Aber da war niemand. Erst als sie sich zum Gehen umwandte, sah sie einen Mann im dunklen Trachtenanzug, der in Gedanken versunken an den Gräberreihen entlanglief. Obwohl er die siebzig sicher schon überschritten hatte, bewegte er sich überraschend schnell.

»Grüß Gott, darf ich Sie etwas fragen?«, sprach Christine ihn an, als er in Hörweite war.

»Um was geht es?« Er streifte sie mit einem fahrigen Blick und schaute dann an ihr vorbei, schien sich nicht wirklich für sie zu interessieren.

»Ich würde gern mehr über ein Mädchen wissen, das hier begraben liegt.«

»Welches Mädchen?«

»Amata Lachner.« Merkwürdig für einen alten Mann, dachte sie, als sie das winzige goldene Kreuz in seinem linken Ohrläppchen bemerkte. »Ist Ihnen nicht gut?«, fragte sie besorgt, als er aufschaute und sie erschrocken musterte.

»Nehmen Sie Ihre Kamera und verschwinden Sie. Die Ruhe der Toten ist heilig«, fuhr er sie grimmig an.

»Ich will niemanden stören. Ich habe nur höflich um eine Auskunft gebeten.«

»Es gibt aber nichts zu sagen. Gehen Sie.« Unsanft schob der Mann sie zur Seite und eilte an ihr vorbei.

Von diesem unfreundlichen Zeitgenossen würde sie ganz sicher nichts über Amata erfahren. Sie musste ihr Glück im Dorf versuchen. Irgendjemand würde ihr schon etwas über das Mädchen erzählen können. Bevor sie wieder zum Ausgang ging, drehte sie sich noch einmal um. Der Mann lehnte an der Tür der Friedhofskapelle und starrte ihr nach. Vielleicht sollte sie nicht so voreilig über ihn urteilen. Sie hatte doch keine Ahnung, wie tief die Trauer war, die ihn an diesen Ort trieb. Vermutlich hatte er sich nur deshalb nicht im Griff, weil er gerade jemanden verloren hatte. Sie hatte doch in den letzten Tagen selbst erlebt, wie sehr ein Mensch mit sich selbst beschäftigt ist, wenn er trauert, wie sehr seine Wahrnehmung der Außenwelt gestört sein kann.

»Der Herrgott stehe uns bei«, murmelte Georg Denninger und setzte seine Brille ab, nachdem Christine den Friedhof verlassen hatte. Zunächst hatte er geglaubt, eine Journalistin vor sich zu haben, die einen Tipp bekommen hatte und Rick auflauern wollte. Aber diese Vermutung war falsch gewesen. Er hatte es sofort gewusst, als er ihre Augen sah. Sie war die Verbindung zur Vergangenheit, auf die er so lange gewartet hatte. Mit einem gebügelten weißen Taschentuch polierte er die runden Gläser seiner Brille, betrachtete die feinen Kratzer, die sich im Laufe der Jahre in das Glas eingekerbt hatten, und setzte die Brille wieder auf. »So hat es kommen müssen, keine Schuld bleibt auf ewig ungesühnt«, murmelte er vor sich hin.

5

Christine ließ ihren Wagen vor dem Friedhof stehen und ging zu Fuß ins Dorf, es waren nur ein paar hundert Meter. Die Straßen waren auffallend sauber, keine Papierschnipsel, keine Zigarettenkippen lagen herum. Sie betrachtete die Häuser mit den gedrechselten Balkongeländern und atmete den Duft der Rosen ein, die in den Vorgärten blühten. Es war der Duft, den sie aus dem Garten ihrer Mutter kannte. Auf den ersten Blick war Sinach eine perfekte kleine, in sich geschlossene Welt, aber offensichtlich waren seine Bewohner zurzeit ausgeflogen. Abgesehen von dem alten Mann auf dem Friedhof war ihr noch niemand begegnet. Das leise Klippklapp ihrer Sandaletten war das einzige Geräusch, das von dem Kopfsteinpflaster widerhallte.

Als kurz darauf der Motor einer Harley Davidson die Stille durchbrach, blieb sie stehen. Seitdem sie vor ein paar Jahren für den Maron Verlag Fotos von einem Bikertreffen in der Provence gemacht hatte, erkannte sie eine Harley allein an ihrem Klang. Sie nahm die Kamera aus der Fototasche und wartete darauf, dass die schwere Maschine gleich an ihr vorbeibrauste, aber nichts geschah. Zuerst schien sie auf der Stelle zu verharren, dann wurde der Motor leiser und verstummte schließlich ganz. Christine schaute die Straße hinunter, doch sie war inzwischen einen Bogen gelaufen und konnte den Ortseingang nicht mehr einsehen. Egal, dann musste sie eben auf den Anblick der Harley verzichten. Sie packte die Kamera wieder ein und folgte einem weißen Schild in Richtung Rathaus.

Sie fragte sich, ob der Bach, den sie gleich darauf überquerte, derselbe war, den sie auf der anderen Seite der Berge gesehen hatte. Gemächlich floss das silbrige Wasser unter dem Holzsteg hindurch und schlängelte sich durch sein weites Kiesbett.

Auf der anderen Seite des Bachs sprudelte ein alter steinerner Brunnen. Sie setzte sich auf seinen Rand, stellte ihre Tasche ab und berührte den glatten kühlen Findling, in den der gusseiserne Hahn eingelassen war. Wasser und Stein, ein Trugbild des Lebens.

»Lass dich nicht von seiner Leichtigkeit täuschen, mein starker Freund, das Wasser ist dein Feind, irgendwann wird es dich zu Staub gewaschen haben.« Christine klopfte mit der flachen Hand auf den Findling, als wollte sie ihn trösten, während ihr Blick weiter die Straße hinauf zum Rathaus wanderte, einem imposanten Bau mit szenischen Lüftlmalereien und hellblauen Fensterläden. Aber auch dort war keine Menschenseele auszumachen. Vom Brunnen aus konnte sie noch andere Straßen einsehen, und überall bot sich ihr das gleiche Bild. Kein Laden war geöffnet, die Tische und Stühle vor den Cafés und Restaurants waren verwaist.

Vielleicht sind sie alle geflüchtet, weil ein Zug entgleist ist und giftige Gase die Luft verpesten, schoss es ihr durch den Kopf. Nein, wenn überhaupt, dann war wohl eher ein Lkw verunglückt. Eine Bahnlinie war gar nicht in der Nähe. Aber sie hatte keinen Rauch gesehen, und es roch auch nicht nach ätzenden Substanzen. Andererseits waren die schlimmsten Gifte nicht die, die man weder sehen noch riechen konnte? »Euch haben sie wohl zurückgelassen«, sagte sie, als sie die Spatzen bemerkte, die zwitschernd aus dem dichten Laub der Ulme neben dem Brunnen hervorlugten.

Alles war in Ordnung, redete sich Christine gut zu, sonst wären die Piepmätze doch schon längst von den Ästen heruntergefallen. Wahrscheinlich hielten die Dorfbewohner nur eine Art kollektiven Mittagsschlaf und würden bald wieder auftauchen.

Sie betrachtete das Wahlplakat, das an einer Wand vor dem Rathaus hing. Jeremias Rimbar, der Bürgermeister von Sinach, bewarb sich als Kandidat für den Landtag. Sie sprang vom Brunnenrand herunter, nahm ihre Kamera und ging zum Rathaus.

Jeremias Rimbar war eine sportlich durchtrainierte Erscheinung, hatte dunkles kurzes Haar, schmale graue Augen und ein arrogantes Lächeln. Christine schätzte ihn auf Ende vierzig. Seine offen zur Schau gestellte Überheblichkeit weckte nicht gerade Sympathie in ihr, und trotzdem fotografierte sie das Plakat wieder und wieder, weil sein Gesicht sie trotz allem faszinierte. Sie hielt inne, als sie in der Ferne Menschen johlen und applaudieren hörte. Aufmerksam sah sie sich um. Sie konnte zwar noch immer keinen Dorfbewohner entdecken, bemerkte aber, dass die Tür der Apotheke am Ende der Straße geöffnet war. Vielleicht stieß sie dort auf jemanden, mit dem sie reden konnte.

Das Gebäude der Apotheke, das zwischen zwei Gasthöfen lag, war wie die meisten Häuser und das Rathaus mit pastellfarbenen Malereien verziert. Über dem Eingang hing eine Glocke, die zum Einsatz kam, wenn die geschlossene Tür geöffnet wurde. Ein Tresen aus dunklem Holz, dahinter ordentlich eingeräumte Regale und blau-weiße Keramikschubladen mit weißen Knöpfen. Eine Apothekeneinrichtung wie vor hundert Jahren.

»Hallo? Ist jemand da?«, rief Christine. Das Johlen und Applaudieren war inzwischen verstummt, aber noch war auch hier niemand zu sehen.

»Grüß Gott.« Ein hagerer Mann mit schütterem Haar und geröteter Haut richtete sich überrascht hinter dem Tresen auf. Der zweite Sinacher, den Christine zu Gesicht bekam. »Ist es vorbei?«, fragte der Mann und schob die Hornbrille mit den dicken Gläsern, die auf seiner Nasenspitze hing, mit dem Zeigefinger nach oben.

»Was soll vorbei sein?«

»Die Dorfversammlung draußen im Gemeindehaus. In diesem Jahr geht es um die Wahl unseres Bürgermeisters in den Landtag. Ich dachte, Sie seien von der Presse.« Er deutete auf Christines Fotoapparat.

»Nein, ich bin nicht von der Presse, aber warum sind Sie nicht zu dieser Versammlung gegangen, wenn ich fragen darf?«

»Ich gehöre zur Opposition.«

»Die nicht sehr groß ist, nehme ich an?«

»Sie ist recht überschaubar. Wie kann ich Ihnen denn nun helfen? – Die sind ausverkauft, bedaure«, erklärte er, als er bemerkte, dass ihr Blick an dem Tourneeplakat von A.L.M. haftete, das an der Türinnenseite hing.

»Ja, ich weiß, ich bin auch nicht wegen Konzertkarten hier. Ich möchte nur eine Auskunft von Ihnen. Sie stammen aus Sinach?«

»Ich führe die Apotheke in der vierten Generation«, antwortete er stolz und drückte das Kreuz durch, sodass er gleich ein wenig größer erschien.

»Dann können Sie mir bestimmt etwas über ein junges Mädchen erzählen, das vor dreißig Jahren in Sinach gestorben ist. Amata Lachner.«

»Tut mir leid, darüber weiß ich nichts, gar nichts«, stammelte der Apotheker und betrachtete misstrauisch die Kamera.

»Sie haben keine Ahnung, was damals mit ihr passiert ist?« Christines Anspannung machte bereits der Enttäuschung Platz.

»Vor dreißig Jahren war ich in der Stadt zum Studieren, da war ich nicht auf dem Laufenden«, wich der Mann ihr aus.

»Ich bitte Sie, der Tod des Mädchens war mit Sicherheit Gesprächsthema im Dorf. Das kann Ihnen doch nicht entgangen sein.«

»Wie gesagt, ich war nicht hier, und ich gebe nichts darauf, was die Leute so erzählen.«

»Was haben sie denn über Amata erzählt?«

»Jetzt ist es vorbei«, überhörte er ihre Frage und sah durch das Schaufenster auf die Straße.

Draußen war jetzt mächtig Betrieb. Frauen in bunten Dirndln, Männer in Trachtenjacken, dazwischen tobende sonntäglich gekleidete Kinder mit Luftballons in den Händen, die mit dem Abbild von Jeremias Rimbar bedruckt waren. Auch die Geschäfte öffneten nach und nach wieder, und vor dem Café gegenüber der Apotheke hielt eine Menschentraube nach freien Plätzen Ausschau.

»Der Mann scheint unglaublich beliebt zu sein«, stellte Christine verblüfft fest.

»Er hat halt überzeugende Argumente.«

»Die da wären?«

»Ihm gehört das örtliche Bauunternehmen, die meisten öffentlichen Gebäude, auch die im Umkreis, sind in seinem Besitz, er ist im Vorstand der Bank, und er spielt mit den großen Herren vom Landtag im selben Golfclub. Nicht zu vergessen, dass er im Aktiengeschäft immer ganz vorn mitmischt. Er hat schon vor ewigen Zeiten in Ölfirmen investiert, deshalb ist er auch besonders stolz auf seine Initialen. J. R. – wie der Ölbaron aus dieser Fernsehserie.« Der Apotheker war überraschend gesprächig geworden.

»›Dallas‹, ich weiß. Mit anderen Worten, dieser Alpen-J. R. ist finanziell unabhängig und hat mehr Einfluss, als Ihnen lieb ist?«

»Er bestimmt, was gemacht wird. Wer in Ruhe leben möchte, der sollte sich ihm fügen.« Der Apotheker schaute schnell zu Boden, als die Türglocke läutete.

Jeremias Rimbar, dachte Christine und musterte den Bürgermeister von Sinach, der die Apotheke betrat.

»Na, Karl, hast du dich wieder dem allgemeinen Trend verweigert?«, spottete Jeremias, und obwohl die schwarzen Stiefel, die er zu seinem hellen Anzug trug, makellos sauber waren, hielt er sie unter die Schuhputzmaschine neben dem Eingang.

»Reicht es nicht, dass die Maria da war?«, fragte Karl Borgrieder und sah kurz auf.

»Höre ich da einen gewissen Frust über die Zuneigung deiner Frau zu einer verdienten Sinacher Persönlichkeit?« Der Bürgermeister trat gut gelaunt an den Tresen und klopfte dem Apotheker auf die Schulter. »Nicht falsch verstehen, im Grunde halten wir in Sinach alle zusammen. Jeder weiß, dass er sich auf den anderen verlassen kann«, wandte er sich nun Christine zu und begutachtete ihre Kamera. »Leicaflex, ein 1968er-Modell«, demonstrierte er sein Fachwissen, aber sein Lächeln drückte ehrliche Bewunderung aus.

»Richtig.« Christine war verblüfft, dass er die Kamera erkannte, obwohl sie den Schriftzug mit der Hand verdeckt hielt.

»Ich besitze das gleiche Modell. Als Kind wollte ich Fotograf werden, bis ich eingesehen habe, dass es nicht wirklich etwas einbringt. Was fotografieren Sie hauptsächlich?«

»Das Leben.«

»Das tun wir doch alle, ich bevorzuge allerdings Porträts. Es gelingt mir recht gut, eine Person als Gesamtkunstwerk zu erfassen, nicht nur ihr Äußeres, sondern auch ihren Charakter, der sich durch Gestik und Blicke ausdrückt. Nicht wahr, Karl, darin bin ich wirklich gut?«

»Davon verstehe ich nichts«, murmelte der Apotheker.

Christine bemerkte das Zucken um Karl Borgrieders Mundwinkel. Der Bürgermeister schien ihm richtiggehend zuwider zu sein.

»Was führt Sie zu uns? Ein Auftrag?«, wandte sich Jeremias wieder Christine zu.

»Nein, private Gründe.« Jeremias Rimbars Augen waren von einem Grau, das sie an Eisen erinnerte, eiskalt und doch anziehend. Auf jeden Fall war er um einiges attraktiver als Larry Hagman, der Original-J. R.

»Wollen Sie in unserer schönen Gegend Urlaub machen? Hotel, Pension, Apartment, was bevorzugen Sie?« Er drückte Christine eines der Unterkunftsverzeichnisse in die Hand, die auf dem Tresen neben der Kasse lagen.

»Ich weiß noch nicht, ob ich in Sinach übernachten werde.«

»Was darf es denn sein, Jeremias?«, lenkte Borgrieder die Aufmerksamkeit des Bürgermeisters wieder auf sich. »Oder bist du nur um des Plauderns willen hergekommen?«

»Eine Packung Aspirin, die zum Auflösen.«

Während Karl Borgrieder hinter sich griff und die Tabletten aus dem Regal nahm, streifte er Jeremias mit einem verbitterten Blick. »Bitte sehr«, sagte er und öffnete die antike Registrierkasse, als der Bürgermeister das Geld auf den Tresen legte.

»Einen schönen Tag noch, Karl, und Sie sollten sich ruhig ein bisschen bei uns umsehen. Sie werden feststellen, dass sich ein Aufenthalt in unserem Dorf lohnt«, richtete sich Jeremias im Hinausgehen an Christine.

Was hat er?, fragte sie sich, als er sie kurz musterte und plötzlich um seine Fassung rang.

»Grüß Gott!« Der alte Mann, den sie schon auf dem Friedhof gesehen hatte, betrat in diesem Moment die Apotheke und lenkte die Aufmerksamkeit des Bürgermeisters sofort auf sich.

»Sieh an, noch ein zukünftiger Wahlverweigerer, der meine Versammlungen ignoriert. Aber mach dir keine Sorgen, ich bin nicht nachtragend«, wandte Jeremias sich mit einem herablassenden Lächeln an Georg Denninger. Christine schien ihn nicht mehr zu interessieren. »Denke bitte daran, dass du in den nächsten Tagen einen Termin mit meiner Sekretärin ausmachst. Sie wird dir deine neue Wohnung zeigen.«

»Vergiss es, Jeremias. Ich bleibe auf meinem Hof, bis ich in mein Ein-Zimmer-Apartment auf den Friedhof mit dem Kreuz als Namensschild umziehe. So lange musst du dich noch gedulden.«

»Meine Geduld hat Grenzen. Dein Hof wird abgerissen, der ist baufällig. Du kennst das Gutachten. Es ist alles legal.«

»Unsinn, mein Hof ist nicht baufällig. Du willst meinen Grund und Boden für deine ehrgeizigen Pläne an dich bringen. Ein Wellnesshotel willst du bauen, eines für die betuchten Herrschaften aus deiner High Society.«

»Meine Entscheidungen dienen ausschließlich dem Wohl der Gemeinde. Diese Leute werden die Kassen im Dorf klingeln lassen, das gefällt euch doch sonst so gut.« Jeremias machte wieder einen Schritt auf den Tresen zu und drehte die Kurbel der antiken Kasse, bis sie mit einem Klingeln aufsprang. »Ein wunderbarer Klang, nicht wahr?« Grinsend sah er in die Runde und genoss die verunsicherten Blicke der anderen.

»Du entscheidest immer nur für dein eigenes Wohl, Jeremias«, widersprach Georg Denninger mit finsterer Miene, während Karl Borgrieder die Lippen aufeinanderpresste und die Kasse wieder schloss.

»Hör zu, Denninger, wenn du dich weiterhin stur stellst, dann könnte ich eventuell auf den Gedanken kommen, dass du vielleicht nicht mehr in der Lage bist, deine eigenen Entscheidungen zu treffen. Dann müsste ich dafür sorgen, dass du von offizieller Stelle betreut wirst und dir ein Heimplatz zugewiesen wird, damit gutherzige Menschen sich um deine Belange kümmern.«

»Willst du mir drohen?«

»Nein, nur warnen und dir die Konsequenz deines irrationalen Verhaltens klarmachen. Und der Mist hat sich auch erledigt, die sind ausverkauft.« Jeremias riss das A.L.M.-Plakat von der Tür und warf es auf den Boden. Bevor er die Apotheke verließ, drehte er sich noch einmal nach Christine um. »Woher kommen Sie?«

»Aus München.«

»Mit dem Auto?«

»Ja.«

»Aber hier steht kein Wagen mit Münchner Kennzeichen?«

»Ich habe am Ortseingang vor dem Friedhof geparkt. Warum wollen Sie das wissen?«

»Ich bin gern umfassend informiert, wenn es um meine Gemeinde geht«, sagte Jeremias und zog die Tür der Apotheke hinter sich zu.

»Wirklich sympathisch ist der Mann nicht«, stellte Christine kopfschüttelnd fest.

»Aber er besitzt Macht und Einfluss, das mögen die Leute. Einer mit Macht und Einfluss wird schon alles für sie richten, da müssen sie sich selbst nicht kümmern«, philosophierte der Apotheker.

»Wenn er so eine große Persönlichkeit ist, dann weiß er sicher einiges über die Gemeinde. Ich würde mich gern einmal mit ihm unterhalten. Wissen Sie, wann ich ihn im Rathaus antreffe?«

»Zuerst solltest du mit ihm sprechen«, duzte Georg Denninger Christine jetzt und deutete auf das zerfetzte Plakat von A.L.M.

»Mit wem?«

»Rick Linden.«

»Sie kennen ihn?«

»Freilich kennen wir ihn. Er ist in Sinach geboren«, nahm Karl Borgrieder die Antwort vorweg.

»Das heißt, er hat Amata gekannt?«

»Finde es selbst heraus, Madl«, forderte Denninger sie auf und betrachtete sie zum ersten Mal mit einem freundlichen Lächeln.

»Warum können Sie mir nicht sagen, welche Verbindung zwischen den beiden bestand? Oder erzählen mir gleich, was Sie über Amata wissen? Vorausgesetzt natürlich, Sie werden nicht von der gleichen Amnesie wie der Apotheker hier befallen.«

»Es gibt Geschichten, die dürfen nicht einfach so erzählt werden, sonst gibt es ein Unglück«, murmelte Karl Borgrieder.

»Mach ihr keine Angst, Karl«, wies Georg Denninger ihn kopfschüttelnd zurecht.

»Bitte, Herr Denninger, was ist mit Amata passiert?«, versuchte Christine noch einmal den alten Mann zum Reden zu bewegen.

»Grüß Gott, miteinander!«, machte sich eine stattliche Frau in dunkelblauem Dirndl bemerkbar, die mit einem Strohhütchen auf dem Kopf hereinmarschierte.

»Grüß dich, Gundi«, sagte der Apotheker und nickte freundlich, als sie ihren Bastkorb auf dem Tresen abstellte.

»Ich bin wirklich gespannt, was der Jeremias sich im nächsten Jahr wird einfallen lassen, um die Leute an diesem Tag zu versammeln«, stöhnte Gundi Moosbacher genervt. »Was meinst du, Georg?«

»Jeremias Rimbar ruft jedes Jahr am dreiundzwanzigsten August die Gemeinde zusammen?«, staunte Christine.

»Heilige Maria Mutter Gottes, ich glaube es nicht!«, rief Gundi und hielt sich erschrocken die Hand vor den Mund, als sie sich Christine zuwandte.

»Was glauben Sie nicht? Was ist denn los?«

»Nichts ist los, Gundi ist nur ein wenig schreckhaft. Sie sieht manchmal Schatten, wo keine sind.«

»Ja, das Alter halt«, stimmte Gundi Georg Denninger zu.

»Gut, dass du keine Spritzen mehr setzen musst, das würde eine rechte Gaudi werden«, scherzte der Apotheker.

»Sie sind Ärztin?«, hakte Christine nach und wollte sie schon auf Amata ansprechen.

»Geh, Ärztin, ich war die Sprechstundenhilfe von unserem Dr. Ladilus, bis er vor fünf Jahren aufgehört hat. Der neue Doktor, der junge aus der Stadt, der braucht kein altes Weib wie mich mehr in seiner Praxis.«

»Das tut mir leid für Sie.«

»Ach was, das ist schon in Ordnung. Ich habe mich längst daran gewöhnt, ans Sitzen auf der Bank vor meinem Haus. Es sitzt sich schön in der Sonne, wissen Sie.«

»Wenn sie da hockt, verteilt sie ihre Ratschläge an jeden, der vorbeikommt. Gundis Banksprechstunden, so nennen das die Leute.«

»Dem Doktor und dir mache ich die Kundschaft schon nicht streitig, Apotheker, aber wer einmal in der Medizin tätig war, der kann es halt nicht lassen«, seufzte Gundi, strahlte dabei aber über das ganze Gesicht.

»Vielleicht komme ich mal in Ihre Banksprechstunde.« Christine war sicher, dass die alte Frau etwas über Amata wusste. Als langjährige Sprechstundenhilfe des Dorfarztes kannte sie vermutlich so manches Familiengeheimnis, vielleicht auch eines, das die Familie Lachner betraf, zu der Amata gehört hatte.

»Du fährst nach Garmisch«, machte Georg Denninger Christine klar, dass es erst einmal keine weiteren Auskünfte gab. »Hier findest du ihn«, sagte er und drückte ihr die Visitenkarte eines Garmischer Hotels in die Hand, die Rick ihm geschickt hatte.

»Gut, aber ich komme wieder.« Der alte Mann sollte bloß nicht denken, dass sie sich so einfach abschieben ließ.

»Freilich kommst du wieder. Jetzt aber erst einmal gute Fahrt.« Mit einem sanften Schubs drängte er sie aus der Apotheke und schloss die Tür hinter ihr.

»Wohin hast du sie geschickt?«, wollte Gundi Moosbacher wissen.

»Zu ihm.« Karl Borgrieder hob das Plakat von A.L.M. auf und warf es in den Papierkorb.

»Dann glaubst du es also auch?«, fragte Gundi, kniff ihre nussbraunen Rehaugen zusammen und schaute Christine durch die Schaufensterscheibe nach.

»Ich glaube, es könnte endlich mal wieder regnen. Die Trockenheit der letzten Wochen lässt noch die ganze Ernte verdorren«, murmelte Georg Denninger und schaute in Richtung Friedhof.

6

Die Harley parkte vor dem Friedhof, gleich hinter Christines Wagen. Sie zückte ihre Kamera und fotografierte die smaragdfarbene Maschine, berührte die Blüte der roten Rose, die auf dem schwarzen Ledersitz lag. Vermutlich das Überbleibsel eines Straußes, den jemand dort abgelegt hatte. Als sie Schritte hinter sich hörte, fuhr sie erschrocken herum.

Ein hochgewachsener schlanker Mann in schwarzer Lederjacke mit Motorradhelm auf dem Kopf verließ eilig das Friedhofsgelände. »Nicht!«, herrschte er sie an.

»Ich habe sie doch nur berührt«, entgegnete sie, wich aber sofort von dem Motorrad zurück.

»Ich meinte das Fotografieren.«

»Tut mir leid, aber es ist eine auffallend schöne Maschine. Ich musste sie einfach fotografieren. Eine Super Glide Custom, dreihundert Kilogramm schwer, sechsundsiebzig PS, richtig?« Christine wollte ihn mit ihrem Wissen gnädig stimmen, während sie die Kamera schnell einpackte, bevor er ihr mit Missachtung der Privatsphäre drohen und die Herausgabe des Films verlangen würde. Das war ihr schon oft genug passiert.

»Ich kenne die Daten, danke.« Unbeeindruckt schwang er sich auf die Harley, ließ den Motor an und brauste davon, ohne sich noch einmal umzuwenden.

Seine Stimme, sie kannte sie. Sein Auftreten, die vorgegebene Unnahbarkeit. Rick Linden! Ehe ihr bewusst wurde, was sie tat, rannte sie schon über den Friedhof.

Amatas Grab war mit dunkelroten Blüten bedeckt. Der Strauß mit den weißen Rosen, den sie an das Kreuz gelehnt hatte, lag obenauf. Sie wollte schon auf dem Absatz kehrtmachen und dem Motorrad nachjagen, verwarf aber das Vorhaben gleich wieder. Ihre Chancen, die Harley einzuholen, waren gleich null, und außerdem wusste sie, wo sie Rick Linden finden konnte. Sie hatte also keine Eile und machte noch ein paar Aufnahmen von Amatas Grab, bevor sie den Friedhof verließ.

Als sie wenig später in ihrem Cabrio saß, zog sie die Visitenkarte aus der Tasche, die Georg Denninger ihr gegeben hatte. Die Rückseite zeigte eine Lageskizze des Hotels. »Was?«, rief sie erschrocken, als sich plötzlich eine Hand auf ihre Schulter legte. Langsam schaute sie auf. Jeremias Rimbar! Sie war gespannt, was der Bürgermeister von ihr wollte.

»Ich denke, unser Dorf ist doch nicht der richtige Urlaubsort für Sie. Und an einer Fotoreportage sind wir zurzeit auch nicht interessiert. Ich bitte Sie, diesen Wunsch der Gemeinde zu respektieren.«

»Ich sagte doch bereits, dass ich privat hier bin.«

»Leider nehme ich Ihnen das nicht ab, Frau Weingard. Der Maron Verlag ist für seine Fotobände bekannt. Sie erreichen hohe Auflagen.«

»Sie haben sich über mich erkundigt?«

»Ich habe mir erlaubt, eine Halterabfrage anhand Ihres Autokennzeichens vorzunehmen. Wie ich bereits sagte, bin ich gern umfassend über alles informiert, was in meiner Gemeinde vor sich geht.«

Wie kam er dazu, sich nach ihr zu erkundigen? Sie hatte ihm nicht den geringsten Anlass für ein derartiges Misstrauen geliefert. Allerdings schien damit eines klar: Wenn er sie nicht in seinem Dorf haben wollte, dann würde er sie bei ihren Recherchen sicher auch nicht unterstützen.

»Ich wünsche Ihnen ein schönes Leben«, sagte er und trat zur Seite.

Obwohl sich Christine von seiner Arroganz nicht verunsichern lassen wollte, zitterte ihre Hand, als sie den ersten Gang einlegte und den Motor anließ. Es wird kein Abschied für immer sein, wir werden uns wiedersehen, dachte sie, als sie ein paar Meter gefahren war und ihn im Rückspiegel an der Friedhofsmauer lehnen sah.

Jeremias schaute Christine noch eine ganze Weile nach, bevor er sein Mobiltelefon zückte und seinen Bauleiter anrief. »Hör zu, wir ziehen die Arbeiten auf dem Friedhof vor. Die alten Gräber werden noch heute abgesperrt, und ihr fangt mit dem Aushub an. Ich verlasse mich darauf, Xaver.«

Nach Garmisch war es knapp eine halbe Stunde Fahrt. Die Straße führte an endlosen Weizenfeldern vorbei, Seen glitzerten in der Sonne, und über allem erhoben sich die Gipfel von Wetterstein und Karwendel. Der Bürgermeister von Sinach hatte längst seinen Schrecken für Christine verloren. Dieser Mann konnte ihr gar nichts, außerdem hatte sie keine Zeit, weiter über ihn nachzudenken. Sie musste sich einen Plan zurechtlegen, wie sie an Rick Linden herankam. Von befreundeten Journalisten wusste sie, dass er auf die Presse nicht gut zu sprechen war. Obwohl sie keine Ahnung hatte, wie er und Georg Denninger zueinander standen, ob sie sich überhaupt näher kannten, wollte sie sich auf den alten Mann berufen und hoffen, dass sich durch ihn die Tür für sie öffnete.

Das Hotel, in dem Rick Linden sich einquartiert hatte, lag am Ortseingang von Garmisch. Ein dreistöckiger Komplex in zartem Apricot gestrichen, mit weißen zierlichen Balkons, gelben Markisen, davor ein gepflegter Garten mit kurzem Rasen, Palmen in Kübeln und einem Springbrunnen. Christine beschloss, das Geld zu investieren und sich für eine Nacht dort ein Zimmer zu nehmen. Als Hotelgast boten sich ihr mehr Möglichkeiten, mit dem Sänger Kontakt aufzunehmen.

Als sie in die Tiefgarage fuhr, fiel ihr die smaragdfarbene Harley gleich wieder auf. Sie war durch ein Gitter von dem Rest der Garage abgetrennt. Damit erübrigte sich auch der letzte Zweifel an der Identität des Mannes, der ihr vor dem Friedhof in Sinach begegnet war. Ein Lächeln huschte über ihr Gesicht, als sie auf das Werbeplakat an der Garagenwand schaute. Ein Optiker pries darauf farbige Kontaktlinsen an.

7

Rick war froh, dass Kathrin zum Einkaufen nach München gefahren war. Das Gespräch mit ihr war so erst einmal verschoben, und er konnte den Nachmittag vor dem Auftritt mit den Freunden in seiner Suite verbringen und sich auf den Abend einstimmen. Die gemeinsamen Stunden vor den Konzerten waren ein fester Bestandteil jeder Tournee. Adam und Stefan lagen bäuchlings auf seinem Bett und zappten durch die Fernsehkanäle, während er mit Johann auf dem Balkon saß und das Notenblatt studierte, das der Freund ihm in die Hand gedrückt hatte.

»Du meinst, wir sollten es umstellen?«, fragte Rick und summte die Tonabfolge, die Johann im Refrain ihres neuen Songs verändert hatte.

»Wir haben es schon umgestellt.«

»Im Klartext, meine Meinung interessiert euch nicht.«

»Es ist uns im Verlauf der Probe aufgefallen, dass es so besser klingt. Wann hätten wir dich denn fragen sollen? Du warst ja nicht da.«

»Schon gut, es gefällt mir so.« Rick legte das Notenblatt auf den runden Holztisch neben sich, stützte sich auf die Balkonbrüstung und schaute in die Sonne.

»Hast du mit Denninger gesprochen?«, fragte Johann.

»Nein, ich habe beschlossen, es zu beenden. Ich werde die Wunden nicht wieder aufreißen. Es ist besser so, auch für ihn.«

»Wenn du das sagst.«

»Verdammt, Johann, du kennst doch die Geschichte. Ich war acht Jahre alt, ich kann ihm nicht helfen, seine Wahrheit zu finden.«

»Woher willst du das wissen? Du hast es nie versucht.«

»Ich werde diese Tür zur Vergangenheit endgültig schließen. Dreißig Jahre Trauer sind genug. Nach der Tournee schreibe ich Denninger, dass ich nie wieder nach Sinach kommen werde.«

»Es geht nicht nur um seine Wahrheit, es geht auch um deine. Jeder hat offensichtlich eine andere Sicht auf die Ereignisse. Nur gemeinsam könnt ihr herausfinden, wie es wirklich war. Ihr werdet sonst beide keine Ruhe finden.«

»Nein, es muss vorbei sein, endgültig.«

»Rick, für dich!« Adam kam mit dem Telefon in der Hand auf den Balkon.

»Wer ist es?«

»Frau Weingard, deine Optikerin. Es geht um die Kontaktlinsen, die du bei ihr bestellt hast.«

»Kontaktlinsen? Seit wann trage ich denn Kontaktlinsen?«

»Schon okay, wenn du dein kleines Geheimnis für dich behalten willst, ich bin schon fort.« Adam reichte ihm grinsend das Telefon und verschwand wieder im Zimmer.

»Nun frage sie schon, was sie will«, forderte Johann den Freund auf, der unschlüssig auf das Telefon starrte.

»Ja, bitte?«, meldete sich Rick reserviert.

»Herr Linden?«

»Hören Sie, wenn Sie Journalistin sind, ersparen Sie uns bitte dieses Gespräch.«

»Ich bin keine Journalistin.«

»Aber auch nicht meine Optikerin.«

»Nein, verzeihen Sie mir den kleinen Trick.«

»Er wird Sie nicht weiterbringen.«

»Hören Sie, Herr Linden, Georg Denninger hat mir gesagt, dass ich mich an Sie wenden soll.«

»Warum sollte er das getan haben?«

»Es geht um Amata Lachner. Würden Sie mir ein paar Fragen beantworten? – Herr Linden?«

»Was ist los?«, wollte Johann wissen, als Rick das Gespräch wegdrückte.

»Warte kurz«, bat Rick, während er die Rezeption anrief. »Hören Sie, wer hat gerade das Gespräch in mein Zimmer weitergeleitet? – Gut, und ist die Dame, die Sie darum gebeten hat, hier? – Ich weiß, wo die Lounge ist. Sagen Sie mir bitte nur noch einmal den Namen der Dame. – Danke.« Rick legte auf und wandte sich an Johann: »Tu mir einen Gefallen und finde heraus, wer sie ist.« Er deutete auf das Notenblatt, auf das er den Namen der Anruferin geschrieben hatte.

»Christine Weingard? Was ist mit ihr?«

»Sie behauptet, Denninger habe sie zu mir geschickt, aber das kann ich mir beim besten Willen nicht vorstellen. Ruf mich an, sobald du etwas weißt.«

»Wohin willst du?«, rief Johann, als Rick davonstürmte.

»Ich werde ihr klarmachen, dass ich mich nicht verfolgen lasse.« Er hatte die vage Ahnung, dass diese Frau dieselbe war, die sich in Sinach für sein Motorrad interessiert hatte.

Adam und Stefan fuhren erschrocken hoch, als die Tür hinter Rick zuschlug.

»Keine Sorge, er muss nur etwas erledigen«, beruhigte Johann die beiden, während er Rick nachschaute.

»Das muss aber verdammt eilig sein«, murmelte Adam nachdenklich, während Stefan sich nur verlegen an der Stirn kratzte.

Die Lounge lag gleich neben der Lobby. Holzvertäfelte Wände, blauer Teppichboden, dunkelbraune Ledersessel und ein auf Hochglanz polierter weißer Flügel, um gemütliche Nachmittagsstunden musikalisch zu untermalen. An diesem sonnigen Tag herrschte jedoch gähnende Leere, das Wetter verlockte eher zu Spaziergängen und Wanderungen. Nur eine dunkelhaarige junge Frau saß allein am Fenster neben dem Flügel.

Rick beobachtete sie erst eine Weile aus der Ferne. Er hatte es geahnt. Christine Weingard war die Frau, die ihm vor dem Friedhof in Sinach aufgelauert hatte. Sie hielt ein Glas Latte macchiato in der Hand, tauchte den langstieligen Löffel in die geschäumte Milch und schob ihn dann genüsslich in den Mund. Das seidige Haar, die porzellanfarbene Haut und die mandelförmigen graubraunen Augen. Der Schweiß trat ihm auf die Stirn, als er begriff, an wen sie ihn erinnerte. Meine Nerven sind überreizt, dachte er und verbannte diesen unglaublichen Gedanken sofort wieder. Er ging auf sie zu.

»Frau Weingard?«

»Danke, dass Sie gekommen sind«, erwiderte Christine. Sie war verblüfft, dass er plötzlich vor ihr stand, nachdem er das Telefongespräch so abrupt beendet hatte. Sie war sicher gewesen, einen zweiten Versuch starten zu müssen, um ihn dazu zu bringen, mit ihr zu reden. Nur wegen der geringen Chance, dass er zufällig in der Lobby auftauchen würde, hatte sie noch einen Kaffee bestellt.

»Ich denke nicht, dass wir uns viel zu sagen haben.« Er taxierte sie mit einem schnellen Blick, ließ sie spüren, dass er sich auf nichts einlassen würde.

»Ich habe nicht vor, Ihre Zeit lange in Anspruch zu nehmen.«

»Was genau wollen Sie?«

»Wie ich bereits sagte: Herr Denninger meint, dass Sie mir etwas über Amata Lachner erzählen können.«

»Möglich, dass ich es kann, aber ich will nicht. Wenn das alles war, ist unsere Unterhaltung hiermit zu Ende.«

Geht es vielleicht auch ein bisschen weniger überheblich?, dachte Christine und wollte ihn schon in die Kategorie arroganter Rockstar einordnen, als er den Klavierdeckel anhob, seine Finger über die Tastatur glitten und dem Instrument wie nebenbei eine leise Melodie entlockten.

Sie hatte Rick Linden bisher nur auf Fotos gesehen, am Vormittag in der schweren Lederjacke mit dem Helm auf dem Kopf hatte sie nicht viel von ihm erkennen können. Die schmale Jeans, das tiefblaue Hemd in der Farbe seiner Augen, alles fügte sich jetzt zu einem harmonischen Gesamtbild. Sie zuckte kurz, als er sich ihr wieder zuwandte, sein Haar aus der Stirn strich und sie direkt ansah. »Woher kennen Sie Georg Denninger?«

»Ich kenne ihn nicht, ich habe ihn nur zufällig getroffen. In Sinach, in der Apotheke.«

»In der Apotheke, alles klar. Ich nehme an, da hing ein Tourneeplakat von A.L.M.?«

»Stimmt.«

»Könnte es vielleicht auch sein, dass in der Apotheke über mich gesprochen wurde? Dass Sie dort etwas gehört haben, was Ihnen interessant genug erschien, um in meinem Leben herumzuwühlen?«

»Nein, es geht doch auch gar nicht um Sie«, verteidigte sie sich.

»Einen Moment, bitte«, entschuldigte er sich, als sein Telefon läutete. »So etwas Ähnliches habe ich mir schon gedacht. Danke, Johann«, sagte er und steckte das Telefon wieder in seine Hemdtasche.

»Was ist?«, fragte Christine, als er sie mit einem verächtlichen Blick ansah.

»Warum waren Sie vorhin am Friedhof?«

»Das hatte nichts mit Ihnen zu tun.«

»Ach, hatte es nicht? Deshalb haben Sie auch mein Motorrad fotografiert.«

»Ich wusste nicht, dass es Ihnen gehört. Ich hatte mein Auto dort geparkt. Es war reiner Zufall.«

»Ersparen Sie uns das, Frau Weingard. Ich weiß, dass Sie Fotografin sind.« Es hatte nur wenige Minuten gedauert, bis Johann herausgefunden hatte, dass sie für den Maron Verlag in Paris arbeitete.

»Ich veröffentliche Fotobände, richtig. Aber die meisten zeigen ausschließlich Landschaftsaufnahmen.«

»Der Verlag gibt auch ein Musikmagazin heraus.«

»Sie denken, es geht mir um eine Reportage?«

»Ich denke, dass unsere Begegnung in Sinach nicht zufällig war.«

»Woher hätte ich denn wissen sollen, dass Sie dort sind?«

»Irgendjemand wird es Ihnen schon gesagt haben.«

»Ich kann nur wiederholen, dass ich mich nicht für Sie interessiere.«

»Gut, dann müssen wir uns ja nicht länger miteinander befassen.«

»Es war nicht meine Idee, mit Ihnen zu reden.«

»Richtig, Georg Denninger hat es Ihnen vorgeschlagen«, entgegnete er mit ironischem Unterton.

»Aber so war es.«

Ein junger Mann kam in die Lounge und steuerte auf sie zu.

»Sie bekommen Unterstützung«, erklärte Christine, als sie in dem Mann Johann Morgen, den Gitarristen von A.L.M., erkannte.

»Unterstützung wofür?«

»Um mich von Ihnen fernzuhalten.«

»Bilden Sie sich nur nichts ein. Das schaffe ich gerade noch allein. Zwischen uns ist alles geklärt.«

»Hallo, Johann Morgen«, stellte sich Johann vor und reichte Christine die Hand.

»Christine Weingard«, antwortete sie höflich und erwiderte sein Lächeln.

»Du musst dich nicht mit ihr anfreunden. Wir werden sie nicht wiedersehen. Leben Sie wohl«, verabschiedete sich Rick, packte Johann am Arm und zog ihn fort.

»Wieso brüskierst du sie derart? Sie hat dir nichts getan«, wunderte sich Johann über Ricks Verhalten.

»Die Leute von der Presse gehören nicht zu meinen Freunden, das weißt du.«

»Aber sie war weder aufdringlich noch unhöflich. Das mit der Optikerin war sogar eine recht originelle Idee.«

»Wenn dir die Frau gefällt, unterhalte du dich doch mit ihr.«

»Du übertreibst, Rick. Was ist los mit dir? Wenn ich es nicht besser wüsste, würde ich sagen, du fürchtest dich vor ihr.«

»Quatsch, ich habe nur keine Lust auf ihre Gesellschaft.«

»Irgendetwas stimmt hier nicht«, murmelte Johann, während Rick durch die Hotelhalle eilte und in den Lift stieg.

Ja, verdammt, Johann hat recht: Sie jagt mir Angst ein, dachte Rick und drückte auf den Liftknopf. Kaum hatte sich der Aufzug in Bewegung gesetzt, sah er Christine Weingard schon wieder vor sich, das wütende Aufblitzen in ihren Augen, als er sie so barsch zurückgewiesen hatte. Er kannte diesen Blick von früher, aber das konnte einfach nicht sein. Seine Phantasie ging erneut mit ihm durch. Bilder der Vergangenheit tauchten aus seiner Erinnerung auf, alles war auf einmal wieder so nah.

»Zwischen euch läuft doch was«, riss Johann ihn aus seinen Gedanken.

»Blödsinn.«

»Sie hat eine schöne Stimme, nicht wahr?«

»Ich wusste gar nicht, dass wir noch eine Sängerin suchen.«

»Wie du willst, dann vergessen wir sie eben wieder.«

»Guter Vorschlag, wir müssen jetzt sowieso an die Show denken, alles andere ist Nebensache.« Ricks Herz schlug auf einmal schneller. War es möglich, dass Georg Denninger diese Begegnung tatsächlich bewusst herbeigeführt hatte, um ihn zu zwingen, sich endlich den quälenden Schatten seiner Kindheit zu stellen?

»Ja, denken wir besser an die Show«, gab Johann auf. Rick wusste, dass er jederzeit für ihn da war, wenn er reden wollte. Er musste ihn nicht drängen.

»Ist er schon wieder gegangen, der Rick?«, fragte die dralle Blondine in dem grünen Dirndl, die Christine das Stück Apfelkuchen brachte, das sie sich zuvor an der Theke ausgesucht hatte.

»Er fühlt sich nicht wohl.« Zumindest nicht in meiner Gegenwart, fügte Christine in Gedanken hinzu, und das war noch nicht einmal gelogen.

»Das Konzert wird doch nicht ausfallen, ich habe mich schon so darauf gefreut«, zeigte sich die junge Frau erschrocken. Ihr Busen wogte in ihrem Dekolleté, als sie vor Aufregung tief Luft holte.

»Aber nein«, entgegnete Christine lächelnd, weil sie mit ihrer Bemerkung kein Gerücht in die Welt setzen wollte. Obwohl, warum nicht? Sollte Rick Linden doch vor leeren Rängen spielen. Vielleicht würde ihn das daran erinnern, dass auch er nur ein Mensch aus Fleisch und Blut war und kein gottähnliches Wesen, das auf andere hinabsehen konnte.

Genau wie Jeremias Rimbar hatte auch er ihr deutlich gemacht, dass sie abhauen sollte. Genau wie der Bürgermeister hatte auch er sich nach ihr erkundigt. Wie es schien, fühlten sich beide Männer von der Öffentlichkeit verfolgt, sonst würden sie nicht bei der bloßen Vorstellung, dass eine Fotografin sich für sie interessieren könnte, derart überzogen reagieren. Vielleicht sollte sie ganz anders vorgehen, um etwas über Amata Lachner herauszufinden. Gundis Banksprechstunden in Sinach waren immer noch eine Möglichkeit.

»›Morgen wird mir schon einfallen, wie ich ihn mir wieder erobere. Schließlich, morgen ist auch ein Tag‹«, beschloss sie, erst einmal Scarlett O'Haras Rat für den Umgang mit Männern zu befolgen.

Aber sosehr sie sich auch anstrengte, Rick Linden ging ihr nicht mehr aus dem Kopf. Sie würde sich nicht damit abfinden, dass er sie wie eine geschlagene Schachfigur von seinem Spielbrett schob. Lucien kannte alle Konzertveranstalter im europäischen

Raum. Ein Anruf von ihm bei der richtigen Stelle würde genügen, um sich auf dem Veranstaltungsgelände an der Sprungschanze frei bewegen zu können.

Nachdem Christine Lucien eine Nachricht im Büro hinterlassen hatte, verbrachte sie den Nachmittag auf dem Balkon ihres Hotelzimmers und wartete auf seinen Rückruf. Währenddessen nutzte sie die Internetflatrate ihres Smartphones, um Informationen über Rick Linden einzuholen. Jetzt hatte er es doch geschafft, dass sie sich für ihn interessierte. Erstaunlicherweise fand sie kaum etwas Privates über ihn. Er schien die Presse tatsächlich mit Erfolg auf Distanz zu halten. Umso mehr gab es über die Frauen an seiner Seite zu lesen. Zurzeit war es Kathrin Mehring, eine junge deutsche Schauspielerin, die in Hollywood Karriere machen wollte.

Als Lucien endlich anrief und ihr mitteilte, dass am Einlass zum Konzertgelände ein Ausweis für sie hinterlegt sei, der ihr alle Freiheiten garantierte, versprach sie ihm, seinen Einsatz mit einer Fotoreportage zu belohnen.

Gegen sieben Uhr holte Christine die Bilder von Amatas Grab ab, die sie im Fotoladen des Hotels hatte entwickeln lassen, steckte sie in ihre Fototasche und machte sich zu Fuß auf den Weg zur Garmischer Sprungschanze.

8

Die Zuschauer strömten durch die monumentalen Tore, dem architektonischen Nachlass der Olympischen Spiele von 1936. Sie suchten sich ihre Plätze auf den Tribünen, die das weitläufige Oval an drei Seiten umschlossen. Die Bühne war im Auslauf der neuen Skisprungschanze errichtet worden. Im Hintergrund erhob sich der Sprungturm mit seiner Anlaufspur. Er sah aus wie eine riesige Rutschbahn.

»Ich muss verrückt sein, wenn ich auf ein Gespräch mit ihm hoffe«, murmelte Christine, als sie wieder daran dachte, wie Rick sie am Nachmittag in der Lounge abgekanzelt hatte. Der Mann hatte die Beziehung zur Wirklichkeit bereits verloren, wenn er hinter jedem Fotoapparat eine Gefahr witterte. Sie würde viel Geduld aufbringen müssen.

Während Johann mit den Technikern letzte Absprachen traf, Adam und Stefan sich einen Joint vor dem Auftritt gönnten und die geladenen Gäste des örtlichen Showbusiness und der Politik beobachteten, die sich mit Bier und Champagner auf das Ereignis einstimmten, saß Rick in der hintersten Ecke des Backstage-Zeltes auf dem Boden und signalisierte jedem, der sich ihm näherte, dass er nicht angesprochen werden wollte. Er hatte versucht, Georg Denninger anzurufen, um herauszufinden, ob er mit der Fotografin gesprochen hatte, hatte ihn aber nicht erreicht. Doch egal, ob der alte Mann sie nun geschickt hatte oder nicht, er würde ihr mit allem, was ihm zur Verfügung stand, Einhalt gebieten. Morgen würde er einen seiner Anwälte beauftragen, mit dem Maron Verlag in Kontakt zu treten. Er sollte den Leuten klarmachen, dass er sie verklagen würde, sollte Christine Weingard eine abstruse Geschichte über ihn konstruieren, nur um eine hohe Auflage für ihre Zeitschrift zu garantieren. Davor wollte er aber noch einmal selbst mit ihr sprechen. Sie machte nicht den Eindruck eines skrupellosen Paparazzos. Möglicherweise konnte er sie überzeugen, ihn in Ruhe zu lassen. Nein, ein Paparazzo ist sie nicht, dachte er und lächelte in sich hinein, als er an den

Fotografen aus Fellinis »La dolce vita« dachte, dessen Name für dieses Phänomen herhielt.

»Bist du so weit?«, fragte Johann.

»Ja«, antwortete Rick und war froh, dass das Gedankenkarussell anhielt.

Nachdem die Vorgruppe die Bühne geräumt hatte, wurde A.L.M. mit stürmischem Applaus begrüßt. Die Show war so geplant, dass die ersten Töne der Musik erklangen, sobald die Sonne hinter den Bergen verschwand und den Himmel in tiefes Purpur tauchte. Die Scheinwerfer auf der Bühne übernahmen das Farbenspiel, vermittelten das Gefühl, die Bühne sei ein Teil des Himmels. Rick spürte die Macht, die er über das Publikum besaß. Er müsste nur mit den Fingern schnippen, und die Leute würden tun, was er von ihnen verlangte. Jedenfalls so lange, wie er auf der Bühne stand und sie zu ihm aufschauten. Diese Kraft zu spüren war erregend, stieß ihn aber gleichzeitig auch ab, weil es ihn zu etwas erhob, was er nicht war. Er taugte nicht länger als Idol. Das Leben musste mehr zu bieten haben als diesen unwirklichen Rausch der Sinne.

Christine hatte darauf geachtet, dass Rick Linden sie vor dem Konzert nicht entdeckte. Sie wollte mit ihm reden, wenn der Auftritt vorbei war, wenn der Druck, perfekt zu sein, von ihm abfiel. Sie stand zwischen den Fotografen, die sich vor der Bühne platziert hatten, und nutzte wie sie jede Chance auf ein Foto. Irgendwann setzte sich Rick auf einen Barhocker, umfasste das Mikrofon und sang über den Jungen, dessen Familie ein Feuer zum Verhängnis wird. Es war der Song, den sie vorhin noch im Wagen gehört hatte. Ein ruhiges Lied. Am Anfang wurde seine Stimme nur von Gitarren begleitet. Das Publikum verstummte, hörte gebannt zu, und Christine ließ ihren Fotoapparat sinken.

Inzwischen war es dunkel geworden, der Mond zeigte sich als weiße Sichel, umringt von Sternen, die Gipfel der Berge waren Schatten in der Dunkelheit. Christine dachte nicht mehr an das Tagebuch, nicht mehr an Amata, es gab für sie nur noch Rick Linden und seine Stimme, die diesen Augenblick zu einem einzigartigen Moment machte.

Nach dem Ende des Konzertes wartete sie neben dem Aufgang zur Bühne, fotografierte die Musiker, als sie die Treppe herunterkamen. Alles lief glatt, bis sie die Kamera auf Rick richtete und den Auslöser drückte. Als er ihr einen vernichtenden Blick zuwarf und einem bulligen Sicherheitsmann etwas zuraunte, wich sie erschrocken zurück.

»Herr Linden bittet Sie, ihn nicht zu fotografieren und sich nicht in seiner Nähe aufzuhalten. Tun Sie mir den Gefallen und respektieren Sie seinen Wunsch«, bat sie der Mann im schwarzen Anzug, während er mit wachem Blick die Umgebung beobachtete.

»Aber ich habe die Erlaubnis zu fotografieren.« Christine deutete auf die Registrierung, die sie am Eingang erhalten hatte und die an einem weißen Band um ihren Hals hing.

»Jetzt nicht mehr«, erklärte der Mann, öffnete den Clip des Bandes und nahm ihr den Presseausweis ab. »Gehen Sie.«

Christine schluckte den Zorn über diesen Sicherheitsmann hinunter. Er tat nur, worum Rick Linden ihn gebeten hatte. Heute würde sie keinen Schritt näher an ihn herankommen, aber wie es aussah, war er sowieso beschäftigt. Die attraktive Blondine in einem Hauch von rotem Kleid, die ihn vor dem Backstage-Zelt in Empfang nahm, war Kathrin Mehring, die aktuelle Frau an seiner Seite. Christine erschrak über den unmissverständlichen Stich in der Magengrube, als die andere Frau den Sänger umarmte und küsste. Nein, das kann nicht sein, dachte sie. Sie fühlte sich zu ihm hingezogen, obwohl er sie erneut zurückgewiesen hatte? Sie musste dringend ein paar Stunden schlafen, um wieder klar im Kopf zu werden.

»Hallo, warten Sie!«, rief der Sicherheitsmann ihr nach, als sie zum Ausgang lief und er sah, wie ihr zwei Fotos aus der Tasche fielen. Aber Christine war schon in der Menge verschwunden, die durch das Olympische Tor nach draußen strömte. »Verdammt, was soll denn das?«, murmelte er, als er die Bilder aufhob und betrachtete. Auf dem einem war ein Grab abgebildet, auf dem anderen Ricks Harley, die vor einem Friedhof parkte.

»Was hast du ihr gesagt, Örwin?«, wollte Johann von dem Sicherheitsmann wissen. Er saß auf der Treppe neben der Bühne und hatte ein Auge auf die Leute, die für sie arbeiteten. Hin und wieder tat er das, um sich zu überzeugen, dass er die richtige Wahl getroffen hatte.

»Rick wollte, dass sie verschwindet. Zu Recht, denke ich«, sagte Örwin und gab Johann die beiden Fotos.

9

Christine hatte die Konzertfotos gleich an Lucien geschickt. Wenn sie ihm gefielen, hatte sich der Ausflug wenigstens in dieser Hinsicht gelohnt. Mit Rick Linden wollte sie sich nicht länger herumschlagen. Am nächsten Morgen würde sie wieder nach Sinach fahren, um sich Einsicht in das Geburts- und Sterbe-Register zu verschaffen. Weder der alte Mann noch der Bürgermeister oder wer sonst noch etwas in diesem Dorf zu melden hatte, niemand würde sie davon abhalten können.

Als sie noch einmal die Abzüge durchschauen wollte, die sie am Abend im Fotoladen des Hotels abgeholt hatte, bemerkte sie, dass zwei fehlten. Vermutlich waren sie ihr während des Konzerts aus der Tasche gefallen. Das war schade, aber keine Katastrophe. Mit dem Foto vom Sinacher Friedhof würde niemand etwas anfangen können, und auch die Aufnahme von der Harley konnte man nicht ohne Weiteres zuordnen. Die Bilder würden in den Müll wandern wie alles andere, was die Konzertbesucher im Stadion zurückgelassen hatten.

Gegen Mitternacht ließ sie sich ein Bad ein, um endlich zur Ruhe zu kommen. Sie schüttete den lavendelfarbenen Badezusatz, den das Hotel für seine Gäste in kleine goldfarbene Flaschen gefüllt bereitstellte, ins Wasser und versank bis zum Hals in einem duftenden Schaumberg. Nach einer Weile schloss sie die Augen, lehnte den Kopf an den Wannenrand und stellte sich einen einsamen Strand an einem türkisblauen Meer vor. Beinahe wäre sie darüber eingeschlafen, als sie plötzlich ein Geräusch in ihrem Zimmer wahrnahm. Schritte, die sich schnell näherten. Mit wild pochendem Herzen griff sie nach der Handbrause und drehte den Hahn auf heiß. Das Badehandtuch war zu Boden gerutscht, viel zu weit, um es noch zu erreichen. Gleich darauf flog die Tür auf, und Rick Linden betrat das Badezimmer.

»Raus! Sofort!«, fuhr sie ihn an, und doch verlangsamte sich ihr Herzschlag wieder.

Ihre Panik war unbegründet. Rick Linden war nicht dafür

bekannt, gewalttätig zu sein, auch wenn er jetzt sehr wütend war. Seine Augen funkelten, die Pupillen hatten sich so stark verengt, dass sie in dem Blau der Iris kaum noch auszumachen waren. Als sich ihre Blicke trafen, spürte sie sofort wieder die Faszination, die von ihm ausging. Das gleiche Gefühl, das er einige Stunden zuvor bei ihr ausgelöst hatte, als er auf der Bühne gestanden und sie zu ihm aufgeschaut hatte. Nein, er konnte ihr keine Angst einjagen.

»Was willst du?«, fuhr sie ihn trotzdem barsch an. Dass sie ihn duzte, erschien ihr der Lage angemessen.

Schweigend setzte er sich auf den Rand der Wanne. Ohne den Blick von ihr zu nehmen, öffnete er die weiße Pappschachtel, die er in der Hand hielt. Verblüfft schaute sie auf die beiden Fotos, die mit den Rosenblüten aus der Schachtel fielen und in der Wanne landeten.

»Du liebst außergewöhnliche Fotos, nicht wahr?«, ging auch Rick vom förmlichen Sie zum Du über und schleuderte die leere Pappschachtel auf die Badfliesen.

»Erzähle mir von Amata.«

»Ich dachte, wir hätten uns verstanden, aber offensichtlich habe ich mich getäuscht.«

»Ich möchte doch nur wissen, wer sie war. Warum sagst du es mir nicht?« Ehe ihr bewusst wurde, was sie tat, hatte sie sein Handgelenk umfasst. Sie spürte, dass er bei ihrer Berührung wie elektrisiert zusammenzuckte.

»Lass mich in Ruhe, bitte.« Als er sich aufrichtete, gab sie sein Handgelenk sofort frei. »Niemand wühlt in meinem Leben herum. Respektiere das.«

»Verdammt, was habe ich dir denn getan?«, rief sie ihm nach, als er ohne ein weiteres Wort ihr Badezimmer verließ und die Tür hinter sich zuschlug. Behutsam strich sie über die Rosenblüten, die allmählich in den lavendelfarbenen Schaumbergen versanken. Es waren ähnliche Rosenblüten wie die, die er über Amatas Grab gestreut hatte. Sie hatte wohl etwas entdeckt, was er geheim halten wollte, und das schien er ihr sehr übel zu nehmen.

Als sie später in ein Badetuch gehüllt auf ihrem Bett saß, dachte sie an den Moment, als sie sein Handgelenk umfasst hielt und er zusammenzuckte. Sie hatte sich ihm so nah gefühlt, beinahe so, als würden sie sich schon lange kennen.

»Nein, ich werde mich nicht in ihn verlieben, niemals«, beteuerte sie laut, während sie aus dem Fenster schaute und das Wetterleuchten über den Bergen beobachtete.

10

Rick fand in dieser Nacht keinen Schlaf. Er war es gewohnt, dass er nach einem Konzert nicht gleich abschalten konnte, aber dieses Mal war es nicht allein das Adrenalin des Auftritts, das ihn die letzten Stunden so aufgeputscht hatte. Es war Christine Weingard. Noch immer hatte er keine Ahnung, was genau sie plante und was sie über ihn wusste. Warum hatte sie Amatas Grab fotografiert? Hatte sie gewusst, dass er an diesem Tag dort sein würde? Er musste unbedingt mit Denninger sprechen. Gleich morgen früh würde er wieder versuchen, ihn zu erreichen.

Dass er sich von dem bestochenen Zimmerkellner Christines Tür hatte öffnen lassen und sich damit den Auftritt bei ihr verschaffte, hatte ihn nicht wirklich weitergebracht. Ich setze alle Hebel in Bewegung, um sie loszuwerden, nutze aber die nächste Gelegenheit, um sie in ihrem Bad zu überraschen, das ist krank! Im nächsten Moment stockte ihm beinahe wieder der Atem, als er die Augen schloss und Christine vor sich in der Badewanne sah. Nein, bitte, es darf nicht sein. Ich könnte das nicht aushalten. Er spürte, wie ihm heiß wurde. »Nein«, sagte er laut, als könnte er allein mit diesem Wort die Ängste besiegen, die seine Begegnungen mit Christine heraufbeschworen hatten.

»Was ist mit dir, Liebling?«, murmelte Kathrin, die neben ihm lag und kurz aufschreckte.

»Alles gut, schlaf weiter.« Er drehte sich auf die Seite und wandte ihr den Rücken zu. Noch hatte er ihr nicht gesagt, dass es zwischen ihnen vorbei war.

Am nächsten Morgen wachte er schweißgebadet auf. Er hatte geträumt, dass er vor Amatas Grab stand, sich die Erde wie von allein auftürmte und eine menschliche Gestalt umhüllte. Er war darauf gefasst, dass Amata aus dem Erdloch steigen würde, aber stattdessen war es Christine gewesen, die plötzlich in einem weißen langen Kleid auf das Gras kroch. Als er das Traumbild wieder vor seinem geistigen Auge sah, wurde ihm speiübel. Er rannte ins Bad und ließ eiskaltes Wasser über seine Arme laufen, um die ersten Anzeichen einer Panikattacke zu unterdrücken. Anschließend schlich er zurück ins Schlafzimmer, schlüpfte in seine Jeans und fummelte das schwarze Etui mit Johanns Selbstgedrehten heraus. Leise ging er auf den Balkon, ließ sich in einen Liegestuhl sinken und zündete eine Zigarette an. Das Marihuana würde ihn beruhigen.

Auf dem Feldweg, der hinter dem Garten des Hotels vorbeiführte, sah er eine Gruppe Wanderer in Kniebundhosen mit Lodenhüten auf den Köpfen. Sie schleppten drei riesige Transparente. »Rettet die Wälder, keine neue Loipen für den Tourismus!«, hörte er sie rufen.

»Lächerliche Kleingeister. Die haben keinen Blick für das große Ganze«, verkündete Kathrin, die in ihrem schwarzen Seidenmantel auf nackter Haut zu ihm auf den Balkon herauskam.

»Warum Kleingeister? Weil sie nicht bereit sind, noch mehr Land für den Spaß anderer zu opfern?«

»Das Opfer wird nicht gerade gering vergütet.«

»Geld wiegt den Verlust von Heimat nicht auf.«

»Das klingt spießig, mein Schatz. Mit Geld kannst du dir jederzeit eine neue Heimat kaufen. Wir könnten uns zum Beispiel in Kalifornien niederlassen. Was hältst du davon?«

»Lass uns reingehen, ich muss mit dir reden«, wehrte Rick sie sanft ab, als sie sich auf seinen Schoß setzen wollte.

»Du hörst dich ernst an.«

»Es wird dir zunächst auch nicht gefallen, was ich dir sagen werde, aber mit ein wenig Abstand wirst du einsehen, dass die Entscheidung richtig ist.«

»Den Satz kenne ich, der kommt in jedem drittklassigen Film zum Einsatz, wenn der Held seiner ehemaligen Liebe erklärt, dass er sich von ihr trennen wird.«

»Kathrin, es tut mir leid.«

»Nein, das ist nicht wahr, Rick. Das glaube ich jetzt nicht.« Fassungslos sah sie ihn an, schluchzte laut auf, als er schwieg, rannte ins Zimmer und warf sich aufs Bett.

Da muss ich wohl nun durch, dachte Rick und folgte ihr.

11

Christine war klar, dass sie nicht einfach in Ricks Suite marschieren konnte. Seine Bodyguards würden das zu verhindern wissen. Sie musste ihren Besuch sorgfältig planen.

Ihr erster Gang am nächsten Morgen galt dem Trachtengeschäft im Erdgeschoss des Hotels. Sie kaufte ein paar Kleinigkeiten zum Anziehen. Wäsche, ein rotes Trachtenmieder, das ihr auf Anhieb ins Auge stach, und ein Paar hübsche schwarze Ballerinas. Alles für den Fall, dass sie noch ein paar Nächte in Sinach bleiben würde. Außerdem erstand sie ein grünes Dirndl, dessen Farbe zwar nicht ganz der der Dirndl des Hotelpersonals entsprach, aber auf den ersten Blick ähnlich wirkte. Danach ging sie zurück in ihr Zimmer und bestellte ein Frühstück für zwei Personen. Sie nahm das Tablett entgegen, schlüpfte in das grüne Dirndl und tippte die 315 auf dem Haustelefon. Dieselbe Nummer, die die Dame vom Empfang am Tag zuvor gewählt hatte, als Christine sich als Optikerin ausgegeben und darum gebeten hatte, Herrn Linden über ihren Besuch zu unterrichten.

»Bitte?«, meldete sich Rick nach dem zweiten Klingeln.

Christine legte sofort wieder auf. Jetzt wusste sie, dass er in seinem Zimmer war. Ein paar Minuten später stieg sie mit dem Frühstück für zwei in den Aufzug und fuhr in den dritten Stock. Einer der Bodyguards stand gelangweilt im Gang. Sie zögerte kurz, weil sie sichergehen wollte, dass es nicht der Sicherheitsmann vom Abend zuvor war, der sie möglicherweise wiedererkennen könnte. Aber sie hatte den schlaksigen jungen Mann, der weiße Turnschuhe zu seinem schwarzen Anzug trug, zuvor noch nicht gesehen. »Guten Morgen, ich bring das Frühstück für den Herrn Linden«, sagte sie und schenkte ihm ein charmantes Lächeln.

»Stellen Sie es dort ab, dann klopfen Sie kurz an und gehen wieder«, wies er sie an und deutete auf die Fußmatte vor der Tür mit der Nummer 315.

»Mach ich«, antwortete Christine. »Um Gottes willen!«, rief

sie im nächsten Moment entsetzt, tat so, als sei sie ins Stolpern geraten, und ließ das Tablett vor Zimmer 315 fallen. »Das war es dann, jetzt bin ich meinen neuen Job auch gleich wieder los.« Jammernd starrte sie auf die Bescherung, die sie angerichtet hatte.

»Nicht aufregen, ich helfe Ihnen«, zeigte sich der Junge als Retter in der Not, als sie vorgab, mit den Tränen zu kämpfen.

»Herr Linden, es ist was passiert!«, rief Christine und pochte gegen die Tür.

»Nicht, lassen Sie das«, bat der junge Mann, aber es war zu spät.

Rick hatte die Tür geöffnet, weil der Krach ihn aufgeschreckt hatte und er auf diese Weise der unangenehmen Situation mit Kathrin entfliehen konnte.

»Du versuchst es wohl mit jedem Trick«, fuhr er Christine an.

»Es tut mir leid, Herr Linden. Ich dachte, sie bringt das Frühstück«, entschuldigte sich der Bodyguard, als er begriff, dass Christine nicht zum Hotelpersonal gehörte.

»Schon gut, Lukas, die junge Dame ist besonders gerissen, wenn es darum geht, andere zu täuschen. Rufe bitte jemanden, der das wieder aufräumt.«

»Was ist los?«, wollte Kathrin wissen. Sie zog ihren Morgenmantel hoch, der ihr von den Schultern gerutscht war, und beugte sich auf dem Bett nach vorn, um die Tür besser im Blick zu haben.

»Ich komme wohl gerade unpassend«, tat Christine zerknirscht, als sie Kathrins verheulte Augen bemerkte. »Aber da ich schon einmal hier bin, möchte ich dir etwas zeigen, Rick.« Sie ließ sich nicht beirren und wollte ihm das Tagebuch geben, das in der dunkelgrünen Schürze ihres Dirndls steckte.

»Was auch immer es ist, ich habe kein Interesse daran.«

»Du solltest es dir wirklich ansehen.«

»Verschwinde.« Nicht schon wieder, dachte er, als sie ihn direkt ansah und er erneut dieses unglaubliche Gefühl der Nähe verspürte. Aber statt der Anziehungskraft nachzugeben und Christine endlich zuzuhören, wies er sie wieder ab.

»Es war ganz offensichtlich kein guter Einfall von Herrn Denninger, mich zu dir zu schicken. Aber egal, ich werde auch ohne dich herausfinden, wer Amata war. Ich fahre wieder nach Sinach«, verkündete sie.

»Lass dich nicht aufhalten«, entgegnete Rick, schlug ihr die Tür vor der Nase zu und befreite sich so aus seiner eigenen Starre.

»Tut mir leid«, entschuldigte Christine sich bei dem jungen Mann. Sie wollte nicht, dass er wegen ihr Ärger bekam.

»Wird mich schon nicht gleich meinen Job kosten. Rick gibt jedem eine zweite Chance. Jedenfalls war es eine kleine Abwechslung«, verabschiedete er sie mit einem Schmunzeln.

Er gibt also jedem eine zweite Chance, dachte Christine und fragte sich, warum das gerade für sie nicht zu gelten schien.

»Warum lässt mich diese Frau nicht in Ruhe?« Zornig warf Rick ein Kissen gegen die Tür, als er sich wieder zu Kathrin aufs Bett setzte.

»Ist sie Journalistin?«

»Fotografin.«

»Das sind die schlimmsten.«

»Sie ist Landschaftsfotografin.«

»Aha, und was will sie dann von dir?«, fragte Kathrin und wischte mit den Fingerspitzen über ihre tränennassen Augen.

»Keine Ahnung.«

»Wer ist Amata?«

»Amata ist vor dreißig Jahren gestorben, mehr gibt es dazu nicht zu sagen.« Er hatte Kathrin nie von Amata erzählt und würde es auch jetzt nicht tun.

»Warum liebst du mich nicht mehr, Rick?«

»Wir haben uns verändert, Kathrin. Es passt nicht mehr. Aber das ist nicht deine Schuld. Du bist eine wundervolle Frau.«

»Spar dir das. Wenn ich so wundervoll wäre, dann würdest du dich nicht von mir trennen. Ist es wegen ihr?«

»Wen meinst du?«

»Verkaufe mich nicht für blöd, das habe ich nicht verdient. Du weißt, dass ich die Fotografin meine.«

»Das ist doch absurd. Ich kenne sie so gut wie nicht.«

»So gut wie? Was bedeutet das: so gut wie? So, wie du sie eben angesehen hast, eine Menge. Wie nah seid ihr euch denn schon gekommen?«

»Kathrin, bitte, hör auf.«

»Du hast dein Herz für diese Frau geöffnet, Rick. Das hast du für mich nie getan.«

»Was soll das denn sein? Eine Textstelle aus deinem neuen Drehbuch?«

»Es ist die Antwort auf: Schatz, ich muss dir etwas sagen, was dir zunächst nicht gefallen wird, aber dann …«

»Das führt zu nichts.«

»Du wirst mich nicht vom Gegenteil überzeugen. Diese Frau bedeutet dir etwas. Ich habe diesen Blick noch nie zuvor bei dir gesehen, nicht diese Art von Zuneigung.«

»Christine hat nichts mit unserer Trennung zu tun, und das weißt du auch.«

»Was ist es dann? Wir waren doch glücklich, Rick«, schluchzte Kathrin erneut auf. Die Tränen liefen ihr über die Wangen, und Rick reichte ihr ein Taschentuch. Frauen hatten nie ein Taschentuch dabei, wenn sie weinten, zumindest hatte er das immer so erlebt. Eine Frau weint, ein Mann gibt ihr ein Taschentuch, sie darf schwach sein, er muss stark sein. Das traurige Burgfräulein und der edle Ritter. Er fragte sich, ob wenigstens Alice Schwarzer immer ein Taschentuch bei sich trug?

»Ich habe dich aufrichtig geliebt«, beendete Kathrin seine schon weitergeführte Überlegung, ob Frau Schwarzer denn überhaupt ein Taschentuch von einem Mann annehmen würde und ob er bereit wäre, eines für sie zu opfern.

»Würdest du mich auch noch lieben, wenn ich mich dazu entschlösse, Pferde zu züchten oder Wein anzubauen?«

»Was redest du denn da? Dein Platz ist auf der Bühne, du brauchst den Applaus des Publikums.«

»Nein, nicht mehr.«

»Das nehme ich dir nicht ab.«

»Ich werde meine Karriere nach der Tournee beenden.«

»Pferdezüchter, Weinbauer, das passt doch nicht zu dir.«

»Falsch. Das ist nur deine Meinung darüber, was zu mir passen sollte.«

»So ein Leben würde mir tatsächlich nicht gefallen, da hast du recht.« Sie tupfte ihr Gesicht trocken, als es an der Tür klopfte, knüllte das Taschentuch zusammen und warf es hinter sich aufs

Bett. »Vielleicht ist deine kleine Fotografin zurückgekommen, um mit dir auf dem Land in Einsamkeit zu leben.«

»Wart ihr mit dem Frühstück nicht zufrieden?«, fragte Johann, der sich an dem Zimmermädchen vorbeiquetschte, das Christines Missgeschick vor der Tür mit Schaufel und Besen beseitigte. »Was ist los?«, wollte er wissen, als Rick und Kathrin schwiegen.

»Rick hat den Verstand verloren: Er plant, aufs Land zu ziehen. Stell dir nur vor, Rick Linden will in der Einöde versauern. Hast du sie wenigstens schon gefragt, ob sie Spaß am Landleben hat?«, wandte sich Kathrin wieder an Rick. »Ich meine nur, ihr solltet schon die gleiche Vorstellung von eurem zukünftigen gemeinsamen Leben haben.«

»Lass es gut sein, bitte.«

»Denkst du, die Presse lässt es gut sein, wenn sie davon erfährt?«

»Wovon erfährt?«, mischte sich Johann in die Auseinandersetzung der beiden ein.

»Dass er sich wegen dieser Fotografin von mir getrennt hat«, klärte Kathrin ihn mit bitterer Miene auf. »Was machst du?«, fragte sie verblüfft, als Rick den Kleiderschrank aufriss.

»Unser nächster Auftritt ist erst in fünf Tagen. Ich fahre aufs Land, das du so hasst«, antwortete er, suchte sich eilig etwas zum Anziehen und verschwand im Bad.

»Du hast einen Traum, den er nicht mit dir träumen will, und umgekehrt ist es genauso. Ihr würdet auf Dauer nicht zusammen glücklich werden«, redete Johann tröstend auf Kathrin ein.

Aber sie ignorierte ihn. »Schon so spät? In vier Stunden geht mein Flug ab München!«, rief sie erschrocken, als sie auf den Radiowecker neben dem Bett schaute. »Kann ich bei dir duschen, Johann? Ich will ihm nicht mehr begegnen.«

»Ganz wie du möchtest«, antwortete Johann und schaute nachdenklich auf die geschlossene Badezimmertür. Während Kathrin in aller Eile ihren Koffer packte, zog er behutsam die Schublade des Schreibtisches auf. Das Foto von Amata lag noch immer dort. »Jetzt kannst du nicht mehr weglaufen, mein Freund«, flüsterte er und schob die Schublade wieder zu.

12

Christine würde auf Rick Lindens Hilfe verzichten. Was könnte er auch schon zur Klärung über Amatas Schicksal beitragen? Er war noch ein Kind, als sie starb. Der alte Mann in Sinach hatte sie wohl einfach nur loswerden wollen. Aber egal, was sich wer auch gedacht hatte, sie würde sich nicht abwimmeln lassen. Sie packte ihre Sachen, tauschte das Dirndl gegen ihre schwarze Jeans und das karminrote Trachtenmieder und verließ wenig später ihr Zimmer. Nachdem sie ihre Rechnung am Empfang beglichen hatte, fuhr sie mit dem Lift ins Parkhaus.

Sprachlos hielt sie inne, als sie sah, dass Rick an ihrem Auto lehnte. Wollte er sich vergewissern, dass sie das Hotel auch wirklich verließ?

»Ich komme mit nach Sinach«, erklärte er, als sie sich wieder gefangen hatte und näher kam.

»Bisher hatte ich nicht den Eindruck, dass du meine Gesellschaft schätzt«, entgegnete sie abweisend.

»Die Dinge ändern sich.«

»Das Leben ist ein langer wilder Fluss, du weißt nie, wo er dich ans Ufer spült. So in etwa?«

»So ungefähr«, antwortete er lächelnd.

»Was sagt deine Freundin zu deinem Ausflug aufs Land?«

»Sie ist nicht mehr meine Freundin.«

»Gestern war sie es noch.«

»Wie gesagt, die Dinge ändern sich.«

»Welche Verbindung besteht zwischen dir und Amata?«, fragte Christine und stellte ihre Reisetasche in den Kofferraum. Wenn er schon freiwillig bei ihr auftauchte, konnte sie ihn auch erneut mit ihren Fragen konfrontieren.

»Das steht dir«, sagte er und deutete auf ihr Mieder.

»Willst du mir nun etwas über Amata erzählen oder meinen Kleidungsstil kommentieren?«

»Ist mein Wissen über Amata das Einzige, was dich an mir interessiert?«

»Weißt du etwas über sie? Ja oder nein?« Sie ließ sich nicht ablenken.

»Wir sollten Georg Denninger besuchen.«

»Was läuft da zwischen dir und dem alten Mann? Er schickt mich zu dir, jetzt willst du mit mir zu ihm? Ich bin an Antworten interessiert, nicht an Reisen, jedenfalls nicht in diesem Fall.«

»Georg Denninger und ich sind beide ein Teil von Amatas Geschichte. Wir sollten dir ihre Geschichte gemeinsam erzählen.«

»Es gibt noch eine dritte Stimme.«

»Welche?«, fragte er erstaunt.

»Steig ein«, forderte sie ihn auf und genoss seine Überraschung über ihre Antwort. Sie hatte ihn neugierig gemacht, das reichte fürs Erste. Sie steckte ihr Haar mit einer Spange am Hinterkopf fest, damit der Fahrtwind es ihr nicht ins Gesicht wehte, und setzte sich ans Steuer ihres Wagens.

»Warum interessierst du dich für Amata?« Rick hatte gewartet, bis Garmisch hinter ihnen lag und die Straße sich einen bewaldeten Hügel hinaufzog.

»Meine Mutter hat ein Foto von ihrem Grab und ihr Tagebuch aufbewahrt. Ich will wissen, wieso.«

»Warum fragst du nicht deine Mutter?«

»Meine Eltern hatten vor Kurzem einen Unfall. Ich habe das Tagebuch in ihrem Nachlass gefunden.«

»Das tut mir leid«, entgegnete Rick und ließ einen Augenblick verstreichen, bevor er sie bat, ihm das Buch zu zeigen.

»Amatas Tagebuch«, flüsterte er, nachdem Christine in einer Parkbucht angehalten und das Buch aus ihrer Reisetasche geholt hatte. Er betrachtete die goldenen Buchstaben auf dem Einband leise, ohne eine Regung.

»Wer war sie, Rick?«

»Weiß außer Denninger noch jemand, dass du nach Amata suchst?«

»Der Apotheker und, ich denke, der Bürgermeister.«

»Jeremias?«, fragte er erschrocken.

»Er ist zufällig in die Apotheke gekommen, als ich mich dort mit Karl Borgrieder unterhielt. Danach bin ich ihm noch einmal am Friedhof begegnet, kurz nachdem du mit deiner Harley abgehauen bist. Er hat mir klargemacht, dass er Fotografen mit journalistischen Ambitionen nicht leiden kann. Darin seid ihr euch beide einig. Genau wie du hat er sich sofort über mich erkundigt. Er hat das Kennzeichen meines Wagens als Anhaltspunkt genutzt. Was war es bei dir?«

»Dein Name hat genügt. Aber wir sollten die Sache hier abbrechen. Vergiss Amata.«

»Wie bitte? Es ist noch keine Viertelstunde her, da hast du mir erklärt, dass du mir Amatas Geschichte erzählen wirst.«

»Kehr in dein Leben zurück, Christine.«

»Das werde ich nicht tun.« Sie ließ keinen Zweifel an ihrer Entschlossenheit aufkommen und steckte das Tagebuch wieder ein.

»Jeremias ist auf dich aufmerksam geworden. Das allein ist schon ein guter Grund, Sinach zu meiden.«

»Spielt denn Jeremias Rimbar auch eine Rolle in Amatas Geschichte?«

»Hör zu, bisher ist Amata für dich nur ein Mädchen, das viel zu früh gestorben ist. Überlasse ihr Leben deiner Phantasie. Es ist besser so.«

»Aber ich will doch nur wissen, wer sie war. Wem sollte das denn schaden?«

»Du hast keine Ahnung, woran du da rüttelst.«

»Der Mädchenname meiner Mutter war Lachner.«

»Der Name ist in der Gegend nicht gerade ungewöhnlich. Vielleicht hat deine Mutter das Tagebuch auf einem Flohmarkt gefunden ...«

»... und wegen der Namensgleichheit aufgehoben«, beendete sie den Satz mit dem Gedanken, der ihr bei der Entdeckung auch zuerst gekommen war.

»Das scheint mir eine einleuchtende Erklärung.«

»Aber wenn es so war, warum hat sie das Buch dann in der hintersten Ecke ihres Schrankes versteckt?«

»Wo ist deine Mutter geboren?«

»In Garmisch, hat sie mir erzählt.«

»Was weißt du über ihre Familie?«

»Nichts. Sie hat immer erzählt, sie sei eine Kriegswaise und ihre Familie sei im Zweiten Weltkrieg umgekommen. Sie hatte keine Erinnerung an ihre Eltern.«

»Sag mir den Vornamen deiner Mutter.«

»Betti.«

»Betti Lachner«, wiederholte Rick leise, lehnte sich in seinem Sitz zurück und betrachtete Christine. »Also gut«, sagte er. Es gab keine Zweifel mehr.

»Also gut was?«

»Wir werden Denninger besuchen.« Diese Augen, dieses Lächeln, er hatte es gleich gewusst. Es war sinnlos, sich weiterhin gegen das Offensichtliche zu wehren. Und nun, da er sich entschlossen hatte, mit ihr zu gehen, gab es kein Zurück mehr. Die Dämonen riefen ihn, er musste sich ihnen stellen.

13

An diesem Vormittag bot Sinach ein geschäftiges Bild. Traktoren rollten über die Felder, Frauen in Dirndln zupften Unkraut in ihren Gärten, andere waren mit Einkaufskörben unterwegs. Alte Männer in Trachtenjacken hockten Pfeife rauchend auf den Bänken vor ihren Häusern, während Kinder auf Rollern und Fahrrädern durch die mit Kopfstein gepflasterten Straßen bretterten. Ein Idyll wie vor fünfzig Jahren, dachte Christine, beinahe so, als sei die Zeit in diesem Dorf stehen geblieben.

»Stell den Wagen dort ab«, leitete Rick sie zu dem Parkplatz vor dem Rathaus.

»Warum gerade hier? Rimbar kennt mein Auto. Er muss nur aus dem Fenster seiner Amtsstube schauen, dann weiß er, dass ich wieder da bin.«

»Genau das ist meine Absicht.«

»Hast du nicht gerade noch gesagt, ich sollte wegen ihm Sinach meiden? Willst du ihn provozieren?«

»Wir können unsere Anwesenheit sowieso nicht vor ihm geheim halten. So machen wir ihm von Anfang an klar, dass wir uns nicht vor ihm verstecken werden.«

»Würdest du mir vielleicht verraten, wozu es überhaupt gut sein könnte, sich vor ihm zu verstecken?«

»Es wäre eine Möglichkeit, die Dinge aufzuhalten, die nun zwangsläufig passieren werden.«

»Geht es ein bisschen genauer?«

»Vor dreißig Jahren ist etwas geschehen, was alle Beteiligten auf ihre Weise verdrängt haben. Dein erneuter Besuch in Sinach wird alte Wunden aufreißen. Ich habe keine Ahnung, wie wir alle letztendlich damit umgehen werden.«

»Du machst mir Angst, Rick.«

»Ich habe auch Angst, das kannst du mir glauben. Aber egal, wir werden es irgendwie schaffen. Komm, ich lade dich ins Café ein, dort können wir reden.«

»Reden hört sich gut an.«

Das Café, in das sie gingen, lag an der Hauptstraße und war erst vor Kurzem renoviert worden. Roséfarbene Wände, die bis auf halbe Höhe mit heller Buche verkleidet waren, Stühle und Tische aus dem gleichen Holz, dunkelblaue Polster mit dezenten goldfarbenen Streifen, Jugendstillampen in Form von weißen Blüten und eine Theke aus Buchenholz für die Torten und verführerisch duftenden Kuchen des Hauses.

An einem Tisch am Fenster balgten sich zwei Kleinkinder um einen Luftballon und stießen dabei einen Eisbecher um. Entnervt bemühte sich der Vater, die beiden Jungen zur Ruhe zu bringen, während die Mutter beschwichtigend lächelnd einen Packen Servietten vom Nebentisch holte und die klebrige Brühe von der Tischdecke tupfte. Sonst war niemand im Innenbereich, die anderen Gäste saßen draußen im Garten und genossen die Sonne und die Aussicht auf die Berge.

»Dort hat Amata immer gesessen«, sagte Rick.

»Hattest du auch einen Stammplatz?«, fragte Christine und setzte sich auf den Stuhl neben dem Fenster, auf den Rick gedeutet hatte und von dem aus sie den ganzen Raum überblicken konnte.

»Nein, dazu war ich noch zu jung. Amata hat mich hin und wieder mitgenommen, dann durfte ich neben ihr sitzen und war mächtig stolz«, erinnerte sich Rick, während er gegenüber von Christine Platz nahm.

»Was darf ich Ihnen bringen?«, unterbrach sie ein junges Mädchen im hellblauen Dirndl, das sich mit gezücktem Block und Bleistift neben ihnen aufbaute.

»Eine Eisschokolade«, bestellte Christine.

»Ich nehme einen Eiskaffee«, sagte Rick.

»Kommt gleich.« Als das Mädchen in die Küche marschierte, um die Bestellung aufzugeben, wandte es sich noch einmal neugierig um. Rick setzte sofort seine Sonnenbrille auf, aber es war schon zu spät.

»Sie sind Rick Linden von A.L.M., hab ich recht?«, flüsterte das Mädchen, und seine großen blauen Augen blitzten vor Aufregung, als es wenig später den Eiskaffee und die Eisschokolade servierte.

»Nein, er sieht ihm nur ähnlich. Aber das hören wir immer wieder«, übernahm Christine die Antwort.

»Ich dachte nur, weil der Rick aus Sinach stammt, da hätte es doch sein können.« Verlegen zupfte das Mädchen an seinen langen dunklen Locken, bevor es schnell wieder verschwand.

»Danke«, sagte Rick.

»Sie wird sich nicht täuschen lassen.«

»Nein, vermutlich nicht.« Auch er hatte bemerkt, dass das Mädchen ihn weiterhin neugierig beobachtete. Als Christine sich suchend nach den Toiletten umschaute, zeigte er auf eine Tür am anderen Ende des Raumes. »Dahinten. Darf ich mir in der Zwischenzeit das Tagebuch ansehen?«

»Gern.« Sie gab ihm das Buch. Er will sich erinnern, dachte sie. Genau das hatte sie beabsichtigt.

In der Toilette roch es nach frischer Farbe. Die weißen Sanitärobjekte mit ihren eckigen Kanten hatten sich die Besitzer des Cafés etwas kosten lassen. Toiletten waren die Visitenkarte der Küche. Saubere Toiletten gleich saubere Küchen, das hatte sie auf ihren vielen Reisen gelernt. Als sie sich die Hände wusch, bemerkte sie die mit Filzstift geschriebenen Sprüche an der Wand neben dem Spiegel. Sie waren mit einer durchsichtigen Lackschicht bedeckt, um sie für die Nachwelt zu bewahren. Erinnerungen an eine längst vergangene Zeit. Es gab Vorschläge zur Weltverbesserung und inbrünstige Liebesbezeugungen. Christines Blick blieb an dem gemalten Herzchen hängen: »A. und J. 16. August 1982«. Sie kannte die Handschrift inzwischen. Der sechzehnte August, das war eine Woche vor Amatas Tod gewesen. Andächtig strich sie über die Buchstaben und fragte sich, was Amata wohl empfunden hatte, als sie das schrieb.

Rick schlug gerade die letzte Seite des Tagebuchs auf, als Christine zurückkam. Er hatte es auf die Schnelle durchgeblättert. Vielleicht, um herauszufinden, ob Amata auch etwas über ihn geschrieben hatte. »Ich glaube nicht, dass etwas über dich drinsteht«, nahm sie ihm die Sorge und setzte sich wieder zu ihm. »Ich habe die alten Graffiti in der Toilette gelesen.«

»Sie wurden nicht entfernt?«, wunderte er sich.

»Ein kleines Museum der Sinacher Gesinnung, eine gute Idee, finde ich. Auch Amata hat sich dort verewigt. Wer war dieser J., in den sie verliebt war?«

Rick ließ seinen Blick durch das Café schweifen. Die Familie mit den beiden Kindern war inzwischen gegangen und hatte einen dunklen Klecks Schokoladeneis auf der weißen Tischdecke hinterlassen. »J. steht für Jeremias«, antwortete er nach kurzem Zögern.

»Jeremias Rimbar, der Bürgermeister von Sinach?« Nie und nimmer hätte Christine ihn als Amatas Liebe in Betracht gezogen.

»Ich habe nie verstanden, was sie an ihm fand.«

»Aber Amata war erst fünfzehn. Nach allem, was in ihrem Tagebuch steht, ist zwischen ihr und Jeremias mehr passiert als nur Händchenhalten.«

»Jeremias war zwanzig und sah verdammt gut aus. Nicht nur die jungen Mädchen waren hinter ihm her.«

»Woher willst du das wissen? Du warst doch noch ein Kind.«

»Ich war acht, aber nicht blöd. Am Abend vor dem Unglück waren wir übrigens alle hier im Café.«

»Was ist Amata zugestoßen?«

»Sie ist bei einem Brand ums Leben gekommen. Es war meine Schuld.« Ricks Blick glitt ins Leere. Seine Erinnerung an den Tag war auf einmal so klar, als wäre alles erst gestern passiert. »Amata gab mir Nachhilfestunden im Rechnen, auch an diesem Nachmittag. Als sie mir erzählte, dass sie sich danach mit ihren Freundinnen im Eiscafé treffen wollte, bettelte ich so lange, mitkommen zu dürfen, bis sie nachgab. Ich war in Amata verliebt, und es war ein großer Sieg für mich, dass ich sie begleiten durfte. Sie und ihre Freundinnen legten zusammen und spendierten mir einen Eisbecher mit Kirschen. Ich hörte den Mädchen zu, wie sie sich über Fassbinder ausließen, der ein paar Wochen zuvor gestorben war. Ich war fasziniert, obwohl ich nichts davon verstand. Aber sie hatten alle Filme von ihm gesehen und fühlten sich ungemein erwachsen und überlegen, weil ihre Eltern nichts damit anfangen konnten.«

»10. Juni 1982.«

»Was?«

»Ist Fassbinder gestorben«, sagte Christine.

»Du interessierst dich für ihn?«

»Er war genial.«

»Davon war Amata auch überzeugt. Damals konnte ich es

nicht einschätzen, aber heute weiß ich, wie ernsthaft sie über das Leben nachgedacht und wie sehr mich das wohl beeindruckt hat. Ich fühlte mich großartig, wenn ich mit ihr zusammen war, so auch an jenem Abend – bis Jeremias kam. Er machte wieder einen seiner üblichen Witze, nannte mich Ricky Piggy, den Herzensbrecher im Kleinformat, worüber sich Amata mächtig aufregte. Es war immer das gleiche Spiel: Er nahm mich hoch, sie verteidigte mich, und ich versicherte Jeremias, dass ich eines Tages reich und berühmt sein und Amata heiraten würde.«

»Einschüchtern konnte er dich wohl nicht?«, bemerkte Christine amüsiert.

»Mit Amata an meiner Seite war ich mutig.«

»Was ist an diesem Abend geschehen?«

»Jeremias setzte sich zuerst zu seinen Freunden.« Rick zeigte auf den Tisch mit der Eckbank an der gegenüberliegenden Wand. »Sie hatten eine Zeitung vor sich ausgebreitet und sprachen über den Leitartikel. Es ging um den Überfall auf einen Geldtransporter einen Tag zuvor.«

»Dein Gedächtnis ist wirklich überraschend gut«, staunte Christine.

»Keine Ahnung, wie gut es tatsächlich ist, aber an diesem Ereignis kam niemand vorbei, alle sprachen darüber. Es gab zwei Tote: den Fahrer und den Beifahrer. Zwei Täter wurden gleich vor Ort gefasst, der dritte ist mit fünf Millionen Mark entkommen.«

»Wurde er später gefasst?«

»Nein.«

»Und das Geld ist nie wieder aufgetaucht?«

»Es gab weder eine Spur von dem dritten Täter noch von dem Geld.«

»Was ist?«, fragte Christine, als Ricks Augenlider flackerten. Die Erinnerung schien ihm zu schaffen zu machen.

»Irgendwann ging Jeremias zur Musikbox, die es damals noch gab, warf eine Münze ein und wählte ›Ein bisschen Frieden‹, das Lied, das 1982 den Grand Prix d'Eurovision gewonnen hatte. Die Mädchen liebten es, aber Jeremias hatte sich darüber immer lustig gemacht. Dass er es spielte, musste etwas zu bedeuten haben. Alle schauten ihn überrascht an.«

»Hatte es etwas zu bedeuten?«

»Allerdings. Jeremias kam zu uns an den Tisch und setzte sich neben Amata, was ihr offensichtlich unangenehm war. Sie rückte sofort von ihm weg, was mir wiederum gefiel, weil ich ja in sie verliebt war. Jeremias ließ sich von ihrem Verhalten nicht verunsichern, er legte den Arm um sie, steckte ihr feierlich einen Ring an den Finger und küsste sie. Alle dachten, die beiden seien nun offiziell verlobt. Doch Amata wollte den Ring nicht. Sie versuchte sofort, ihn abzustreifen, aber es gelang ihr nicht. Jeremias hatte ihn ihr mit ziemlicher Gewalt auf den Mittelfinger gesteckt, er saß fest.«

»Aber warum sollte er sich mit ihr verlobt haben? Wenn ich ihr Tagebuch richtig interpretiere, glaubte sie doch, sie sei ihm lästig. Sie wollte Sinach verlassen.«

»Ich habe keine Ahnung, warum Jeremias das getan hat.«

»Was war das für ein Ring?«

»Ein grüner Stein, vielleicht ein Smaragd, in einer schlangenförmigen silbernen Fassung.«

»Bitte?«, wandte sich Rick an den Mann in lederner Kniebundhose, der das Café betreten hatte und geradewegs auf ihren Tisch zusteuerte.

»Kennst du mich nicht mehr, Rick? Ich bin es, der Seppi«, stellte sich der Mann vor, pustete sich seine krausen Locken aus dem Gesicht und bedachte Rick mit einem breiten Grinsen.

»Seppi Kreitmüller?« Rick kniff die Augen zusammen, um gegen das Licht besser sehen zu können.

»So ist es, der kleine dicke Seppi, der in der Schule neben dir gehockt hat und den du so oft hast abschreiben lassen.«

Rick musste lächeln, als er sich an das runde Kindergesicht und den vertrauensseligen Blick des Schulfreundes erinnerte.

»Setz dich doch zu uns«, bat er ihn.

»Aber nur ein paar Minuten, meine drei Grazien warten zu Haus auf ihr Eis.«

»Deine Grazien?«

»Die Erika, meine Frau, und unsere beiden Töchter.«

»Erika Gabler?«

»Da schau her, an die Erika erinnerst du dich gleich.« Seppi grinste.

»Sie saß in der Schule vor mir, hatte wundervolles blondes Haar und eine süße Stimme.«

»Hat sie alles immer noch«, erwiderte Josef voller Stolz und setzte sich auf den Stuhl am Kopfende des Tisches. »Seppi«, sagte er und reichte Christine die Hand.

»Christine Weingard.«

»Dann schipperst du wohl auch endlich auf den Hafen der Ehe zu, was?«, fragte Josef Kreitmüller und klopfte Rick freundschaftlich auf die Schulter, während er Christine mit anerkennendem Blick musterte.

»Nicht wirklich. Wir haben uns erst gestern kennengelernt«, half Christine Rick aus der Verlegenheit.

»Respekt, ich hatte den Eindruck, ihr seid schon recht vertraut miteinander, wie ihr da so beieinanderhockt. Hast du ihn erkannt, Leni, deinen großen Schwarm?«, wandte Josef sich an das Mädchen, das die Tischdecke mit dem Schokoladenfleck austauschte und danach mit einem feuchten Lappen über die Polster fuhr, um mögliche Spuren des Unfalls zu beseitigen.

»Er will nicht, dass ich ihn erkenne, also tu ich so, als wäre er es nicht.« Leni gab vor, sich nicht weiter für Rick zu interessieren, streifte ihn aber mit ihrem Blick, als sie sich mit dem Arm über ihre verschwitzte Stirn wischte.

»Tut mir leid«, entschuldigte sich Christine bei dem Mädchen, weil sie es angeschwindelt hatte.

»Schon gut, ich würde es auch nicht wollen, dass ihn jeder erkennt, wenn ich mit ihm unterwegs wäre.«

»Hast du eigentlich den Hof deiner Eltern übernommen?«, lenkte Rick den Schulfreund ab, bevor er noch auf die Idee kam, sein Verhältnis zu Christine weiter zu hinterfragen.

»Weil ich so zünftig daherkomme?«, amüsierte sich Josef und schnalzte mit den Trägern seiner Lederhose.

»Seppi ist Polizist, und mein Papa ist sein Chef!«

»Dann bist du die Tochter von Franz Burger?«, wandte sich Rick dem Mädchen zu.

»So ist es.« Leni feuerte den Putzlappen in den Eimer, machte sich auf den Weg in die Küche und ließ die Tür hinter sich zuklappen.

»Die Stelle wurde erst vor einem halben Jahr frei, zuvor war ich in Garmisch«, erzählte Josef. »Mich hat es mächtig gefreut, dass der Burger Franz mich angefordert hat. Der Franz ist ja schon lang wieder hier, er hat es in München auf Dauer nicht ausgehalten und gleich zugegriffen, als Rimbar ihm die Leitung des Reviers angeboten hat. Sehnst du dich jetzt etwa auch nach deiner alten Heimat?«

»Manchmal kommt es schon vor«, gab Rick zu. Das sanfte Hochtal mit den Buckelwiesen, die Seen, die kahlen Gipfel, diese Landschaft war nie ganz aus seinen Träumen verschwunden.

»Der Renner Toni, der Sohn von Rimbars Schwester, ist seit ein paar Monaten auch mit von der Partie. Ein ganz ein strammer Bursche ist der geworden. Ich glaube, der schlägt sogar die Hacken aneinander, wenn er seinem Onkel begegnet.«

»Besetzt die Familie des Bürgermeisters noch andere öffentliche Posten?«, fragte Christine.

»Wenn der Gasthof auch als öffentliche Einrichtung zählt, dann schon. Der gehört dem Renner Gustl, Tonis Vater und Rimbars Schwager. Aber wenn du wirklich wissen willst, wie viel Einfluss Rimbar hat, dann solltest du dich mit der Familie seiner Frau befassen. Die Barbara stammt aus einer Münchner Juristenfamilie. Nur Richter und Anwälte, alle irgendwie mit der Politik verschwägert. Der Franz sagt immer, dieser ganze verfilzte Haufen erinnere ihn an die Mafia«, fügte Josef Kreitmüller flüsternd hinzu. »Erinnerst du dich eigentlich noch an Manni Schwabe?«, wandte er sich wieder in normaler Lautstärke an Rick.

»So hieß doch einer der Männer, die den Geldtransporter überfallen haben, oder?«

»Exakt. Sie haben ihn gestern aus dem Gefängnis entlassen.«

»Geht es um den Überfall von 1982?«, wollte Christine wissen.

»Genau um den. Das war eine Sache, eine ganz eine ausgefuchste. In der gesamten Gegend herrschte monatelang Goldgräberstimmung, weil die Beute doch verschwunden war und jeder hoffte, sie irgendwo ausbuddeln zu können.«

»Ist ein dritter Täter nicht mit der Beute entkommen?«

»Viele haben geglaubt, das sei nur ein Gerücht, um die Leute vom Graben abzuhalten.«

»Der Raub ist dreißig Jahre her. Drei Jahrzehnte sind ein ungewöhnliches Strafmaß, selbst bei Mord«, wunderte sich Christine.

»Schwabe sollte auch schon vor fünfzehn Jahren entlassen werden, aber dann hat er im Streit einen Gefängniswärter erschlagen, der ihn und seine Mithäftlinge drangsaliert hatte. Das brachte ihm zwar den Respekt der anderen Insassen ein, aber auch fünfzehn zusätzliche Jahre. Wenn ihm der große Unbekannte nicht irgendwo ein bisschen Geld zurückgelegt hat, dann wird er sicher bald wieder in die Obhut des Staates zurückkehren. Nach der langen Zeit findet der sich draußen bestimmt nicht mehr zurecht.«

»Was ist mit dem anderen Täter, den sie zusammen mit Schwabe verhaftet haben?«

»Der wurde vor fünfzehn Jahren entlassen und ist gleich von der Bildfläche verschwunden.«

»Sag mal, Seppi, die Akten über den Scheunenbrand auf dem Denningerhof, habt ihr die noch?«, wechselte Rick das Thema.

»Freilich.«

»Ich würde gern noch einmal das Protokoll meiner Aussage lesen.«

»Das musst du mit dem Franz besprechen. Es liegt in seiner Verantwortung. Er dürfte im Moment auf dem Revier sein, am besten gehst du gleich hin«, schlug Josef Kreitmüller vor. »Aber bevor wir wieder auseinandergehen, trinken wir noch einen Obstler auf unser Wiedersehen. So viel Zeit muss sein. – Leni, drei Obstler!«, rief er in Richtung Küche.

»Die Leni ist gerade nicht da, ich hoffe, du nimmst die Obstler auch von mir?« Eine rundliche kleine Frau im hellblauen Dirndl trat aus der Küche und nahm die Obstlerflasche aus dem Regal hinter der Kuchentheke.

»Freilich, Gertrud, von der Frau Chefin immer«, antwortete Kreitmüller lachend. »Du hast heute auch einen prominenten Gast, schau her.«

»Geh, das weiß ich doch schon. Die Leni hat es mir geflüstert. Ich soll mir aber nichts anmerken lassen, hat sie mir ans Herz gelegt«, sagte sie und bedachte Rick mit einem freundlichen Lächeln.

14

»Das könnte Ärger bedeuten«, murmelte Jeremias, als er auf dem Rathausparkplatz das Golf-Cabrio entdeckte, mit dem die Fotografin unterwegs war. Er musste wachsam sein, erst recht nach dem Anruf, den er gerade von der Münchner Staatsanwaltschaft erhalten hatte. Hoffentlich stellte sich alles nur als Zufall heraus. Trotz aller Einsprüche, die durch seinen Schwager Arnold, der dort das Sagen hatte, eingereicht worden waren, war Manni Schwabe aufgrund des positiven Gutachtens eines Psychologen seit gestern wieder auf freiem Fuß. Er musste sich unbedingt noch einmal einen Überblick über die Vorgänge von damals verschaffen. Falls Manni Schwabe den Nerv besaß, sich in Sinach blicken zu lassen, sollte er vorbereitet sein. In den letzten Jahren hatte Jeremias nicht oft an die Vergangenheit gedacht. Für ihn war alles wunderbar verlaufen, niemand hatte Zweifel geäußert, alle schienen den Ausgang der Geschichte akzeptiert zu haben. Aber diese Ruhe war nun bedroht. Manni Schwabe, Christine Weingard und Rick, drei Komponenten, die alles, was er erreicht hatte, zunichtemachen konnten.

Kurz darauf betrat er das Polizeirevier, das zwar im Anbau des Rathauses untergebracht war, aber einen eigenen Zugang im Hof besaß. Trotz der hohen Fenster war der Raum recht dunkel, da er um diese Uhrzeit im Schatten des Rathauses lag.

Drei Schreibtische, zwei gegenübergestellt, der dritte, Franz Burgers Arbeitsplatz, stand ein Stück abgerückt quer zu den anderen. Auf jedem Tisch ein Computer und ein Telefon, in den Regalen unzählige Aktenordner. Die beiden Ausnüchterungszellen, die nur während der Dorffeste ausgelastet waren, lagen im hinteren Teil des Reviers.

Hauptkommissar Burger, sechsundfünfzig Jahre alt, kräftig und groß, saß an seinem Tisch und schrieb. Gleichmäßig glitt der Kugelschreiber über das weiße Blatt.

Jeremias hatte es nie bereut, dass er ihm die Stelle in Sinach angeboten hatte. Burger besaß den richtigen Spürsinn, der einen guten

Polizisten ausmachte, und er ließ sich nicht bestechen. Ehrliche Menschen mit festen Prinzipien waren berechenbar, eine wichtige Voraussetzung für jemanden, der an der Macht bleiben wollte.

»Hallo, Franz«, begrüßte Rimbar den Leiter des Sinacher Polizeireviers und nahm unaufgefordert auf dem Stuhl vor seinem Schreibtisch Platz.

»Welche Ehre, der Herr Bürgermeister.« Burger sah kurz auf, ohne seine Arbeit zu unterbrechen.

»Gebt ihr die alten Berichte in den Computer ein?«, zeigte sich Jeremias interessiert an den angestaubten Polizeiakten, die sich auf den beiden anderen Schreibtischen stapelten.

»Wenn es sonst nichts zu tun gibt, dann beschäftigen wir uns mit den alten Fällen. Manche werfen immer noch Fragen auf, obwohl sie als abgeschlossen gelten.«

»Du hast aber nicht vor, jeden unaufgeklärten Diebstahl der letzten fünfzig Jahre neu aufzurollen, oder?«

»Alles, was mit den heutigen Möglichkeiten Aussicht auf Erfolg hat, ist eine Überprüfung wert.«

»Ich muss aber nicht befürchten, dass du bei deinem Engagement für die Vergangenheit keinen Kopf mehr für die Gegenwart hast?«

»Du kannst versichert sein, dass ich mir meine Arbeit einteilen kann. Aber manchmal eröffnet sich eine Spur von der Gegenwart zurück in die Vergangenheit, und dann wird es richtig spannend.« Als Franz Burger seinen Kugelschreiber zur Seite legte und sich aufrichtete, spannte das schwarz-grau karierte Hemd über seinem massigen Oberkörper. »Willst du etwas Bestimmtes von mir, Jeremias?«

»Warum tippst du deine Berichte nicht gleich in den Computer?«, ging der Bürgermeister nicht auf die Frage ein und schielte auf das Blatt, das vor dem Kommissar lag.

»Ich mache mir erst einige Notizen, bevor wir es eingeben.«

»Hast du noch immer Respekt vor der Technik?«

»Bist du etwa hier, um dich mit mir über mein Verhältnis zu Computern zu unterhalten?«

»Natürlich nicht, ich wollte nur mal sehen, wie es so geht. So ganz allgemein.«

»So ganz allgemein, aha.«

»Ein kleines Anliegen hätte ich allerdings schon. Die alten Akten haben mich darauf gebracht«, kam Jeremias nun auf den Grund seines Besuches zu sprechen.

»Auf was haben sie dich denn gebracht, die Akten?«, wollte Burger wissen und beobachtete die Reaktion seines Gegenübers.

»Ich dachte, es könnte nicht schaden, wenn auch ich mein Gedächtnis auffrische, was die Vorfälle in den letzten Jahren betrifft.«

»Das kannst du gern tun, viel Vergnügen.«

»Ich erwarte dabei ein wenig Unterstützung von deiner Seite.«

»Wenn du auf die Polizeiakten anspielst, du bist nicht berechtigt, sie einzusehen.«

»Es liegt in deinem Ermessen, Franz.«

»So ist es.« Und genau deshalb werde ich das auch gewiss nicht zulassen, dachte Burger. »Ich habe allerdings etwas, das ich dir zeigen möchte«, sagte er stattdessen, öffnete seine Schreibtischschublade und holte ein Fax heraus.

»Ich habe schon gehört, dass er wieder draußen ist«, entgegnete Jeremias und betrachtete das Bild von Manni Schwabe.

»Freilich hast du das. War es nicht der Freund deines Herrn Schwiegervaters, der als leitender Staatsanwalt den Fall bearbeitet hat?«

»Stimmt, aber inzwischen besetzt Barbaras Bruder diese Position.«

»Wie immer bleibt alles in der Familie«, erwiderte Burger und gab sich keine Mühe, seinen Sarkasmus über die offensichtliche Vetternwirtschaft zu verbergen.

Nur der Gefängnispsychologe gehört leider nicht zu unserem eingeschworenen Kreis, dachte Jeremias. Es war ihm keine wirkliche Befriedigung, dass die Karriere dieses Mannes Risse bekommen würde, da er sich so vehement dagegen gewehrt hatte, die Sicherungsverwahrung für Schwabe anzuraten.

»Meinst du, er schaut bei uns vorbei?«, unterbrach Burger seine Überlegungen.

»Wer?«

»Schwabe.«

»Was sollte er bei uns wollen?«

»Alte Freunde besuchen.«

»Ich kenne niemanden, der mit ihm befreundet ist.« Der Bürgermeister hielt dem skeptischen Blick des Polizisten stand. Was sollte die Andeutung? Hatte er die alten Akten schon durchgesehen und war dabei auf etwas gestoßen, was seine Phantasie angeregt hatte?

»Papa, stell dir vor, wer bei uns im Café ist!« Leni Burger stürmte ins Polizeirevier, schlang die Arme um ihren Vater und hauchte ihm einen Kuss auf die Wange.

»Du meine Güte, du bist ja ganz durch den Wind, Kind. Da muss es aber jemand ganz Besonderes sein.«

»Richtig, er ist etwas ganz Besonderes.«

»Wer ist es denn?«

»Rick Linden! Er sitzt mit dem Kreitmüller Seppi bei uns drüben«, erzählte Leni atemlos vor Aufregung.

»Rick Linden, so, so«, antwortete Burger und drückte seine Tochter liebevoll an sich.

»Der Sänger von A.L.M.«

»Ich weiß, wer Rick Linden ist. Sein Bild hängt überlebensgroß an deiner Zimmertür. Außerdem habe ich ihn schon gekannt, da war er noch ein kleiner Bub.«

»Geh, Papa, das ist so lang her.«

»Bist du sicher, dass es Rick Linden ist?«, wollte Jeremias sich vergewissern. Eine rhetorische Nachfrage, um seine Nerven zu beruhigen. Leni schwärmte für den Sänger, sie würde ihn nicht mit einem anderen verwechseln.

»Freilich bin ich sicher. Ich habe doch selbst mit ihm gesprochen. Ich meine, die Frau, die bei ihm ist, die wollte mich erst hinters Licht führen und hat gesagt, dass er es nicht ist. Sie konnte ja nicht wissen, ob ich ihn nicht gleich anfalle oder so was«, erklärte Leni mit verschmitztem Lächeln.

»Was du natürlich nie tun würdest, hoffe ich.«

»Geh, was denkst du denn von mir, Papa?«, gab sich das Mädchen beleidigt.

»Und was ist mit den Burschen in deinem Alter? Lässt du die auch in Ruhe?«

»So etwas fragt ein Vater seine Tochter nicht.«

»Doch, das tut er, wenn ihm das Wohl seines Kindes am Herzen liegt. Das, was du mit dem Mario von der Bergwacht letzten Monat auf der Kirchweih veranstaltet hast, hat mir schon zu denken gegeben.«

»Wir haben nur getanzt.«

»Das war nicht alles.«

»Und? Ich bin alt genug, um einen Freund zu haben. Oder hast du etwa was gegen den Mario?«, entrüstete sich Leni und wich vor ihrem Vater zurück.

»Soweit ich weiß, ist er ein anständiger Bursche. Trotzdem.«

»Nichts trotzdem. Ich hab den Mario gern.«

»Das klingt, als müsste ich mich mit ihm anfreunden.«

»Unbedingt«, sagte Leni und lehnte sich wieder zufrieden an die Brust ihres Vaters.

»Wie alt bist du denn mittlerweile, Leni?«, mischte sich der Bürgermeister in die Unterhaltung zwischen Vater und Tochter ein.

»Achtzehn.«

»Ein romantisches Alter.«

»Eine Romantik, die für dich Lichtjahre entfernt liegt, hast du mich verstanden?«, fuhr Franz Burger ihn mit drohender Miene an.

»Keine Sorge, ich kenne meine Grenzen«, entgegnete Jeremias ohne Anflug von Verärgerung. Es gefiel ihm, wie Burger sich um seine Tochter kümmerte. Hätte er Kinder, würde er ebenso handeln, aber leider war ihm dieses Glück nicht vergönnt gewesen. Barbara konnte keine Kinder bekommen. »Beschreibe mir die Frau, die deinen Schwarm begleitet, Leni«, bat er, obwohl er längst ahnte, wer sie war.

»Nicht nötig, Herr Bürgermeister, da sind sie«, verkündete das Mädchen und schaute zur Tür.

»Grüß Gott, Herr Burger.« Rick, der nach Christine das Revier betreten hatte, nickte dem Polizeichef freundlich zu.

»Hatten wir nicht abgemacht, dass Sie unser Dorf mit Ihrem Fotoapparat verschonen?«, fuhr Jeremias Christine ungehalten an.

»Wir haben gar nichts abgemacht.«

»Was auch immer Sie tun, ich werde es erfahren. Das sollten Sie sich merken.«

»Kein Problem.« Sie war hier, um einem alten Mann einen Besuch abzustatten, damit würde sie kein Gesetz übertreten und auch dem Ansehen der Gemeinde nicht schaden.

»Und was hat dich bewogen, uns mal wieder zu besuchen?«, wandte er sich an Rick.

»Ich habe gehört, dass du hinter Denningers Grundstück her bist, weil du dort ein Fünf-Sterne-Hotel bauen willst.« Jeremias sollte ruhig wissen, dass er über Georg Denningers Lage Bescheid wusste.

»Ist es also so weit? Kann der Alte nicht mehr für sich selbst sprechen? Dann sollten wir schleunigst dafür sorgen, dass er eine gute Betreuung erhält, die sich auch um seine Geschäfte kümmert.«

»Hör auf damit, Jeremias. Denninger ist kerngesund, und das weißt du auch. Er wird dir sein Grundstück nicht verkaufen, akzeptiere das endlich.«

»Du solltest dich besser aus dieser Angelegenheit raushalten, Rick.«

»Das habe ich aber nicht vor. Du kannst mir keine Angst mehr einjagen, Jeremias.«

Für einen Moment sahen sich die beiden in die Augen. Jeder im Raum spürte, dass es sie große Mühe kostete, ruhig zu bleiben.

»Grüß Gott, miteinander. Solch ein Andrang bei uns ist aber selten«, wunderte sich Toni Renner, der mit einer Polizeikelle unter dem Arm das Revier betrat. »Grüß dich, Onkel Jeremias.« Er hatte den Bruder seiner Mutter entdeckt, und es hatte tatsächlich den Anschein, als stünde er für einen Moment vor ihm stramm.

»Hast du Verkehrssünder abgefangen und die Portokasse der Gemeinde aufgebessert?«, fragte Jeremias und schaute auf die Kelle.

»Im Gegenteil, er hat dafür gesorgt, dass die Verkehrssünder der Zukunft weniger werden. Er war im Kindergarten zum Verkehrsunterricht«, antwortete Burger anstelle des jungen Polizisten.

»Eine anstrengende Aufgabe«, seufzte Toni. »Dieses Gewusel und Geplapper. Toni hier, Toni da, und dauernd musste ich Fragen beantworten. Ich brauche jetzt erst einmal einen Kaffee. Geh, ich werd verrückt, der Rick Linden ist auch bei uns auf dem Revier!«, staunte der untersetzte junge Mann und strich ein paarmal aufgeregt mit der Hand über seinen blonden Bürstenhaarschnitt.

»Krieg dich wieder ein, Toni, und mach mir bitte auch einen Kaffee«, bremste der Bürgermeister die Begeisterung seines Neffen für den Rockstar.

»Sofort, Onkel Jeremias.« Toni eilte in die kleine Küche neben den Ausnüchterungszellen, und gleich darauf war das Klappern von Geschirr zu hören.

»Kommen wir wieder zu dir: Was willst du von unserer Polizei?«, wandte sich Jeremias erneut an Rick, lehnte sich lässig in seinen Stuhl und schlug die Beine übereinander.

»Ich möchte die Protokolle über den Brand auf Denningers Hof einsehen. Den Brand von 1982.«

»Das ist nicht dein Ernst, oder? Der Brand wurde durch eine umgestürzte Öllampe ausgelöst. Daran hat sich in den letzten dreißig Jahren nichts geändert. So ist es doch, Franz?«

»Es war eine Öllampe«, stimmte Burger dem Bürgermeister zu.

»Bitte, da hast du die amtliche Bestätigung, und nun darfst du wieder gehen«, erklärte Jeremias die Unterredung für beendet.

»Ich hatte damals die Lampe neben der Kelleröffnung abgestellt, aber ich glaube mich zu erinnern, dass es hieß, sie wurde neben dem Scheunentor gefunden. Das möchte ich überprüfen.«

»Du hast unter Schock gestanden. Du hattest keine Ahnung, wo du die Lampe abgestellt hast. Und dreißig Jahre später kannst du es erst recht nicht mehr wissen. Hör auf, alte Wunden aufzureißen.« Jeremias machte Ricks Anliegen sichtbar wütend.

»Ich möchte das Protokoll lesen, das von meiner Aussage angefertigt wurde«, wandte sich Rick an Franz Burger und ignorierte den Bürgermeister.

»Hatten wir uns nicht vor Jahren darauf geeinigt, dass du nicht mehr in Sinach aufkreuzt, um keinen Unfrieden zu stiften? Du kannst dich von deiner Schuld auch nicht reinwaschen, indem du die alten Protokolle wieder ans Tageslicht zerrst«, unternahm Jeremias einen erneuten Versuch, Rick von seinem Vorhaben abzubringen.

»Wir werden sehen, was ich kann oder nicht kann.«

»Du quälst dich nur selbst damit.«

»Das habe ich bisher auch gedacht.«

»Was soll das heißen? Bisher?« Eine tiefe Falte zeigte sich zwischen Jeremias' Augenbrauen, als er Rick forschend anschaute.

»Schwabe wird also schon wieder gesucht? Er wurde doch gerade erst entlassen.« Rick hatte das Fax mit Manni Schwabes Konterfei auf dem Schreibtisch des Polizeichefs entdeckt.

»Nein, gesucht wird er nicht. Jemand hat nur gemeint, dass es gut wäre, wenn wir wüssten, dass er draußen ist«, antwortete Burger und strich nachdenklich über seinen grau melierten Schnauzbart.

»Warum? Was hat Schwabe mit Sinach zu tun?«

»Er stammt aus einem Nest nicht weit von hier an der österreichischen Grenze. Das Foto wird an alle Polizeistationen im Umkreis verschickt.«

»Vermutlich, damit er nicht in Ruhe nach seiner Beute graben kann«, warf Jeremias spöttisch ein.

»Das ist nicht der Grund.«

»Sondern?«

»Es heißt, er hätte einem Mitgefangenen erzählt, dass er in Sinach noch eine Rechnung begleichen wolle. Jemand hat es dem Gefängnisdirektor gesteckt, nachdem Schwabe entlassen war.«

»Eine offene Rechnung in Sinach? So ein Blödsinn. Vermutlich will sich nur jemand wichtigmachen, um eine Extraration Zigaretten oder sonst etwas herauszuschlagen. Nächste Woche kommt dann wieder einer und plaudert über ein anderes Dorf, das Schwabe angeblich aufsuchen will. Das ist doch nur Gefangenentratsch«, wiegelte der Bürgermeister ab.

»Vielleicht, vielleicht auch nicht. Jedenfalls sollen alle die Augen aufhalten«, erwiderte Burger und streifte Jeremias mit einem misstrauischen Blick.

Wie ein geläuterter Mensch sieht der jedenfalls nicht aus, nicht einmal nach dreißig Jahren Haft, dachte Christine und betrachtete das Bild von Manni Schwabe. Hohe Stirn, tief liegende Augen und zusammengekniffene schmale Lippen. Erschrocken wandte sie sich ab, weil sie auf einmal das Gefühl hatte, dass Schwabe sie direkt ansah.

»Ich werde deine Aussage heraussuchen, Rick«, versprach Franz Burger. Wenn Linden das Bedürfnis hatte, sich nach all den Jahren mit dem Unglück auseinanderzusetzen, wollte er es ihm nicht verwehren.

»Danke, Herr Burger.«

»Ich sage dir, du wirst es bereuen, Rick. Du bist nicht stark genug, um die Wahrheit zu verkraften. Warst du noch nie.« Jeremias ließ keinen Zweifel daran, dass er ihm eine Aufarbeitung der Vergangenheit nicht zutraute.

»Ich werde mich auf dieses Wagnis einlassen. Egal, was du noch alles hervorkramst, um mich davon abzuhalten.«

Rimbar hat ihn herausgefordert, und er hat die Herausforderung angenommen, dachte Christine, als sie das Aufblitzen in Ricks Augen wahrnahm. Es war, als loderte hinter dem sanften Blau ein gewaltiges Feuer.

»Ich melde mich wieder bei Ihnen, Herr Burger«, sagte Rick und wandte sich zum Gehen.

»Seien Sie vorsichtig. Er neigt dazu, drohende Gefahren zu unterschätzen«, raunte der Bürgermeister Christine zu.

»Und ich denke, es wäre besser für Sie, wenn Sie ihn nicht unterschätzen. Einen schönen Tag noch, Herr Rimbar.« Es würde ihm nicht gelingen, sie zu verunsichern. Sie hatte sich längst entschieden, Rick zu vertrauen.

»Was ist?«, wollte der Bürgermeister wissen, als Burger ihn verblüfft anschaute, nachdem Christine und Rick gegangen waren.

»Du solltest dich nicht mit ihr anlegen, es könnte dir hinterher leidtun.«

»Die tapfere kleine Fotografin. Ich zittere schon vor Angst.« Jeremias lachte laut auf. Burgers Bemerkung hatte ihn nicht im Geringsten beeindruckt.

»Er schaut so gut aus, der Rick, erst recht, wenn er wütend wird«, schwärmte Leni, die der Szene stumm beigewohnt hatte.

»Der Mann ist nur Fassade, Leni, ohne Substanz«, fühlte sich Jeremias berufen, Rick von seinem Thron zu stoßen.

»Wenn dem so ist, warum hast du dann Angst vor ihm?«, fragte Burger.

»Angst vor Rick? Tut mir leid, Franz, aber du taugst wirklich nicht zum Hobbypsychologen. Widme dich lieber deinen eigentlichen Aufgaben. Steht nicht bald wieder eine Beförderung an?«

»Rick könnte sich die Erfahrung eines Erwachsenen zunutze machen, um manche Dinge von damals heute anders einzuordnen«, ließ Burger sich nicht das Wort verbieten.

»Rick Linden ist für das Unglück verantwortlich. Daran ändert sich auch nichts, wenn er seine Erinnerung umsortiert.«

»Was genau ist denn passiert?«, wollte Leni wissen.

»Dein geliebtes Idol hat Denningers Scheune angezündet. Es war wohl ein Unfall, so wie er es dargestellt hat. Eine Freundin von ihm und eine Landstreicherin sind dabei umgekommen.«

»Das ist deine Version, Jeremias.«

»Nein, das ist eine Tatsache, Franz.«

»Ist Rick schon fort?«, zeigte sich Toni Renner enttäuscht, der mit fünf Tassen voller Kaffee auf einem Tablett aus der Küche kam.

»Siehst du ihn vielleicht noch irgendwo, du Schaf? Vielleicht war es doch keine so gute Idee, dir diesen Beruf ans Herz zu legen. Deine Beobachtungsgabe ist gleich null«, fuhr Jeremias seinen Neffen an.

»Ich werde mich bessern, Onkel Jeremias, das verspreche ich. Vielleicht bin ich nur ein bisschen durcheinander, weil die Mama doch gestern operiert worden ist.«

»Ja, am Blinddarm. Ein Routineeingriff. Deiner Mutter geht es wieder sehr gut, ich war heute Morgen bei ihr. – Dann noch einen schönen Tag, die Herrn, Leni«, verabschiedete sich Jeremias und rauschte davon.

»Ich habe doch gar nichts gemacht. Womit habe ich ihn denn jetzt schon wieder so verärgert?«, zeigte sich Toni Renner verunsichert über die Zurechtweisung seines Onkels.

»Du kennst ihn doch, er muss immer beweisen, dass er der Einzige ist, der das Sagen hat.«

»Aber das hat er doch sowieso, Chef«, antwortete der junge Polizist im Brustton der Überzeugung.

»Pass auf, Toni, der Kaffee!«, rief Leni, als er das Tablett schräg hielt.

»Magst du einen?«, fragte er und baute sich vor dem Mädchen auf.

»Danke schön, aber ich muss wieder los. Du lässt dir von unserem Bürgermeister aber keine Vorschriften machen, Papa, oder?«, vergewisserte sich Leni, dass ihr Vater zumindest noch das Sagen auf dem Polizeirevier hatte.

»Keine Sorge, ich treffe meine Entscheidungen schon selbst, Schätzchen«, versicherte Franz Burger seiner Tochter und gab ihr einen Abschiedskuss.

»Egal, was der Bürgermeister behauptet, ich glaube nicht, dass Rick mit Absicht Feuer gelegt hat.«

»Du musst genau zuhören, Leni. Mein Onkel hat gesagt, dass es ein Unfall war«, fühlte sich Toni Renner gleich wieder in der Pflicht, seinem Idol beizustehen.

»Ach, hat er das? Für mich klang es eher, als würde er ihm zumindest Leichtsinn unterstellen.«

»Von Vorsatz war nie die Rede, das weiß auch Jeremias, und jetzt ist es gut, ihr beiden. Leni, bringst du mir bitte mal den Ordner von Josefs Schreibtisch, bevor du uns wieder verlässt«, bat Burger seine Tochter.

»Welchen?«

»Den blauen von 1982.«

15

Rick kickte vor dem Rathaus eine leere Blechdose über den Parkplatz und schaute ihr nach, wie sie gegen einen Papierkorb prallte.

»Warum ist der Bürgermeister dir gegenüber so unerbittlich? Das Unglück liegt doch schon Jahrzehnte zurück.« Für Christine war die Heftigkeit der Auseinandersetzung unverständlich.

»Als wir mit A.L.M. die ersten Erfolge hatten, kam Jeremias noch hin und wieder zu unseren Konzerten. Er bot uns sogar seine Unterstützung an, um uns bekannter zu machen, aber ich wollte sie nicht.«

»Warum nicht?«

»Er wollte sich meine Freundschaft erkaufen, um damit meine Zweifel zum Schweigen zu bringen. Als das nicht funktionierte, gab er mir den Rat, mich nie wieder in Sinach blicken zu lassen, obwohl ich doch sowieso nur an Amatas Todestag herkomme. Irgendwann hatte er dann die Idee, jedes Jahr an diesem Tag irgendeine wichtige Versammlung abzuhalten, damit mir möglichst wenige Leute begegnen.«

»Georg Denninger konnte er aber nicht dazu bewegen, sich ihm anzuschließen.«

»Nein, der hat sich von Jeremias noch nie beeindrucken lassen. Er hat mir auch geglaubt, dass ich die Flamme der Öllampe gelöscht hatte.«

»Vielleicht war sie nicht ganz aus?«

»Möglich, aber mit Sicherheit stand sie nicht neben dem Scheunentor, wo das Feuer ausbrach.«

»Ich gebe dem Bürgermeister nur ungern recht, aber die Erinnerung an ein Ereignis, das dreißig Jahre zurückliegt, kann uns tatsächlich einen Streich spielen. – Was ist das denn?« Erschrocken wich Christine zurück, als ein grauer Pritschenwagen von der Straße abbog und geradewegs auf sie zu tuckerte.

»Das ist Denninger.« Rick war sicher, dass sein Besuch im Dorf ihnen galt.

Dunkle Rauchschwaden verbrannten Öls schossen aus dem

Auspuff, als das betagte Gefährt näher kam. Kaum hatte es vor ihnen angehalten, flog die Beifahrertür auf. »Kommt, ihr beiden, steigt ein«, forderte Denninger sie auf.

»Die Buschtrommeln funktionieren noch immer ganz ausgezeichnet, Respekt.« Rick betrachtete den alten Mann, der einen grauen Lodenhut trug und an einer aus dunklem Holz geschnitzten Pfeife zog, die mächtig qualmte.

»Seppi hat mich angerufen. Ich denke, wir drei sollten uns mal unterhalten.« Er wartete, bis Rick und Christine neben ihm auf der ausgeblichenen schwarzen Lederbank Platz genommen hatten. »Nicht böse sein, Madl, dass ich dich erst auf die Reise geschickt habe, aber es musste sein«, entschuldigte er sich bei Christine.

»Schon gut, ich gehe davon aus, dass Sie sich etwas dabei gedacht haben.«

»Wir haben gerade Jeremias aufgeschreckt«, sagte Rick, als Denninger wieder anfuhr und sie auf dem Kopfsteinpflaster durchgerüttelt wurden.

»Wenn du das Feuer besiegen willst, darfst du dich nicht fürchten, durch die Hölle zu gehen. Es ist Zeit für die Wahrheit, meinst du nicht auch?«

»Ich wäre nicht hier, wenn ich anderer Meinung wäre. – Alles in Ordnung?«, fragte Rick, als Denninger seine rechte Hand vom Lenkrad nahm und schüttelte.

»Nur das Alter. Die Gicht, sagt Gundi, aber keine Sorge, das Lenkrad kann ich schon noch halten. Für unseren Schützenverein käme ich allerdings nicht mehr in Frage.« Denninger schmunzelte, legte die Hand wieder auf das Steuer und drückte auf das Gaspedal.

Jeremias stand auf dem Balkon, der zu seinem Amtszimmer gehörte, und blickte auf den Wildbach, der hinter dem Rathaus durch ein breites Bett floss. Das Wasser bot um die Mittagszeit ein glitzerndes blau-weißes Farbenspiel, das allein einem einsamen Kanuten als Kulisse diente. Mit ruhigen Schlägen steuerte er sein Boot um die Steine und Felsen herum, die aus dem seichten Wasser herausragten. Jeremias liebte diesen Ausblick.

Die Ursprünglichkeit der Natur ließ ihn eine unbändige Kraft empfinden, die ihn stets aufs Neue stärkte. Nach seiner Wahl in den Landtag würde er sicher nicht mehr so oft zu Hause sein. Er würde viel reisen, neben der Politik lukrative Geschäfte für Rimbar-Bau anstoßen. Finanziell hatte er zwar längst ausgesorgt, aber er konnte dem Reiz, allein durch die richtigen Beziehungen noch mehr Geld anzuhäufen, nicht widerstehen. Das Spiel mit der Macht war wundervoll.

Er hatte beobachtet, dass Christine und Rick zu Denninger in den Wagen gestiegen waren. Obwohl es ihm nicht gefiel, konnte er erst einmal nichts dagegen tun. Er musste abwarten, was weiter geschah. Vielleicht beschränkten sie sich auf eine kleine Plauderei bei Kaffee und Kuchen und gingen wieder auseinander. Vielleicht denke ich einfach nur viel zu weit, verdrängte er weitere nagende Fragen. Er legte sich in den Liegestuhl, der für seine Pausen auf dem Balkon stand, schaltete den CD-Player ein, der auf dem Marmortisch neben ihm lag, und setzte den Kopfhörer auf. Seine Gedanken schweiften ab zu Maria Borgrieder, dem wunderbaren engelhaften Wesen, das ihm so viel Freude bereitete. Er liebte seine Frau Barbara. Sie war eine elegante Erscheinung, schlank, groß, blond, braune Augen, aber sie besaß nicht annähernd die Leidenschaft, die Maria zu etwas Besonderem für ihn machte. Maria würde alles für ihn tun, das wusste er – und trotzdem vermisste er Barbara. Sie war seit drei Wochen zur Kur in Wörishofen, und es war an der Zeit, dass er sie mal wieder besuchte. Ja, das sollte ich unbedingt tun, nahm er sich vor, während er zu der Musik von Rachmaninow eindöste.

16

Seit vierundzwanzig Stunden war Manni Schwabe wieder ein freier Mann. Die letzten zehn Jahre hatte er damit verbracht, seine unglaubliche Wut in den Griff zu bekommen. Seine Wut auf die Menschen, die immer das goldene Ende im Leben erwischten. Bei ihm dagegen verwandelte sich alles, was er anfasste, in Dreck. All die Psychologen, die ihn beurteilen wollten, sie hatten das goldene Ende erwischt: guter Job, Geld und Familie. Selbstgerechte Idioten, die sich dazu berufen fühlten, ihm zu erklären, was in seinem Leben falsch gelaufen war. Menschen, die immer nur auf der Sonnenseite lebten, hatten keine Ahnung, was sich in der Realität wirklich abspielte. Er war im Dreck geboren, in der armseligen Behausung eines Knechtes und einer Magd, ohne eine echte Chance, wie er bald begriffen hatte.

»Bub, wir sind arm, aber ehrlich«, hatten seine Eltern ihm von klein auf eingetrichtert. Aber dann war ihm klar geworden, dass es unter den Wohlhabenden keine Ehrlichen gab. Nach einigen kleinen Überfällen schmiedete er den Plan für das ganz große Ding. Er hatte nie wirklich verstanden, was schiefgelaufen war. Der Plan war perfekt gewesen.

Judith hatte als Erntehelferin auf dem Denningerhof gearbeitet, weil sie auf der Suche nach einem Versteck für das Geld waren. Es musste einsam genug und doch auf direkter Strecke von München in sein Heimatdorf liegen. Nach einigen Vorschlägen, die sich als nicht praktikabel erwiesen, hatte Judith den Denningerhof als idealen Ort ausgemacht. Dort wollten sie das Geld deponieren, während Judith noch ein paar Wochen auf dem Hof arbeiten sollte, bis sich die Aufregung um den Raub gelegt hätte.

Sie hatte einen Tag freigenommen, um wandern zu gehen. Bei Sonnenaufgang war sie mit dem Rucksack, der für das Geld bestimmt war, in Richtung Sinacher Alm aufgebrochen. Er selbst und Achim hatten mit dem Wagen oben auf der Forststraße gewartet, um dann mit Judith zusammen nach München zu fahren. Nach dem Überfall hätten sie Judith wieder im Wald abgesetzt, und sie wäre über die Sinacher Alm zurück zum Denningerhof marschiert. Wäre der Plan aufgegangen, wäre alles gut gewesen.

Zunächst lief auch alles reibungslos. Sie kannten die Route des Geldtransporters bis ins Detail. Achim hatte den Wärter rechtzeitig außer Gefecht gesetzt und die Bahnschranken heruntergelassen. Der Geldtransporter hielt an, sie sprengten die Tür, räumten den Wagen aus und packten das Geld in den Rucksack, den sie den Abhang neben der Straße hinunterrollen ließen. Judith hatte sich im Gebüsch versteckt und musste nur noch zupacken. Mit dem Rucksack wollte sie dann ein Stück durch den Wald laufen, bis sie sich an der Umgehungsstraße wiedergetroffen hätten.

Aber plötzlich kamen sie aus beiden Richtungen mit heulenden Sirenen angerast. Achim und er waren gezwungen, den Fahrer und Beifahrer des Geldtransporters als Schutzschilde zu benutzen. Als die beiden Männer sich wehrten, verloren Achim und er die Nerven und drückten ab. Bei der anschließenden Schießerei mit der Polizei zogen sie dann den Kürzeren. Sie wurden überwältigt, Judith entkam.

Zuvor hatte er ihr noch das Versprechen abverlangt, sich sofort zurückzuziehen, auch ohne das Geld, sollte sie wie auch immer in Gefahr geraten. Aber sie musste es geschafft haben. Das Geld war nie gefunden worden. Achim und er waren monatelang traktiert worden, endlich die Namen ihrer Mittäter preiszugeben. Die Beamten hatten ihnen sogar mildernde Umstände zugesichert, sollte die Beute mit ihrer Hilfe gefunden werden. Aber sie hielten dicht. Sie vertrauten Judith. Sie würde sie nicht hängen lassen, also hingen sie sie auch nicht hin. Doch Judith hatte nie wieder etwas von sich hören lassen.

Inzwischen war er davon überzeugt, dass jemand sie aus dem Weg geräumt hatte, um an das Geld zu kommen. Er war fest entschlossen herauszufinden, wer für Judiths Verschwinden verantwortlich war, und derjenige würde dafür bluten. Er wollte auch nach Achim suchen, der nach fünfzehn Jahren freigekommen und offensichtlich auf eine Spur von Judith gestoßen war. Ein paar Wochen nach seiner Entlassung hatte er ihm einen alten Zeitungsausschnitt über einen Scheunenbrand auf dem Denningerhof ins Gefängnis geschickt. Das Feuer hatte zwei Todesopfer gefordert.

Handschriftlich hatte Achim vermerkt, dass er bald wieder von sich hören lassen würde, aber es war nichts mehr gekommen. Fünfzehn lange Jahre kein einziges Wort. Also hatte er auf eigene Faust über den Brand recherchiert und herausgefunden, dass eine unachtsam abgestellte Öllampe die Ursache für das Feuer gewesen war. Es hatte zwei Opfer gegeben: ein junges Mädchen aus dem Dorf und eine unbekannte Landstreicherin. Mehr hatte er nicht herausfinden können.

In den vielen Jahren seines Gefängnisaufenthaltes hatte er es sich zur Aufgabe gemacht, die örtliche Presse zu studieren. Dabei stellte er fest, dass Jeremias Rimbar in eine Ölfirma investiert hatte und inzwischen über ein riesiges Vermögen verfügte. Er hatte in die Firma investiert, die er auch Judith und ihm als gute Anlagemöglichkeit empfahl, als sie ihm erzählten, dass sie bald über eine größere Summe verfügen würden, eine Erbschaft, wie sie vorgaben. Judith hatte Rimbar irgendwann zu einer Besprechung mit ihm und Achim mitgeschleppt, weil sie ihn für ausgesprochen geschäftstüchtig hielt und er sie beraten sollte. Er zweifelte schon lange nicht mehr daran, dass Sinachs heutiger Bürgermeister von dem geplanten Überfall gewusst hatte.

»Irgendjemanden werde ich schon zum Reden bringen«, murmelte er, schulterte seinen Rucksack und stieg in den Bus nach Sinach.

17

Der Denningerhof lag am Ortsrand von Sinach, an drei Seiten umgeben von Feldern mit hoch aufgeschossenem Weizen, im Rücken die Berge mit den dicht bewaldeten Hängen. Der weiße Putz des Hauses bröckelte schon, auf den vor langer Zeit einmal roten Schindeln wuchsen Gräser und Moos. Ein schwerer Holztisch, eine verwitterte Bank und ein alter Schaukelstuhl standen auf der Terrasse, die auf Bohlen erbaut worden war. Der Hohlraum unter den Dielen diente im Winter als Lagerplatz für das geschlagene Brennholz. Neben der Terrasse stand eine alte knorrige Weide, die bis zum späten Nachmittag Schatten spendete.

Denninger kam mit einer Kanne Kaffee, Tassen und einem Teller mit Schokoladenkeksen aus dem Haus. Er stellte alles auf den Tisch, bevor er sich in den Schaukelstuhl setzte, seine Pfeife anzündete und schwieg.

Christine schaute zur Seite zum geöffneten Fenster hin, beobachtete, wie die wenigen Sonnenstrahlen durch die dichte Krone der Weide drangen, sich ihren Weg in das spärlich eingerichtete Wohnzimmer bahnten, über die grüne Ledercouch vor dem offenen Kamin tanzten, das Buffet, den Esstisch und den einsamen Stuhl streichelten und sich schließlich in der Dunkelheit des Hauses verloren. Rick saß neben ihr auf der Bank, streckte die Arme auf der Lehne aus und schaute über die Felder.

Christine wartete darauf, dass einer der beiden Männer den Anfang machte und ihr mehr von Amata erzählen würde, wie sie es angekündigt hatten.

»Kennst du sie noch?«, durchbrach Georg Denninger endlich die Stille, als Rick einen Schokoladenkeks nahm.

»Die haben Gundi und Sie früher zu Weihnachten für uns Kinder gebacken.« Rick atmete den Duft der Orangen ein, mit denen der Teig verfeinert war. Langsam ließ er die Schokolade auf der Zunge zergehen. Die Kekse, die Sommerhitze, das Rascheln der Weizenhalme. Er war wieder zu Hause.

»Ja, die Gundi und ich, die einsamen Seelen, die zu Weihnachten nicht allein sein wollten – und es noch immer nicht wollen.« Georg Denninger lächelte in sich hinein.

»Gundi Moosbacher? Die Sprechstundenhilfe des alten Arztes?«, fragte Christine.

»Gundi und ich, wir sind seit der Schule gut befreundet und stehen uns gegenseitig bei. Wir sind zwei Übriggebliebene. Sie war zeitlebens in unseren Doktor verliebt und hat ihn nicht bekommen, und ich …«

»Und Sie?«, hakte Christine nach, als Denninger innehielt und sein Blick sich verlor.

»Sie hieß Irma, war Musiklehrerin und aus der Stadt zu uns aufs Land gezogen. Irma liebte die Berge. Eines Morgens ist sie allein losgezogen. Aber in der Nacht zuvor hatte es heftig gewittert, und einige Wege waren unterspült worden. Eine Gerölllawine hat sie erwischt und in den Abgrund gerissen.«

Christine legte ihre Hand auf die des alten Mannes, der jetzt weit entfernt schien. Er tat ihr unendlich leid.

»Entschuldigt mich kurz«, bat er, stand abrupt auf und verschwand im Haus.

»Er hat sich nie wieder verliebt?«

»Nie wieder«, antwortete Rick.

»Kanntest du Irma?«

»Ich hatte bei ihr drei Jahre Klavierunterricht. Ich habe sie vergöttert. Sie war wunderschön, trug immer lange Kleider und Blumen im Haar. Ich denke, sie war ein Hippie. Auch Amata hat für sie geschwärmt.«

»Amata hatte eben Geschmack. Hier, das solltest du dir anschauen.« Georg Denninger gab Rick den großen braunen Briefumschlag, den er aus dem Haus geholt hatte, und setzte sich wieder in den Schaukelstuhl.

»Was soll ich damit?«

»Lies es, ich will nicht allein entscheiden, was damit werden soll.«

»Was wollen Sie nicht allein entscheiden?«, fragte Christine, als Denningers Blick sie streifte.

»Für dich habe ich auch etwas«, lenkte er sie von ihrer Frage ab und reichte ihr einen zweiten Umschlag.

»Wer ist das?« In dem Umschlag befand sich eine Fotografie. Sie zeigte drei junge Frauen in bunten Sommerkleidern, die fröhlich in die Kamera lachten und auf derselben Bank saßen wie sie und Rick gerade.

»Das ist Irma«, sagte Denninger und deutete auf die junge Frau in der Mitte, auf deren schwarzen Haaren ein Margeritenkränzchen thronte. »Links von ihr, das ist Marietta Linden, Ricks Mutter, und rechts neben meiner Irma –«

»Das ist meine Mutter, Betti«, kam Christine ihm zuvor. Ihre Hände zitterten so sehr, dass sie sich darauf konzentrieren musste, das Bild nicht fallen zu lassen. »Wie kann das sein? Meine Mutter hat nie von Sinach erzählt. Sie hat ihre Eltern im Zweiten Weltkrieg verloren und ist als Kriegswaise in einem Kloster aufgewachsen. Auf dem Bild sieht sie so glücklich aus, obwohl sie mir doch immer erzählt hat, dass sie die Berge hasst. Ich verstehe gar nichts mehr.« Ihre Hand verkrampfte sich, sie musste das Foto loslassen. Wieso hatte ihre Mutter diesen Teil ihres Lebens vor ihr verborgen?

»Warum bist du dann hier, wenn du davon nichts wusstest?«, wunderte sich Georg Denninger.

»Weil ich das hier gefunden habe.« Wie betäubt griff Christine in ihre Umhängetasche, reichte ihm das Tagebuch und das Bild von Amatas Grab.

»Wieso kommst du damit zu uns? Will Betti deine Fragen nicht beantworten?«

»Meine Eltern hatten vor Kurzem einen Verkehrsunfall. Sie sind beide tot«, antwortete Christine und kämpfte gegen die Tränen an. Auf einmal tat es wieder so weh.

»Tut mir leid, bei Gott, es tut mir leid«, sagte Denninger mitfühlend.

»Was können Sie mir über meine Mutter sagen?« Plötzlich war es nicht mehr Amatas Schicksal, das für Christine im Vordergrund stand. Alles, was sie bisher über ihre Familie zu wissen geglaubt hatte, geriet ins Wanken.

»Deine Mutter ist in Sinach aufgewachsen.«

»Ich dachte, sie sei in Garmisch geboren.«

»Das ist richtig. Als es während ihrer Geburt Komplikationen gab, haben sie deine Großmutter ins Krankenhaus nach Garmisch gebracht.«

»Sie kannten auch meine Großeltern?«

»Aber ja, schade, dass du dich nicht mehr an sie erinnerst.«

»Wie sollte ich? Ich habe sie nie gesehen.«

»Doch, das hast du. Du warst oft bei ihnen, als du noch klein warst.«

Auf einmal tauchte ein Bild vor Christines geistigem Auge auf. Ein Zimmer mit geschlossenen Holzläden, durch die Sonnenlicht fällt. Leises Surren von einem Deckenventilator, das sie ängstigt, lautes Rattern, das sie aus dem Schlaf reißt. Eine Frau mit dichtem dunklem Haar beugt sich über sie, spricht beruhigend auf sie ein, hebt sie hoch und trägt sie zum geöffneten Fenster. Christine erschreckt vor der grellen Helligkeit und dem gewaltigen Traktor, der über ein schier endloses Feld fährt. Ein Feld wie die, die den Denningerhof umgeben.

»Leben meine Großeltern noch?«

»Drei Jahre nachdem Betti Robert geheiratet hat, haben sie den Hof verkauft und sind zu einem Bruder deines Großvaters nach Südamerika gegangen. Es hat nicht lang gedauert, da kam die Nachricht, dass sie gestorben wären. Sie haben die Heimat wohl doch mehr vermisst, als sie sich eingestehen wollten. Sie hätten hierbleiben sollen, irgendwie wäre es schon gegangen.«

»Was wäre gegangen? Mussten sie denn fort?«

»Sie dachten, es wäre besser so.«

»Besser? Warum hat meine Mutter ihre Heimat vor mir verheimlicht?«

»Sie wollte noch einmal von vorn anfangen, sie wollte nicht mehr an Sinach erinnert werden.«

»Ich wünschte, sie hätte sich ein paar Jahre eher zu diesem Schritt entschieden.« Rick faltete das Blatt zusammen, das er gerade überflogen hatte, und steckte es in die rechte Gesäßtasche seiner Jeans. Er musste vergessen, was er gerade gelesen hatte. Er konnte die Wahrheit jetzt niemandem zumuten – schon gar nicht Christine. Die Neuigkeiten waren für sie erst einmal genug.

»Das klingt, als hättest du meine Mutter nicht leiden können? Warum, Rick? Was hat sie dir getan?«, hakte Christine nach.

»Sie haben gleich gewusst, wer sie ist, nicht wahr, Herr Denninger? Deshalb sollte sie mich aufsuchen.« Rick ignorierte Christines Frage, sprach einfach über sie hinweg mit dem alten Mann.

»Ich gebe zu, ich war mir recht sicher.«

»Warum hätte meine Mutter Sinach eher verlassen sollen? Und in welcher Beziehung stand sie zu Amata?«, erinnerte Christine die beiden daran, dass sie auf Antworten wartete. Sie war mit ihrer Geduld am Ende. Ihre Großeltern hatten in Sinach gelebt, ihre Mutter war hier aufgewachsen, also hatte auch Amata zu ihrer Familie gehört, so viel stand fest. Blieb noch zu klären, wie sie und Amata verwandt waren.

»Amata war deine Schwester«, beendete Rick das Frage-und-Antwort-Spiel.

»Meine Schwester?«, wiederholte Christine fassungslos über diese Eröffnung. »Amata war vierzehn, als ich auf die Welt kam. Meine Eltern haben sich aber erst ein Jahr vor meiner Geburt kennengelernt. Oder ist das eine Lebenslüge der Familie Weingard?« Christine hatte das Gefühl, als stünde sie blind auf einer Treppe und wüsste nicht, wo sich die nächste untere Stufe befand. »Bitte, ich will die Wahrheit wissen«, wandte sie sich an Georg Denninger, der sich mit der Hand nachdenklich über sein Kinn strich.

»Sie war deine Halbschwester, Madl. Robert Weingard war nicht Amatas Vater, aber er wollte sie adoptieren, sobald sie zu euch in die Stadt gezogen wäre.«

»Warum hat sie nicht bei uns gelebt?«

»Weil sie das zehnte Schuljahr noch beenden wollte. Dann wäre sie auf ein Gymnasium in die Stadt gewechselt.«

»Wer war ihr Vater?«

Denninger räusperte sich verlegen und schenkte sich noch eine Tasse Kaffee ein, während Rick vorgab, dem Gespräch nicht mehr zu folgen.

»Betti hat behauptet, er sei eine Zufallsbekanntschaft gewesen, die sie nie wiedergesehen hätte. Aber das stimmte nicht. Es war jemand, den wir alle kannten«, erbarmte sich Georg Denninger, ihr zu antworten.

»Wer?« Christine verschränkte die Arme vor der Brust, als wollte sie ein Unheil abwehren.

»Es kam erst an dem Tag heraus, an dem Amata starb.«

»Ich kann nicht mehr. Ich brauche eine Pause.« Rick fuhr hoch, sprang seitwärts über das Terrassengeländer und lief ein Stück den Weg entlang, der zu den Bergen hin anstieg.

»Was ist mit ihm?«, fragte Christine erschrocken.

»Du wirst es gleich verstehen. Ein paar Tage vor dem Scheunenbrand fand Ricks Mutter ein Sparbuch im Schreibtisch ihres Mannes. Es war auf Amata ausgestellt. Am Nachmittag vor dem Scheunenbrand hat sie ihn zur Rede gestellt, und Leonhard hat es auch gleich zugegeben.«

»Was hat er zugegeben?«

»Dass Amata seine Tochter ist.«

Christines Herz pochte bis zum Hals. Wenn das wahr war, dann war Amata nicht nur ihre, sondern auch Ricks Halbschwester gewesen.

»Waren Ricks Eltern schon verheiratet, als meine Mutter von Leonhard Linden schwanger wurde?«

»Schon ein Jahr lang. Deine Mutter wollte nicht, dass er sich von Marietta trennt, und er wollte seine Frau wohl auch nicht verlassen. So blieb die Sache zwischen ihnen eine heimliche Affäre, die nie ganz vorbeiging.«

»Was ist passiert, nachdem Ricks Mutter von Amata erfahren hatte?«

»Leonhard hat etwas sehr Dummes getan. Er hat Marietta gesagt, dass er Betti noch immer liebt und nichts bereut. Danach ist er ins Wirtshaus marschiert. Als er Stunden später zurückkam, lag Marietta schon bewusstlos in der Küche vorm Gasofen. Leonhard hat gemeint, der Ofen wäre vermutlich schon länger defekt gewesen, es hätte bloß keiner bemerkt. Aber das hat niemand wirklich geglaubt.«

»Hat sie überlebt?«

»Das schon, aber sie war zu lange bewusstlos. Die Marietta Linden, die wir alle kannten, gab es nicht mehr. Ihre Seele hatte sich in dieser Nacht verabschiedet. Sie hat nie wieder ein Wort gesprochen, ihre Augen waren für immer kalt und leblos.«

»Rick gibt offensichtlich meiner Mutter die Schuld an diesem Unglück, und ehrlich gesagt, ich kann ihn verstehen.«

»Ich glaube, er gibt jedem ein bisschen Schuld, auch Marietta, weil sie nur daran dachte, ihren eigenen Kummer zu vergessen, statt daran zu denken, dass er sie brauchte. Schau.« Denninger legte ihr die Fotografie eines Mädchens in den Schoß.

»Amata?«

»Du siehst ihr sehr ähnlich.«

»Sie kommt genau wie ich nach unserer Mutter«, stimmte Christine ihm zu und betrachtete das Mädchen auf dem Foto. Amata trug eine Halskette mit einem blauen Stein, in den eine schneeweiße Edelweißblüte eingeschlossen war. Sogar die kleine Kerbe am Verschluss der Goldkette war zu erkennen. Ein kalter Schauer jagte Christine über den Rücken, als sie die Halskette, die sie in der Schatulle gefunden hatte, aus ihrer Umhängetasche nahm und mit ihrer Hand umschloss.

»Ich bin froh, dass ich die Liebe wenigstens ein Mal erleben durfte, auch wenn Irma und ich nicht viel Zeit miteinander hatten«, murmelte Georg und rieb über das kleine goldene Kreuz in seinem linken Ohrläppchen. »Irma hat es mir geschenkt, als wir ein halbes Jahr zusammen waren. Es sollte mich immer beschützen«, verriet er Christine, als er sah, dass sie ihn beobachtete.

»Nachdem, was ich gerade erfahren habe, sollte sich jeder vor der Liebe fürchten, statt sie herbeizusehnen.« Christine kramte in ihrer Tasche nach der angefangenen Packung Zigaretten, fand sie auch nach einer Weile und legte sie auf den Tisch. Nervös fischte sie eine Zigarette aus der zerknautschen Pappschachtel heraus und suchte nach ihrem Feuerzeug. Aber es war zu klein, um es auf Anhieb in dem Chaos der Tasche zu finden.

»Hast du auch eine für mich?« Rick war zurück. Er hatte sich wieder gefangen.

Christine reichte ihm das Päckchen, und er gab ihr Feuer. Sie sah zu, wie er sich an das Geländer lehnte und eine Zigarette anzündete. Er nahm einen tiefen Zug und beobachtete den Rauch, der vor ihm aufstieg, bevor er sich auflöste.

»Warum wart ihr damals in der Scheune?«, fragte sie ihn.

»Weil ich ein neugieriger kleiner Junge war.« Er malte mit der

Fußspitze Kreise in den Sand und bedauerte wieder, dass er sich so genau an den Tag erinnern konnte.

»Es war nicht deine Schuld«, mischte sich Georg Denninger ein, der ahnte, was Rick quälte.

»Wirklich nicht? Wissen Sie denn nicht mehr, wie mich der Pfarrer und der Bürgermeister bei jeder Gelegenheit darauf hinwiesen, dass Gott bereit sei, mir die schweren Sünden zu verzeihen, die ich auf mich geladen habe? Ich sollte nur jeden Sonntag schön brav in die Kirche gehen. Aber Gott hat mir nicht vergeben, sondern mir im Gegenteil auch noch meine Mutter genommen.« Wütend warf Rick die Zigarette in den Sand, trat sie aus und legte den Stummel in den Aschenbecher auf dem Tisch.

»Was mit deiner Mutter passiert ist, dafür tragen allein deine Eltern die Verantwortung. Daran bist nicht du schuld.«

»Alles hängt miteinander zusammen.«

»Wenn überhaupt jemand Schuld auf sich geladen hat, dann der, der die Scheune wirklich in Brand gesetzt hat.«

»Aber es war niemand da, nur Amata und ich. Den Mann, den ich im Keller gesehen habe, der entsprang laut unseren Honoratioren allein meiner Phantasie.«

»Ich habe dir immer geglaubt.«

»Leider hat es nichts genützt.«

»Es gab halt keine Beweise.«

»Darf ich mir ein Glas Wasser holen, Herr Denninger?« Christine fühlte sich schwindlig von all den Offenbarungen, die sie mit der unbekannten Vergangenheit ihrer Mutter konfrontierten.

»Sicher, Madl, geh nur.« Sie will einen Moment allein sein, eine natürliche Reaktion nach allem, was sie gerade erfahren hat, dachte Georg Denninger. »Die Wahrheit mag nicht immer am besten schmecken, aber haben wir deshalb das Recht, sie zu verschweigen?«, wandte er sich wieder an Rick.

»Sie meinen, diese Wahrheit?« Rick deutete auf die Jeanstasche, in der das zusammengefaltete Papier steckte.

»Ich denke, es sollte gesagt werden.«

»Betti Lachner hatte sich entschieden zu schweigen. Woher haben Sie das überhaupt?«

»Gundi hat es aufgehoben. Sie war immer sicher, dass sich

eure Wege einmal kreuzen werden, dann sollte alles ans Licht kommen.«

»Unsere Wege kreuzen? Was soll das bedeuten? Hat Gundi unser Treffen etwa heraufbeschworen?« Christine war auf die Terrasse zurückgekehrt, schaute auf Rick und Denninger und leerte das mitgebrachte Glas Wasser in einem Zug.

»Nein, keine Beschwörung.« Denninger lachte laut auf. »Aber im Laufe des Lebens stellst du irgendwann fest, dass es Verbindungen gibt, die immer bestehen bleiben. Die kannst du nicht kappen.«

»Das klingt nach Magie.«

»Ich nenne es Schicksal.«

»Wenn er daran glaubt, nutzt es nichts, es zu hinterfragen«, sagte Rick, während er auf einem Grashalm kaute und Denninger beobachtete.

»Ich würde gern den Platz sehen, an dem die Scheune stand. Wäre das möglich?«

»Kein Problem.« Rick war einverstanden. Sie suchte nach Antworten, er würde sie ihr geben.

»Darf ich das lesen?«, fragte Denninger und blickte auf das Tagebuch.

»Ich glaube, Amata hätte nichts dagegen.« Christine schlug die zweite Seite des Tagebuchs auf und zeigte auf eine Textpassage: *Herr D. hört mir immer zu. Ich werde ihm mein erstes Buch widmen.*

»Ich nehme an, dass Sie damit gemeint waren.«

Der alte Mann lächelte, nahm seine Brille ab und schaute Christine nach, die Rick auf dem schmalen Pfad durch das Weizenfeld folgte. Als ihre Konturen vor seinen Augen verschwammen, glaubte er, Amata zu sehen. Schnell wandte er sich ab, setzte seine Brille wieder auf und begann zu lesen.

Der warme Wind wirbelte feinen Sand über die Terrasse, wiegte die Äste der Weide und strich über die wogenden Felder hinweg. Alles schien so wundervoll friedlich. Aber Georg Denninger wusste, dass es ein trügerischer Friede war. Christine hatte etwas in Gang gesetzt, das sich nicht mehr aufhalten ließ. Er hoffte, dass Rick stark genug sein würde, um den Konsequenzen ihrer Wahrheitssuche zu trotzen. Erschrocken fuhr er herum, als ein Schatten auf das Tagebuch fiel.

»Manni Schwabe.« Er hatte den großen breitschultrigen Mann mit dem kantigen Gesicht sofort erkannt.

»Ich sehe, ich bin nicht in Vergessenheit geraten.« Schwabe wischte mit den Händen über das Bild des Steinadlers, der auf seinem weißen T-Shirt prangte.

»Was willst du, Manni?«

»Das weißt du doch.«

»Nein, das weiß ich nicht«, entgegnete Denninger und klappte das Tagebuch zu. Seine Hände zitterten, er wagte nicht mehr aufzusehen. Er fühlte den Druck von Schwabes Händen auf seinen Schultern, roch seinen Atem. Leberkäse mit Zwiebeln und Senf.

Im nächsten Moment packte der jüngere Mann ihn unter den Achseln und riss ihn von seinem Stuhl.

18

Rick saß auf der Lichtung, hatte den Kopf auf die Knie gelegt und hielt seine Beine mit den Armen umschlungen. Die Sonne tauchte den Himmel in die Farben des Abends: Orange, Rot, Violett.

»Ich ahnte schon, dass du Bettis Tochter bist, als ich dich im Hotel sah. Aber ich wollte es nicht wahrhaben. Ich habe mir gewünscht, du würdest einfach wieder verschwinden. Wie ein Alptraum, den man schnell wieder vergisst. Ich war so verdammt wütend, weil du mich durcheinandergebracht hast.« Rick hatte beschlossen, Christine alles zu erzählen, was er über die Vergangenheit wusste. Sie hatte ein Recht darauf.

»Ich hatte nicht die Absicht, dich wütend zu machen.«

»Das weiß ich. Das Gefühl, das du in mir ausgelöst hast, ist allein mein Problem. Schau, das ist die Tür zum ehemaligen Scheunenkeller.« Er deutete auf ein in die Erde eingelassenes verwittertes Holz mit einem Metallring, wandte sich aber sofort wieder ab.

»Was war mit diesem Mann, den du gesehen hast?« Christine saß im Schneidersitz neben ihm und betrachtete ihn von der Seite. Sie spürte, wie weh es ihm tat, sich zu erinnern.

»Meine Einbildung? Der *fantasyman*, wie Jeremias ihn nannte?«

»Erzähle mir von ihm, erzähle mir, was in der Scheune passiert ist.«

»Es gibt Dinge, die werden dir nicht gefallen.«

»Rick, bitte.«

»Weißt du, was die Buchstaben unserer Band bedeuten?«

»Ich nehme an, sie stehen für Alm.«

»Und die Punkte dazwischen?«

»Keine Ahnung, vielleicht ein geheimer Code?«

»Ja, es ist ein Code, aber außer Johann und mir weiß niemand, was er bedeutet. Amata Lachner Memorial.«

»Wie hast du erfahren, dass Amata deine Halbschwester ist?«

»Nach Mamas Unfall, oder was auch immer es war, hat plötzlich jeder im Dorf darüber gesprochen. Die einen ganz offen, die anderen hinter vorgehaltener Hand. Die meisten haben sich nur den moralischen Hut aufgesetzt, aber einige haben darauf herumgeritten, dass ich für den Tod meiner Halbschwester verantwortlich sei.«

»Wie dumm können erwachsene Menschen sein, einem kleinen Jungen solche Vorwürfe zu machen?«

»Irgendjemand muss immer an den Pranger gestellt werden, wenn etwas passiert, mit dem die Leute nicht fertig werden. Es spielt keine Rolle, wer. So funktioniert die Welt, richtig?«

»Ja, ich denke schon. Es ist eben anstrengend, sich eine eigene Meinung zu bilden, für viele wohl zu anstrengend. Wie ist es zu dem Brand gekommen?«

»Gut, dann stellen wir uns eben der Nacht des Unheils«, überwand sich Rick, und seine Gedanken glitten zurück in die Vergangenheit. »Wie immer, wenn Amata und ich aus dem Dorf kamen, nahmen wir die Abkürzung durch Denningers Felder. Es dämmerte schon, als wir die Scheune erreichten. Amata blieb stehen und versuchte zum wiederholten Mal vergeblich, den Ring loszuwerden, den Jeremias ihr angesteckt hatte. Ich habe sie gefragt, ob es ein Verlobungsring sei und Jeremias sie nun heiraten wolle, aber sie hat nur gelacht.«

»Wusste sie, dass du in sie verliebt warst?«

»Ich denke schon. Sie kannte mich besser als jeder andere, und sie war für mich der Mensch, der mir am meisten bedeutete. Ich dachte, ich sei verliebt, aber vielleicht war es auch nur die Art Liebe, die ein kleiner Junge für seine große Schwester empfindet.«

»Vorausgesetzt, die große Schwester trampelt nicht auf dem kleinen Bruder herum, gefühlsmäßig, meine ich.«

»Amata hat mich immer ernst genommen, trotz des nicht gerade geringen Altersunterschieds. Das war vermutlich der Grundstein unserer Beziehung.«

»Wer von euch ist auf die Idee gekommen, in die Scheune zu gehen?«

»Ich.«

»Was wolltest du da?«

»Ich hatte Denninger am Nachmittag beobachtet, wie er in

der Scheune verschwand. Ich lief ihm nach, weil ich noch Zeit hatte, bis ich zu Amata wegen der Nachhilfestunde konnte und mich langweilte. Vom Tor aus sah ich, wie er Strohballen zur Seite rollte, eine Holztür freilegte, die im Boden eingelassen war, und sie langsam aufzog. Bis dahin hatte ich keine Ahnung, dass es unter der Scheune einen Keller gab.«

»Die Entdeckung hat dich neugierig gemacht?«

»Er kam mit zwei Schnapsflaschen unter dem Arm wieder aus dem Keller herauf. Ich wollte zu gern wissen, was er da unten noch so alles aufbewahrt.«

»Hat er dich gesehen?«

»Nein, ich bin weggelaufen. Als mir Amata dann später auf unserem Weg ins Café erzählte, dass Georg zu einer Landwirtschaftsmesse gefahren sei und erst am nächsten Tag wiederkommen würde, fand ich, dass es eine gute Gelegenheit wäre, das Geheimnis des Scheunenkellers zu lüften.«

»Aber allein hast du dich nicht getraut.«

»Nein, ich wollte, dass Amata mitkommt, aber sie wollte nicht. Sie redete auf mich ein, es sein zu lassen. Aber ich war nun einmal fest entschlossen, den geheimen Keller zu erkunden. Schließlich ging ich allein in die Scheune, und Amata blieb erst mal draußen stehen. In der Scheune war es um diese Zeit schon ziemlich dunkel, aber ich wusste, dass Denninger in dem alten Buffet neben dem Fenster Streichhölzer aufbewahrte. Ich nahm die Öllampe, die an der Wand hing, zündete den Docht an und stellte sie auf den Boden. Während ich die Strohballen zur Seite rollte, kam Amata. Sie war total sauer auf mich und wollte mich nach draußen zerren, aber ich hielt den Stahlring der Tür schon umklammert und war nicht bereit, wieder loszulassen. Die Holztür knarrte, als ich daran zog. Ein unheimliches Geräusch, weil es ansonsten absolut still war. Amata hielt mich sogar noch fest, als ich mit der Öllampe in der Hand auf die Leiter stieg. Erst als ich mich heftig wehrte, ließ sie mich los, weil sie befürchtete, ich könnte sonst von der Leiter fallen. Dann folgte sie mir.

Zunächst fanden wir uns in einem schmalen langen Gang wieder. Der Keller, ein rechteckiger großer Raum, lag am Ende. In den gemauerten Regalen standen Lampen, Büchsen und Schachteln mit Nägeln, Kerzen und Chemikalien. Eine ramponierte Destillationsmaschine war vor eine Ecke gerückt, und hinter der Maschine lag ein großer blauer Rucksack, der neu aussah und mir nur auffiel, weil ich hinter die Maschine kroch, um sie mir von allen Seiten anzusehen. Ehe Amata mich daran hindern konnte, hatte ich ihn vorgezogen und geöffnet.«

»Was war drin?«

»Der Rucksack war vollgestopft mit Geldscheinen. Das Messer, das obenauf lag, beeindruckte mich allerdings weitaus mehr. Es hatte eine kurze Klinge, eine giftgrüne Schlange schmückte den versilberten Griff. Erst als ich das Messer einstecken wollte, bemerkte ich, dass an der Klinge Blut klebte, und wich erschrocken zurück. Amata nahm es mir sofort aus der Hand und legte es wieder in den Rucksack.«

»Kann es sein, dass Georg Denninger den Rucksack auch gesehen hat?«

»Warum hat er dann meine Aussage nicht bestätigt?«

»Stimmt, vermutlich hat er ihn nicht bemerkt. Was ist danach passiert?«

»Gleich darauf hörten wir die Sirene eines Krankenwagens, die schnell näher kam. Das konnte nur bedeuten, dass sie entweder zu den Lachners, zu Denninger oder zu uns wollten. Alle Gehöfte lagen dicht beieinander. Aber Betti war mit dir und ihren Eltern in die Stadt gefahren, Denninger war auch nicht da, also mussten sie auf dem Weg zum Lindenhof sein. Amata drängte mich nachzusehen. Sie fand eine zweite Öllampe in dem Kellerregal, zündete sie an und stellte sie auf den Boden. Dann drückte sie mir meine wieder in die Hand und erklärte, ich solle vorgehen, sie käme gleich nach.«

»Sie wollte dich loswerden?«

»Vermutlich.«

»Warum?«

»Keine Ahnung. Vielleicht wollte sie sich nur vergewissern, dass wir keine Spuren hinterließen. Ich spürte, dass sie vor irgendetwas Angst hatte, aber ich wollte auch wissen, was auf unserem Hof los war. Also rannte ich durch den Gang und kletterte die Leiter hinauf, blieb aber auf der obersten Stufe stehen, weil ich etwas gehört hatte. Gleich darauf wurde das Scheunentor aufgeschoben. Ich löschte panisch die Lampe und stellte sie neben die beiseite gerollten Strohballen.

Mit zitternden Knien stieg ich die Leiter wieder hinunter und tastete mich den Gang zurück zu Amata, die noch immer vor dem Rucksack hockte. Mit Handzeichen machte ich sie auf die Schritte aufmerksam, die nun deutlich über uns zu hören waren, und sie schob den Rucksack in aller Eile wieder hinter die Destillationsmaschine.«

»War Georg Denninger zurückgekommen?«

»Das dachte ich zuerst. Sofort hatte ich ein schlechtes Gewissen, weil ich das Geheimnis seines Keller nicht respektiert hatte.«

»Aber er war es nicht, oder?«

»Nein.«

»Der *fantasyman*?«

»Ich war mir immer sicher, was ich gesehen habe, zumindest in diesem Punkt. Amata und ich haben uns nicht vor einem Phantom versteckt.«

»Wo genau stand eigentlich der Lachnerhof?«, fragte Christine. Ihr war nicht entgangen, dass Rick eine Pause brauchte, bevor er weiter über die Geschehnisse im Keller sprechen konnte.

»Siehst du die Linde dort?« Er zeigte auf den mächtigen alten Baum, der sich in Richtung Dorf hinter Denningers Feldern erhob. »Dort war das Haus deiner Großeltern, und auf etwa gleicher Höhe in Richtung Westen lag unser Hof«, sagte er, als Christine seinem Blick folgte. »Jeremias' Familie hat die Grundstücke gekauft und die Gebäude abreißen lassen.«

»Die Rimbars waren also schon immer wohlhabend?«

»Spätestens nachdem Jeremias eine entfernte Tante beerbt hatte. Es hieß, sie sei als junges Mädchen nach Idaho ausgewandert und habe dort ein Vermögen mit dem Anbau von Bohnen gemacht. Seine Frau brachte dann noch die entsprechenden Beziehungen mit in die Ehe, und schon war der Grundstein für das Rimbar-Imperium gelegt.«

»Warum habe ich denn keine Tante in Idaho? Obwohl, wer weiß? Vielleicht warten noch mehr Überraschungen auf mich, wenn ich mich weiterhin der Familienforschung widme.«

»Dann solltest du am besten in Südamerika mit der Suche anfangen, nach dem, was Georg Denninger vorhin von deinen Großeltern erzählt hat.«

»Ich werde mich darum kümmern, irgendwann. Aber sicher nicht wegen einer möglichen Erbschaft. Viel spannender ist doch, ob es dort möglicherweise noch Menschen gibt, die zu meiner Familie gehören. Was ist eigentlich mit uns? Sind wir so etwas wie eine Familie?«

»Amata ist unsere gemeinsame Halbschwester.«

»Aber wir sind nicht miteinander verwandt.«

»Nein, wir sind wie zwei Inseln, die durch eine Brücke verbunden sind.«

»Brücken lassen sich einreißen.«

»Was uns die Freiheit lässt zu entscheiden, ob Amata uns verbindet oder trennt.«

»Kanntest du mich, ich meine, als ich noch ein Baby war?«, sprach sie schnell weiter, als sie spürte, wie er sie mit seinem Blick taxierte. So als wollte er herausfinden, für welche Variante sie sich entscheiden würde.

»Dein Geschrei und Gebrabbel ging mir fürchterlich auf die Nerven«, gestand er ihr. »Amata aber war ja schon vierzehn, als du geboren wurdest. Für sie warst du das größte Geschenk. Sie hat dich ständig herumgeschleppt. Damit sie mich nicht ganz hinten anstehen ließ, habe ich so getan, als würde ich dich auch niedlich finden. Ich habe mich sogar dazu herabgelassen, mit dir zu spielen und dir die Windeln zu wechseln.«

»Das hast du nicht getan!«

»Doch, und damit habe ich so richtig bei Amata gepunktet. Ich meine, es ist auch keine Kunst, Klebestreifen auf, Windel weg –«

»Danke, es reicht«, unterbrach sie ihn, weil sie sich den Rest nicht vorstellen wollte. »Gibt es noch Fotos von den Höfen, die hier einmal standen?«, lenkte sie ihn auf ein anderes Thema.

»Mein Vater hat sicher noch welche. Ich kann ihn danach fragen.«

»Ich komme darauf zurück. Sieh mal, kennst du die?«, fragte sie ihn und zog Amatas Kette aus ihrer Hosentasche.

»Robert Weingard hat sie für Amata angefertigt, als sie ihm das Edelweiß zeigte. Euer Großvater, Bettis Vater, hatte es ihr aus den Bergen mitgebracht. Ich erinnere mich noch genau daran, weil Amata die Kette sehr viel bedeutete. Robert Weingard hat sie ihr kurz vor ihrem Tod geschenkt.«

»Ich dachte mir schon, dass sie eine Arbeit meines Vaters ist.«

»Du solltest sie tragen, Christine.« Rick nahm ihr das Schmuckstück aus der Hand. Er streifte ihr Haar zur Seite, legte die zierliche Kette behutsam um ihren Hals und verschloss sie in ihrem Nacken. Seine Berührung war so zärtlich, sie konnte die Erregung über seine Nähe kaum unterdrücken.

»Möchtest du jetzt den Keller sehen?«, fragte er.

»Unbedingt.«

»Gut, dann komm.« Rick löste eine Stange aus der Metallführung und öffnete die Luke.

»Ganz schön dunkel da unten«, stellte Christine fest, als sie nur die oberste Stufe einer Metallleiter erkennen konnte.

»Verlass dich auf dein Gespür.«

»Licht wäre mir lieber.«

»Mehr kann ich dir leider nicht bieten.« Er zündete sein Feuerzeug an und richtete die Flamme auf den Einstieg.

»Danke, das reicht schon.«

»Die Leiter ist inzwischen an der Wand befestigt. Das hat Denninger gleich nach dem Unglück veranlasst«, erklärte ihr Rick, als sie sich am Einstieg abstützte und vorsichtig auf die erste Stufe trat.

»Das macht es natürlich viel leichter«, seufzte sie nicht wirklich überzeugt, umfasste die Seitenstreben der Leiter und stieg mit weichen Knien in den Keller.

»Geschafft!« Erleichtert atmete sie auf, als sie den feuchten sandigen Boden unter ihren Füßen spürte.

»Nicht erschrecken, ich schließe jetzt die Luke, damit uns kein neugieriger Fuchs überrascht. Dann komme ich zu dir runter«, hörte sie Rick sagen. Im selben Moment verlosch die Flamme des Feuerzeugs und die Luke fiel zu.

Christine lehnte an der kühlen Steinwand und lauschte auf Ricks Tritte, die schnell und gleichmäßig waren. »Gibt es wenigstens hier unten Licht?«, fragte sie ihn, als er so dicht vor ihr stand, dass sie glaubte, sein Herz schlagen zu hören.

»Wir werden schon ein paar Kerzen finden. Gib mir deine Hand«, bat er, und sie war froh über diese Geste.

»Wieso legt sich jemand nur einen derart versteckten Keller zu?« Christine schätzte den Gang, der zu dem eigentlichen Kellerraum führte, auf etwa zehn Meter.

»Wegen ihr.« Rick zündete sein Feuerzeug wieder an, und ihr Blick fiel auf die alte Destillationsmaschine.

»Er hat sie noch?«, wunderte sich Christine.

»Sie ist sogar noch in Betrieb. Denninger schickt mir jedes Jahr eine Flasche von seinem Obstler«, antwortete Rick schmunzelnd, während er eine Packung mit weißen Stabkerzen aus dem alten Steinregal nahm. Er zündete zehn davon an und stellte jeweils zwei in leere Einmachgläser, die er ebenfalls im Regal fand.

»Was ist mit dir?«, fragte Christine erschrocken, als er auf den massiven Holzschrank starrte, der fast die gesamte Wand des Raumes einnahm.

»Die Vergangenheit ist auf einmal so nah.« Sein Blick streifte Christine, als wollte er sich vergewissern, dass Zeit vergangen war, dass es nicht mehr Amata war, die da neben ihm stand.

»Du zitterst, Rick. Was ist mit dem Schrank?« Christine legte ihre Hand auf seinen Arm, als er den Schlüssel herumdrehte, der in der Tür steckte.

»Amata«, flüsterte er, als er mit einer Kerze in den Schrank hineinleuchtete.

»Was?« Halluzinierte er etwa? Sie hatte keine Ahnung, was mit einem Menschen geschehen konnte, der so lange ein unbewältigtes Trauma mit sich herumschleppte.

»Sieh her«, forderte er sie auf und deutete auf die zierlichen Buchstaben, die mit schwarzem Kugelschreiber auf die Innenseite der Schrankwand geschrieben waren.

Das blasse Geheimnis schreiend in seine tiefste, düsterste Zelle. – Mit einem alten Mann, der nach rostigen Schlüsseln tastet. – Es floh schaudernd, denn jedes unsterbliche Totengeläut, – mit dem das Vergessen Dynastien zu Grabe trägt, – flog wie ein verwundeter Adler auf dem Schall, – als der große Triumvir zum heiligen Herzen Roms zog.

»›Humanitad‹ von Oscar Wilde«, flüsterte Christine.

»Amata konnte die Ballade auswendig. Es scheint, als hätte sie gewusst, dass sie sterben wird.« Rick ließ sich auf den Boden des Schrankes sinken, lehnte sich an die Rückwand und vergrub sein Gesicht in seinen Händen. Wie sollte er diese Schuldgefühle jemals loswerden? Sie wurden nicht geringer, im Gegenteil, mit jedem Jahr, das verging, wogen sie schwerer. »Hätte ich geahnt, wie das alles ausgeht, hätte ich mich bemerkbar gemacht, dann würde Amata noch leben.«

»Sprich weiter, Rick, bitte«, flüsterte Christine, als er innehielt.

»Als wir hörten, dass jemand die Leiter hinunterstieg, versteckten wir uns in diesem Schrank. Gleich darauf fiel das Licht einer Taschenlampe durch die Ritzen. Wir wagten beide kaum zu atmen und hielten uns an den Händen. Dann entdeckte ich ein Loch in der Tür und schaute mit pochendem Herzen hindurch. Die Neugierde zu wissen, was da draußen vor sich ging, war einfach zu groß.

Der blaue Rucksack wurde hinter der Destillationsmaschine hervorgezogen. Ich konnte die Hand und das Armgelenk eines Mannes erkennen, er hatte eine frische Wunde, die aussah, als hätte ihn jemand gebissen. Amata hat mich zur Seite gedrängt, wollte selbst sehen, was passierte.

Der Mann hustete und räusperte sich. Er schien sich völlig unbeobachtet zu fühlen, als er den Rucksack über den Boden schleifte. Kurz darauf knirschte und ächzte die Leiter, und irgendetwas krachte auf den Lehmboden. Danach war es still. Als ich die Schranktür schon wieder aufdrücken wollte, hielt mich Amata zurück. Sie wollte sicher sein, dass der Mann auch wirklich fort war. Damit ich Ruhe gab, erzählte sie mir die Geschichte von dem Prinz, der Rosenblätter auf das Grab der Prinzessin streut.«

»Warum tut er das?« Christine dachte an Amatas Grab, das nach Ricks Besuch mit Blütenblättern übersät gewesen war – und an sein Auftauchen in ihrem Badezimmer in Garmisch.

»Die Rosenblätter sind sein Blut. Wenn sie auf das Grab fallen, wird die Prinzessin wieder lebendig.«

»Aber in Wirklichkeit funktioniert das nicht.«

»Nein, in Wirklichkeit funktioniert das nicht«, wiederholte Rick mit trauriger Stimme.«

»Und doch tust du es. Immer wieder.«

»Verrückt, ich weiß.«

»Nein, das ist nicht verrückt. Das ist sehr schön.«

»Amata hatte kurz vor ihrem Tod für das Märchen einen Preis bei einem Schreibwettbewerb gewonnen. Alle waren stolz auf sie.«

»Wie lange habt ihr noch gemeinsam in dem Schrank gesessen?« Christine wollte endlich wissen, wie es zu dem tragischen Unglück gekommen war.

»Vielleicht noch zehn Minuten. Ich habe Amata gefragt, ob sie wüsste, wer der Mann war. Ich war mir sicher, dass es sich nicht um Georg Denninger handelte. Der Mann war viel größer und kräftiger als er, das konnte ich schon an der Form seiner Hand sehen. Amata hat behauptet, sie hätte keine Ahnung, aber ich habe ihr nicht geglaubt. Sie wusste es.

Als wir uns endlich entschlossen, den Keller zu verlassen, hörten wir ein bedrohliches Knistern. Amata fragte panisch, ob ich die Öllampe gelöscht hätte, die sie mir mitgegeben und die ich oben abgestellt hatte. Ich war mir sicher, dass ich es getan hatte. Hätte die Lampe noch gebrannt, wäre der Mann doch davon ausgegangen, dass sich außer ihm noch jemand in der Scheune aufhält, aber er hatte sich ganz offensichtlich unbeobachtet gefühlt.«

»Was ihr gehört habt, war das Knistern der Flammen oben in der Scheune, nicht wahr?« Christine spürte, wie Ricks Atem sich beschleunigte, so als durchlebte er die Katastrophe noch einmal.

»Die Leiter lag zerbrochen auf dem Boden, als wir die Öffnung erreichten. Keine Ahnung, ob der Mann sie mit Absicht zerstört hatte. Jedenfalls konnten wir nicht mehr in die Scheune hinaufklettern, aus der jetzt immer deutlicher das Prasseln des Feuers zu hören war. Es würde nicht lange dauern, bis sie ganz in Flammen stand. Ich drehte fast durch. Ich war es gewesen, der unbedingt in die Scheune gewollt hatte, und nun saßen wir fest und würden im Feuer sterben.

Aber Amata gab nicht auf. Sie befahl mir, auf ihre Schultern zu klettern. Ich sollte mich nach oben ziehen und versuchen Hilfe zu holen. Zuerst hatte ich Angst. Ich konnte die Flammen sehen, sie krochen schon an den Wänden der Scheune hoch. Ich wollte nicht allein dort hinaufsteigen und begann zu weinen. Ich war doch erst acht Jahre alt! Da hatte Amata die rettende Idee. Sie schenkte mir ihr Taschenmesser, ein Schweizer Messer, das sie immer bei sich trug und ich schon lange bewunderte. Das Messer verlieh mir neuen Mut.

Amata stemmte mich mit aller Kraft hoch, bis ich mich mit den Unterarmen in der Öffnung abstützen und nach oben ziehen konnte. In der Scheune war es entsetzlich heiß, der beißende Rauch nahm mir die Sicht. Die Flammen hatten schon die meisten Strohballen entzündet. Der einzige noch freie Weg war der zum Fenster. Ich drehte mich noch einmal zu der Kelleröffnung um, aus der Amata mir zurief, mich zu beeilen. Also begann ich zu rennen, kletterte auf das Buffet und stieß das Fenster auf. Ich weiß nicht mehr, warum, aber bevor ich mich draußen fallen ließ, sah ich zum Scheunentor. Die Strohballen, die dort wie eine Wand aufgestapelt waren, kippten im selben Moment nach vorn und begannen lichterloh zu brennen. In der Ecke, die sie zuvor verdeckt hatten, glaubte ich für einen Augenblick einen Menschen in gelber Jacke liegen zu sehen. Ich redete mir ein, dass es nur eine Vogelscheuche war. Denninger stellte um diese Jahreszeit immer Vogelscheuchen auf, alle Bauern taten das. Ich beschloss, mich nicht weiter darum zu kümmern, schließlich musste ich Hilfe holen. Ich ließ mich auf den Strohhaufen draußen vor der Scheune fallen, sprang wieder auf und rannte nach Hause.

Vor Angst taumelnd stürzte ich in die Diele und rief nach meinen Eltern. Das Feuer, in dem ich Amata zurückgelassen hatte, die merkwürdige Vogelscheuche und der Krankenwagen, den ich gehört hatte, das alles war zu viel für mich. Ich sehnte mich danach, dass meine Mutter mich in die Arme nahm, mich tröstete und alles wieder in Ordnung brachte. Aber sooft ich auch nach ihr rief, ich erhielt keine Antwort. Nach einer Weile bemerkte ich, dass alle Fenster im Haus weit offen standen und es merkwürdig roch. Irgendwann hörte ich das vertraute Schnarchen meines

Vaters und rannte die Treppe hinauf ins Schlafzimmer meiner Eltern. Als ich die Tür öffnete und der Geruch von Schweiß und Alkohol in meine Nase drang, wusste ich gleich, was los war. Mein Vater lag angetrunken im Bett und schlief. Wieder einmal.

Ich habe geschrien, ihn gerüttelt, aber er wachte nicht auf. In meiner Not holte ich einen Eimer mit kaltem Wasser und goss es über sein Gesicht. Bevor er lostoben konnte, musste er erst einmal nach Luft schnappen. Die Zeit nutzte ich, um ihm klarzumachen, wie dringend ich ihn brauchte. Er begriff sofort, verständigte die Feuerwehr und rannte mit mir zur Scheune.

»Aber es war zu spät, Amata war bereits tot?« Christine kämpfte mit den Tränen. Sie empfand eine tiefe Trauer über den Tod ihrer Halbschwester.

»Mein Vater und ich suchten verzweifelt nach einem Zugang, aber wir fanden keinen. Als die Feuerwehr kurz darauf eintraf, stürzten die Wände der Scheune schon in sich zusammen.«

»Haben sie Amata gefunden?«

»Sobald die Flammen es zuließen, durchkämmten sie das ehemalige Gebäude. Ich sagte ihnen, dass sie nach dem Keller suchen müssten, aber sie wussten nichts von einem Keller, also suchten sie auch nicht danach. Sie hielten mich für einen verängstigten und verwirrten Jungen, der unter Schock stand. Und doch hieß es ein paar Minuten später, sie hätten Amata gefunden. Mein Vater brachte mich sofort nach Hause, weil er mir den Anblick ersparen wollte. Sie habe es nicht geschafft, das war das Einzige, was er später zu mir sagte, dann weinte er. Es war das erste Mal, dass ich ihn weinen sah. Ich war es gewohnt, dass mein Vater sich betrank, wenn er Kummer hatte, aber weinen hatte ich ihn noch nie gesehen. Der Anblick war kaum zu ertragen.«

»Aber die Tote, die sie gefunden hatten, war nicht Amata, richtig?«

»Nein, die Frau war vermutlich eine Landstreicherin, die in der Scheune hatte übernachten wollen. Das war der offizielle Wortlaut, nachdem man sie ein paar Tage später obduziert hatte.«

»Die Frau trug eine gelbe Jacke, oder?« Christine erinnerte sich an Ricks Beobachtung, als er die Scheune durch das Fenster verlassen hatte.

»Richtig, aber das wurde erst in der Gerichtsmedizin festgestellt. Das Feuer hatte nicht viel von ihr übrig gelassen.«

»Wann haben sie Amata gefunden?«

»Als Georg Denninger am nächsten Morgen zurückkam und erfuhr, was passiert war, stürmte er sofort los. Irgendjemand hatte den Keller erwähnt, von dem ich phantasiert hätte, um mir Hoffnung zu machen, dass Amata sich dort vielleicht vor dem Feuer in Sicherheit gebracht hätte.

Es stellte sich heraus, dass das Buffet, das vorher unter dem Fenster gestanden hatte, auf die Kelleröffnung gefallen war. Die verkohlten Bretter hatten den Zugang verdeckt. Als sie Amata fanden, sah sie aus, als würde sie schlafen. Sie ist an einer Rauchvergiftung gestorben. Die zweite Öllampe, die im Keller geblieben war, lag zerbrochen auf dem Boden. Sie hatte mit dem Brand nichts zu tun.«

»Arme kleine Amata«, flüsterte Christine und wischte mit der Hand ihre Tränen fort.

»Manchmal wache ich nachts auf, weil ich ihr Gesicht vor mir sehe. Ich will mit ihr sprechen, sie um Verzeihung bitten, aber sie kann mich nicht hören. Dann verschwindet sie wieder hinter dichtem schwarzen Rauch und ich höre ihre Hilfeschreie.«

»Du bist nicht für das Feuer verantwortlich. Außerdem warst du sicher, dass man Amata schon tot gefunden hatte. Warum also hättest du noch weitersuchen sollen?«

»Ich hätte ihnen von der Vogelscheuche erzählen sollen, die ich glaubte, gesehen zu haben.«

»Du warst acht Jahre alt, Rick. Du konntest nicht jede Einzelheit bedenken. Auch Erwachsene hätten in solch einer Lage nicht anders gehandelt. Das weißt du.«

»Trotzdem kann ich mir nicht verzeihen.«

»Hast du der Polizei von dem Mann mit dem Rucksack erzählt?«

»Ja, natürlich.«

»Auch von dem Geld, das du gesehen hast?«

»Das haben sie nicht ernst genommen. Alle sprachen doch damals von dem Geldraub am Tag zuvor. Der Polizeipsychologe, der bei meiner Befragung dabei war, behauptete, dass die

Geschichte mit dem Rucksack mein Ventil sei, um mit meinen Schuldgefühlen fertig zu werden. Der Pfarrer sah sich sogar dazu berufen, vor versammelter Gemeinde zu erklären, ich hätte mich in eine Phantasiewelt zurückgezogen, um den Schock zu verarbeiten.«

»Aber Georg Denninger hat dir geglaubt.«

»Ja, ich weiß. Meine Mutter hätte es sicher auch getan, aber sie war in ihre eigene Traumwelt abgetaucht.«

»Wann hast du von dem Unfall deiner Mutter erfahren?«

»Erst am nächsten Morgen. Der Notarzt, der zur Scheune kam, hatte mir eine Beruhigungsspritze gegeben. Sie wollten, dass ich erst einmal schlafe, bevor ich realisieren konnte, was alles geschehen war.«

»Ich wage nicht, mir vorzustellen, wie du dich gefühlt haben musst. Du warst doch noch so jung und hast in einer Nacht gleich zwei geliebte Menschen verloren.«

»Ja, es war heftig.« Als er sie anschaute, sah sie, dass seine Wimpern feucht waren. »Kurz danach zogen wir in die Toskana. Ein Freund meines Vaters verkaufte uns sein Weingut. Außer bei der Verkostung eines neuen Weines hat mein Vater nie wieder Alkohol getrunken.«

»Warum hast du das Weingut nicht weitergeführt?«

»Das lag an meinem Onkel Michael, dem Bruder meiner Mutter. Ich verbrachte viel Zeit mit ihm. Er hatte sich bei uns einquartiert und war der Einzige, der mit mir noch über die Brandnacht sprach. Meine Mutter konnte es nicht mehr, und mein Vater brachte es nicht über sich. Er trug wohl zu schwer an seiner eigenen Schuld.«

»Was hat dein Onkel getan? Ich meine, was hat dich davon abgehalten, das Weingut zu übernehmen?«

»Michael ließ auf der Dachterrasse unseres Hauses ein Fernrohr aufstellen. Wenn wir dort oben saßen und er mir die Sterne erklärte, konnte ich für eine kurze Zeit wieder glücklich sein. Eine Reise zu den Sternen lässt dich vergessen, was auf der Erde geschieht. Also habe ich neben der Musik Astronomie studiert. Heute kann ich mir allerdings schon vorstellen, das Leben eines Weinbauern zu führen.«

»Versprich mir, dass ich deinen ersten selbst angebauten Wein verkosten darf.«

»Versprochen.«

»Was ist aus deiner Mutter geworden? Ging es ihr irgendwann wieder besser?«

»Nein, sie ist nie wieder in die Wirklichkeit zurückgekehrt. Vor zehn Jahren ist sie gestorben.«

»Und dein Vater?«

»Er hat ein paar gute Leute eingestellt und bewirtschaftet noch immer das Gut. Hin und wieder besuche ich ihn, auch wenn wir uns nicht mehr viel zu sagen haben.«

»Meine Mutter hätte mir das alles nicht verschweigen dürfen.« Erneut fragte sich Christine, was sich ihre Mutter wohl dabei gedacht hatte, sie über ihre Herkunft im Unklaren zu lassen.

»Vielleicht wollte Betti dir die Wahrheit nicht zumuten, dich schützen.«

»Dann hätte sie auch das Tagebuch rechtzeitig vernichten müssen.«

»Ich bin froh, dass sie es nicht getan hat.«

»Aber es hätte dir meinen Besuch erspart. Was dir vor ein paar Stunden noch sehr recht gewesen wäre, wenn ich deine Reaktionen richtig gedeutet habe.«

»Das hast du. Aber jetzt weiß ich, dass unser Zusammentreffen der einzig richtige Weg ist, mich mit den Geschehnissen der Vergangenheit auseinanderzusetzen.«

»Dann liegen Georg Denninger und Gundi Moosbacher mit unseren Wegen, die sich kreuzen mussten, wohl gar nicht so falsch.«

»Lass uns ein paar Minuten an Amata denken.« Rick legte seinen Arm um ihre Schultern und zog sie sanft an sich. Dann schwieg er, und sie tat es ihm gleich.

Zuerst kreisten Christines Gedanken tatsächlich nur um ihre Halbschwester. Die Vorstellung, dass sie am Rauch erstickt war, tat unendlich weh. Aber dann lauschte sie Ricks Atem, inhalierte seinen Duft, und auf einmal war Amata weit fort.

19

Jeremias verschloss den Safe und legte die Pistole, die er seit dreißig Jahren dort aufbewahrte, auf den Nachttisch. Sorgfältig zog er den Teppich gerade und schob das Bett auf seinen Platz zurück. Ein in den Boden eingelassener Safe war ein ungewöhnliches Versteck, auf das nicht jeder gleich stoßen würde. Er war noch immer stolz auf seine Idee. An der Wand hinter dem wacklig aufgehängten Gemälde gab es zudem den üblichen Wandsafe als Ablenkung für mögliche Einbrecher. Dort bewahrte er unwichtige Papiere und ein paar Geldscheine auf. Barbara war die Einzige, die von dem Safe im Boden wusste. Sie kannte auch die Zahlenkombination, um ihn zu öffnen. Er hatte ihr das Versprechen abgenommen, den Inhalt zu entsorgen, sollte ihm einmal etwas zustoßen – in ihrem eigenen Interesse, wie er stets betonte.

Nachdenklich zog er sich aus, warf seine Kleider über den dunkelblauen Paravent und legte sich nackt auf die Seidendecke. Im Sommer liebte er das Gefühl des kühlen Stoffes auf seiner Haut, aber heute war es nicht perfekt, etwas fehlte. Nach einer Weile schaltete er den Fernseher an und zappte durch die Kanäle. Schnell sah er ein, dass auch das ihn nicht ablenkte. Er dachte an Maria, griff nach dem Telefon, wählte, ließ es zwei Mal klingeln und legte wieder auf. Sie hatte gesagt, dass Karl zu einem Klassentreffen nach München fahren wollte, der Anruf war ein Test gewesen, um zu erfahren, ob er schon fort war. Gleich darauf erhielt er eine SMS: »Komm zu mir. M.«

Marias biegsamer Körper war genau das, was er jetzt brauchte. Danach würde er wieder klar denken können. Ausgerechnet Barbara hatte er seine wundervolle Geliebte zu verdanken. Als der alte Borgrieder Maria damals heiratete, war sie ein hausbackener Teenager aus einem Dorf in Niederbayern gewesen. Wahrscheinlich wäre sie zu einer fetten Hausfrau mit drei quäkenden Kindern mutiert, hätte sich Barbara nicht ihrer angenommen. Sie schleppte Maria zur Gymnastik und zum Yoga, brachte ihr bei, wie man sich kleidete, dass es interessantere Lektüre als Kochbücher gab und das Leben nicht am Alpenrand endete. Jeremias war seiner Frau unendlich dankbar für dieses Geschenk. Schade, dass er ihr das nicht sagen konnte. Barbara war eine wirkliche Dame, natürlich wusste sie von seiner Affäre, aber sie erwähnte sie mit keinem Wort und erpresste ihn auch nicht damit. Stattdessen dachte sie sich die Welt schön. Dass die beiden Frauen sich nahestanden, erhöhte für ihn nur noch den Reiz. Aber auch Christine Weingard gefiel ihm, erst recht, nachdem er herausgefunden hatte, wer sie war. Amata und Christine, die eine Vergangenheit, die andere Gegenwart, und er könnte die Verbindung zwischen ihnen sein.

Das Telefon, das neben ihm auf dem Bett lag, klingelte. Jeremias sah auf das Display. Der Anruf kam vom Denningerhof. »Ja, bitte?«, meldete er sich und legte die freie Hand auf die Pistole, während er in das Telefon hineinhorchte.

»Manni Schwabe hier«, sagte eine tiefe Männerstimme.

»Wer?«, stellte er sich unwissend. Wenigstens stand der Mistkerl nicht gleich vor seiner Tür, wie er befürchtet hatte.

»Stell dich nicht blöd, Rimbar. In einer halben Stunde auf dem Denningerhof. Wenn du nicht auftauchst, geht es schlecht für dich aus.«

»Wie blöd kann jemand sein, mir drohen zu wollen?«, murmelte Jeremias, nachdem Schwabe aufgelegt hatte. Er blieb noch einen Augenblick liegen, verschränkte die Arme im Nacken und betrachtete die Fotografie, die an der Wand gegenüber dem Bett hing.

Sie zeigte die drei Höfe, die früher vor dem Dorf gestanden hatten. Zur Zeit der Aufnahme musste es Frühling gewesen sein. Die Kirschbäume vor dem Lachnerhof standen in voller Blüte. Amata trug ein langes weißes Kleid, dazu einen Strohhut mit rosafarbenem Seidenband, und lehnte mit verträumtem Blick an der Linde neben dem Haus.

»Verdammt.« Jeremias spürte den Kloß im Hals – wie immer, wenn er das Bild zu lange ansah. Trotzdem brachte er es nicht fertig, es auszutauschen. Er hatte entschieden, dass er sich an Amata erinnern wollte.

Nach einer Weile erhob er sich, kleidete sich in aller Ruhe an und steckte die unregistrierte Pistole ein, die sein Vater ihm zu seinem achtzehnten Geburtstag geschenkt hatte. Klein, in mattem Silber und äußerst präzise.

»Wenn du mal in echte Schwierigkeiten gerätst«, hatte der Vater gesagt und sie ihm feierlich in einer schwarzen Samtschachtel überreicht.

Ich danke dir, Vater, dass du immer so umsichtig warst, was deine Feinde betrifft, dachte Jeremias. Er überprüfte das Magazin der Pistole, steckte sie in die Innentasche seines dunklen Jacketts und verließ das Haus. Kurz darauf bog er am Steuer seines Lamborghini in die Hauptstraße von Sinach, trat ein paarmal das Gas durch und entlockte den Anwohnern, die ihre Fenster geöffnet hatten, lautstarke Flüche.

Als er seinen Wagen schließlich direkt vor der Apotheke parkte, wusste bereits das halbe Dorf darüber Bescheid, dass der Bürgermeister Maria während der Abwesenheit ihres Mannes einen Besuch abstattete. Jeremias drückte auf den oberen Klingelknopf. Gleich darauf hörte er Maria aus der Wohnung im ersten Stock die Treppe herunterkommen, dann ging das Licht in der Apotheke an.

»Komm rein«, flötete Maria, als sie die Tür öffnete.

»Wie lange bleibt Karl fort?«, fragte Jeremias und drückte die schwere Holztür von innen zu.

»Bis morgen, er übernachtet in der Stadt.«

»Wunderbar, ich habe allerdings noch etwas zu erledigen«, sagte er und ließ seinen Blick über Maria gleiten.

Sie trug ein cremefarbenes knielanges Kleid, das sich eng an ihren Körper schmiegte. Er bemühte sich, nicht hinzusehen, aber ihre Konturen zeichneten sich so deutlich unter dem dünnen Stoff ab, dass es ihm unmöglich war, die Hände von ihr zu lassen. Er umfasste ihren Hinterkopf, packte ihr Haar, zog sie ein Stück von sich weg und betrachtete sie. Das Verlangen in ihren Augen kostete ihn seine Beherrschung. Manni Schwabe musste sich gedulden, es gab Wichtigeres. Mit der Hand strich er zärtlich über Marias Gesicht, küsste ihre nach Honig duftenden Ohrläppchen und streichelte ihr Dekolleté.

»Nicht hier«, flüsterte sie, als er sie an sich riss und an den Tresen drängte. Sie unternahm einen zaghaften Versuch, sich ihm zu entwinden, aber als er sein Knie zwischen ihre Schenkel schob, war ihr Widerstand gebrochen. Sie blickte in seine Augen, diese geheimnisvollen grauen Tiefen, und streichelte zärtlich das schmale Gesicht mit den hohen Wangenknochen.

Am Anfang ihrer Beziehung hatte sie ihm versichert, mit ihm zu schlafen, wann und wo er es wollte. So war es bis heute geblieben. Sie hatte sich Jeremias nie verweigert, weil er ein Feuer in ihr entfachte, wie es kein anderer Mann vermochte. Sie stöhnte laut auf, als er sie auf den Tresen hob. Für einen Augenblick nahm sie einen Schatten vor dem kleinen Fenster in der Tür wahr, dann spürte sie wieder den festen Griff um ihre Hüften, und alles war vergessen. Sie wollte Jeremias nahe sein, nichts anderes zählte. Als Maria jede Zurückhaltung aufgab und ihr Stöhnen bis auf die Straße hinaus drang, rannte Karl Borgrieder los. Das Seil, das aus seiner alten Cordjacke herausschaute, schlug bei jedem Schritt gegen seine Schenkel.

20

»Christine?«

»Ja?« Verblüfft schlug sie die Augen auf und registrierte, dass sie mit ihrem Kopf an Ricks Schulter lehnte. »Tut mir leid, dass ich einfach eingeschlafen bin«, entschuldigte sie sich bei ihm und richtete sich wieder auf.

»Kein Problem«, erwiderte er lächelnd.

»Wie lange habe ich geschlafen?«

»Eine Stunde.«

»Warum hast du mich nicht geweckt?«

»Habe ich doch jetzt getan. Ich will dir etwas zeigen.« Er deutete auf die geöffnete Messingklappe in der rechten Schrankwand. Im flackernden Kerzenlicht erkannte Christine ein Stahlfach, das in das massive Holz eingearbeitet war.

»Ein Geheimfach?«

»Ich habe mich daran erinnert, dass ich es damals ertastet hatte, während Amata mir die Geschichte von der Rosenprinzessin erzählte.«

»Was ist das?« Christine schaute auf die vergilbten Papiere, die Rick vorsichtig aus dem schmalen Fach herausnahm. »Amata hatte an diesem Tag ihr Tagebuch bei sich. Die letzten Seiten in dem Buch fehlen, wie du ja weißt. Sie hat sie anscheinend hier versteckt.«

»Das Stahlfach hätte sie vor dem Feuer geschützt. Lies mir vor, was ihr so wichtig war, dass sie so überlegt handelte«, bat Christine.

»Warum liest du es nicht selbst?«

»Du warst dabei, es ist deine Geschichte.«

»Wie du willst.«

Amatas Aufzeichnungen begannen mit einem Nachtrag zum 22. August 1982.

Seltsamerweise hatte sie diesmal die Namen der Menschen ausgeschrieben, um die es ging.

Warum habe ich es wieder zugelassen? Ich wollte es doch nicht mehr tun. Er sieht wahnsinnig gut aus, und wenn er mich anschaut, dann zittere ich. Ich kann nicht anders. Aber er ist so brutal. Immer setzt er seinen Willen durch. Gestern habe ich mich wieder von ihm überreden lassen. Ich fühle mich so mies. Mama hat gesagt, ich soll mich auf keinen Fall mit ihm einlassen. Er würde alle Frauen nur ausnutzen, und dann hat sie auf den Boden geschaut, als würde sie sich schämen. Ich denke, es ist ihr unangenehm, über solche Dinge mit mir zu reden.
Aber von nun an werde ich mein Leben ändern, das verspreche ich. Robert nimmt seine Vaterrolle sehr ernst. Er wird gut für Christine und mich sorgen. Ich werde nur noch an die Zukunft denken und das alles hier beenden. Wenn Jeremias nur nicht wäre: Er muss mich bloß ansehen, und schon vergesse ich meine guten Vorsätze. Mama darf niemals etwas davon erfahren, nie, nie, nie!
Als Jeremias und ich am Nachmittag in Denningers Feld waren, haben wir plötzlich ein merkwürdiges Rascheln gehört, ganz in unserer Nähe. So als würde etwas über den Boden geschleift. Jeremias hat erst erschrocken auf die Uhr geschaut, so als hätte er einen wichtigen Termin verpasst, dann hat er mir sofort den Mund zugehalten. Als hätte ich nicht selbst gewusst, dass ich ruhig sein muss. Weil er mich nicht losließ, habe ich ihn in die Hand gebissen. Ich glaube, er war nahe daran, mich zu schlagen. Wir haben uns schnell angezogen, und dann hat er mich gedrängt, sofort nach Hause zu gehen. Er war auf einmal total nervös, und ich ahnte, dass er etwas vorhat. Ich tat dann nur so, als würde ich mich auf den Heimweg machen. Als ich sah, dass er in Richtung Scheune lief, duckte ich mich und kehrte um. Am Rand des Feldes legte ich mich auf den Boden, um zu sehen, was da vor sich ging. Jeremias half einer Frau in gelber Jacke und mit gelber Baseballkappe auf dem Kopf, das Tor zu öffnen. Dann schleiften sie einen dunkelblauen Rucksack in die Scheune. Nachdem ich mich vorsichtig umgeschaut hatte, dass auch niemand sonst in der Nähe war, rannte ich zu den Strohballen unter dem Fenster und sah in die Scheune. Die Frau in der gelben Jacke saß auf dem Boden. Der Rucksack stand geöffnet neben ihr. So viel Geld habe ich noch nie auf einem Haufen gesehen. Dann fiel mir ein, was ich am Morgen im Radio

gehört hatte, und mein Herz pochte wie wild. In der Nähe von München hatte jemand einen Geldtransport überfallen. Zwei Täter waren gefasst worden, der dritte war entkommen. Ich versuchte die Frau zu erkennen, aber sie hatte die Mütze zu tief ins Gesicht gezogen.

Jeremias konnte ich zuerst gar nicht entdecken. Dann sprang die Frau plötzlich auf, fasste in den Rucksack und zog ein Messer heraus. Es hatte eine giftgrüne Schlange am Griff. Kurz danach sah ich Jeremias auf sie zugehen und auf sie einreden. Ich konnte nicht verstehen, um was es ging, aber dann fiel ein Schuss. Zuerst war ich wie gelähmt. Ich dachte, die Frau hätte zusätzlich zum Messer auch noch eine Pistole und Jeremias sei jetzt tot, weil er zusammen mit der Frau auf den Boden fiel. Doch gerade, als ich von den Strohballen springen wollte, um Hilfe zu holen, stand Jeremias wieder auf. Die Frau aber blieb liegen.

Das Messer der Frau steckte in Jeremias' Oberarm. Er zog es mit einem kräftigen Ruck heraus und warf es in den Rucksack. Danach nahm er ein großes Taschentuch aus seiner Hosentasche und band es fest um die Wunde. Ich glaubte, er würde gleich aus der Scheune kommen, um nach Hilfe zu rufen, aber nichts dergleichen passierte. Stattdessen stapelte er die Strohballen dort um, bis eine in den Boden eingelassene Tür zum Vorschein kam. Er zog sie auf, packte den Rucksack mit dem Geld und verschwand in der Luke.

Ich lief um die Scheune herum bis zum Tor. Die Frau lag gleich daneben. Ihre Kappe war ihr von den Haaren gerutscht. Es war Judith Bischoff, die für Herrn Denninger gearbeitet hat. Sie hatte eine Einschusswunde am Hals. An ihrer linken Hand trug sie einen auffälligen Ring mit einem grünen Stein in einer silbernen schlangenförmigen Fassung.

Ich hatte keine Ahnung, was ich tun sollte, als ich sie da so liegen sah. Die Polizei rufen? Jeremias verraten? Sicher war es Notwehr gewesen, und er würde gleich selbst die Polizei benachrichtigen. Aber warum hatte er das Geld weggeschleppt? Als ich hörte, dass er die Leiter wieder hochstieg, bin ich weggelaufen. Soll er doch zusehen, wie er mit all dem fertig wird. Ich bin mir nicht sicher, ob er mich noch gesehen hat, aber das ist mir scheißegal.

23. August 1982
Wieso hat Jeremias das getan? Steckt er mir vorhin doch diesen Ring von Judith an den Finger und behauptet, wir seien verlobt. Den Ring einer Toten! Und das vor all unseren Freunden! Ich bekomme ihn nicht mehr ab.
Ich hocke in diesem Keller, und über mir brennt die Scheune. Ich will raus! Rick, wo bleibst du? Ich will noch nicht sterben! Warum musste das alles passieren? Aber wenn ich hier rauskomme, werde ich allen sagen, was ich beobachtet habe. Jeremias muss bestraft werden.
Rick kommt nicht. Ich kann nicht mehr schreiben. Ich bekomme kaum noch Luft. Ich werde meine kleine Schwester nie wiedersehen. Ich hätte Christine immer die Wahrheit gesagt, hätte nie gelogen, so wie Mama mich angelogen hat. Sie hat mir nie gesagt, wer mein Vater ist. Jeremias hat vor ein paar Tagen behauptet, es sei Leonhard Linden. Wenn es wahr ist, dann wäre Rick mein Bruder. Wenn ich das hier überstehe, dann werde ich sie fragen, ich will es endlich wissen. Ich will doch noch leben! Ich will Journalistin werden und allen die Wahrheit entgegenschleudern. Ich habe solche Angst!
Ich weiß, dass es Jeremias war, der den Rucksack mit dem Geld gerade aus dem Keller geholt hat. Ich habe die Wunde an seinem Handgelenk gesehen, da, wo ich ihn im Feld gebissen habe. Was wohl mit Judith Bischoff passiert ist? Wo hat Jeremias sie hingeschleppt? Ich habe sie oben in der Scheune nicht mehr gesehen. Hat er sie irgendwo unter den Strohballen versteckt? Oder war sie vielleicht gar nicht tot?
Ich hätte Rick einweihen sollen, dann wüsste es noch jemand. Aber er ist noch so klein. Er versteht das alles noch nicht.

»Lies weiter«, forderte Christine Rick auf, als er schwieg.
»Das war alles.«
»Das Fach ist leer?«
»Ja, leider.«
»Wir müssen mit diesen Aufzeichnungen zur Polizei.« Die Seiten waren das wahre Vermächtnis ihrer älteren Halbschwester. Sie hatte gewollt, dass derjenige, der sie nach ihrem Tod fand, für

Gerechtigkeit sorgte, und Christine würde alles daransetzen, ihr diesen letzten Wunsch zu erfüllen.

»Amatas Tagebuch wird kaum als Beweis taugen. Kein Gericht der Welt wird darauf eine Anklage stützen.«

»Aber sie müssen doch festgestellt haben, dass Judith an einer Schusswunde gestorben ist? Wurde denn nie in dieser Richtung ermittelt?«

»Wenn niemand einen Verdacht hatte, wurde die Leiche vermutlich nur oberflächlich obduziert. Sie haben das Offensichtliche angenommen. Dass die Frau ein Brandopfer war. Niemand ist wohl damals auf die Idee gekommen, dass sie schon tot war, bevor das Feuer ausbrach.«

»Aber sie hätten doch wenigstens versuchen müssen ihre Identität festzustellen.«

»In Krimis funktioniert das immer, aber im wahren Leben hilft oft nur der Zufall. Hätte es eine passende Vermisstenanzeige gegeben, hätten sie sich vermutlich mehr Mühe gemacht.«

»Sie hat auf Denningers Hof gearbeitet, wenigstens in Sinach hätte sie doch jemand vermissen müssen.«

»Erntehelfer waren nicht unbedingt im Dorf bekannt. Ich kann mich auch nur noch vage an Judith erinnern. Für mich war das zweite Opfer der Brandnacht bis heute eine Landstreicherin, deren Identität nie festgestellt wurde.«

»Wir müssen mit Georg Denninger reden. Wenn wir ihm von Amatas Aufzeichnungen erzählen, fällt ihm vielleicht noch etwas ein, was ihm bisher nicht wichtig erschien, aber nun einen Sinn ergibt. Auf jeden Fall sollte er wissen, dass die unbekannte Tote nun einen Namen hat. Du hast gesagt, dass du die Bisswunde an der Hand des Mannes gesehen hast. Hast du das zu Protokoll gegeben?«

»Das weiß ich nicht mehr. Vielleicht habe ich mich auch erst später daran erinnert.«

»Ruf Kommissar Burger an und frage ihn, ob er deine Zeugenaussage über den Scheunenbrand schon bereitgelegt hat.«

»Ich glaube nicht, dass er um diese Uhrzeit noch auf dem Revier ist.«

»Vielleicht macht er ja Überstunden, oder du versuchst es bei ihm zu Hause.«

»Okay, gibst du mir dein Telefon?«

»Das ist in meiner Tasche, und die liegt auf Denningers Terrasse.«

»Dann müssen wir den Anruf eben auf später verschieben.«

»Warum? Was ist mit deinem Telefon?«

»Das liegt im Hotel in Garmisch. Ich bin heute Morgen ein bisschen überstürzt aufgebrochen, wie du dir vorstellen kannst.«

»Zu dumm.«

»Es gab Zeiten, da haben die Menschen ganz ohne Mobiltelefon überlebt. Und nicht mal schlecht.«

»Kaum vorstellbar«, seufzte Christine.

»Was Jeremias betrifft, sollten wir genau überlegen, wie wir vorgehen. Wir haben bisher nichts Verwertbares in der Hand, womit wir den Fall wieder aufrollen könnten.« Rick wusste, dass sie Geduld brauchen würden, wenn sie etwas gegen einen so einflussreichen Mann wie Jeremias Rimbar ausrichten wollten.

»Er wird sich aus allem herauswinden können, nicht wahr, das ist es doch, was du denkst?«

»Richtig, er wird sich nicht einfach geschlagen geben.«

»Lass uns Amatas Aufzeichnungen noch einmal lesen. Vielleicht finden wir etwas, worauf wir zusammen mit Georg Denninger aufbauen können. Dieses Mal werde ich lesen, und du hörst zu.«

»Okay, fang an.« Während Christine zu lesen begann, schloss Rick die Augen, um wieder in die Ereignisse von damals einzutauchen.

21

Der Garten der Apotheke war von einer dichten Hecke umgeben, die von außen niemandem Einblick gewährte. Jeremias musste nur ein paar Schritte machen, um das Gartentor leise aufzuschieben und in den angrenzenden Wald zu verschwinden. Von dort führte ein schmaler Pfad zum Denningerhof. Zwanzig Minuten später traf Jeremias dort ein.

Manni Schwabe hatte sich auf seine Ankunft vorbereitet. Bis auf die Lampe neben der Haustür brannte kein Licht auf dem Hof. Vermutlich hockte er irgendwo im Haus und wartete darauf, dass er sich ihm zeigte. Aber das Überraschungsmoment war auf seiner Seite, das würde Schwabe bald klar werden.

Jeremias kannte jeden Winkel des Denningerhofs. Auch von der Nische neben der Terrassentür, die ihm Deckung bieten würde, wusste er.

Er schlug einen Bogen um das Anwesen und nutzte den Schutz des hohen Weizens, um auf die Rückseite des Hauses zu gelangen. Geduckt huschte er über den Weg und schlich auf die Terrasse. Der Himmel war klar, und der Mond stand in dieser Nacht in einem perfekten Winkel. Jeremias konnte jede Einzelheit in Denningers Wohnzimmer erkennen.

Schwabe hatte die grüne Ledercouch, die sonst vor dem Kamin stand, an die Wand gerückt. Von dort hatte er gleichzeitig die Terrasse und die gegenüberliegende Haustür im Blick. Er hatte sich lang ausgestreckt, seine Beine ragten ein Stück über die Couch hinaus, auf seiner Brust lag ein Revolver. Er kaute auf einem Streichholz, wippte sichtlich nervös mit den Füßen und schaute ständig auf seine Armbanduhr. Denninger saß mit dem Rücken zum Fenster auf einem Stuhl. Er war gefesselt.

Jeremias zog die hellen Lederhandschuhe aus seiner Jackettasche und schlüpfte hinein. Sie passten wie angegossen. Wie alles, was er trug, waren auch sie maßgeschneidert. Er hob einen von den Kieselsteinen auf, die haufenweise auf der Terrasse lagen, und warf ihn gegen die Tür. Der älteste Trick, um jemanden aufzuschrecken. Er hatte Erfolg. Schwabe fuhr augenblicklich hoch und starrte nach draußen. Nach einer Weile näherte er sich mit dem Revolver im Anschlag der Tür und schob sie vorsichtig auf.

Doch Jeremias war vorbereitet, schnellte aus seiner Deckung nach vorn. Schon krachte seine Faust gegen Schwabes Kinn, der wie ein Sack nach hinten flog, die Kante des Esstisches streifte und auf den Dielenboden fiel.

»Über mangelnden Besuch kannst du dich heute wirklich nicht beklagen, Denninger«, sagte Jeremias, als der alte Mann sich langsam umdrehte, um zu sehen, was da vor sich ging. »Ich denke, es wird noch ein unterhaltsamer Abend für uns alle werden.« Welch ein schönes Geschenk, dachte er und hob den Revolver auf, den Schwabe hatte fallen lassen. Wie es aussah, musste er seine eigene Pistole gar nicht einsetzen. Zufrieden über den gelungenen Auftakt seiner Unternehmung schloss er die Terrassentür und zog die Vorhänge zu. »Wo sind Linden und die Fotografin?«, wollte er von Denninger wissen, während er die Stehlampe einschaltete.

»Gegangen.«

»Das ist eine gute Nachricht.« Er hatte keine Lust, sich auch noch mit den beiden befassen zu müssen.

»Drecksau, elende«, stöhnte Schwabe, der allmählich wieder zu sich kam.

»Du hättest eben einen großen Bogen um mein Land machen sollen, Schwabe«, erwiderte Jeremias und grinste überheblich.

»Dein Land? Bist du etwa der Nachfolger von unserem König Ludwig geworden?«

»Könige sind nur die Marionetten der Macht. Ich ziehe lieber die Fäden, an denen sie hängen.« Jeremias stützte sich mit einem Arm auf den Kaminsims und hielt Schwabe mit seinem eigenen Revolver in Schach.

»Irgendwann erstickst du noch an deinem Hochmut, Rimbar.«

»Der Neid derjenigen, die nichts zu schlucken haben. Was willst du, Schwabe?«

»Mein Geld.« Aufrecht und breitbeinig baute sich Schwabe vor Jeremias auf. Der bullige Mann war gut einen halben Kopf größer als der Bürgermeister, die Muskeln, die sich unter seinem

Shirt abzeichneten, waren das Ergebnis jahrelangen intensiven Trainings.

»Welches Geld?«, fragte Jeremias gelangweilt und polierte seine Fingernägel am Revers seines Jacketts, während er Schwabe nicht aus den Augen ließ.

»Ich will einen Ausgleich für das Geld, mit dem du reich geworden bist, Bürgermeister. Ich weiß von deiner angeblichen Erbschaft. Nur eine Woche nach meinem Coup hast du in die Ölklitsche investiert, die du Judith immer wieder als gute Anlagemöglichkeit empfohlen hast.«

»Es stimmt, dass ich investiert habe. Klitsche ist allerdings nicht die richtige Bezeichnung für ein erfolgreiches global operierendes Unternehmen.«

»Damals war es eine Klitsche.«

»Ich habe die Möglichkeiten des Unternehmens erkannt.«

»Ganz offensichtlich. Heute bist du der größte Aktionär, wie ich gehört habe.«

»Auch du hättest investieren können.«

»Dazu ist es aber nicht gekommen, du arroganter Mistkerl. Es war eine Scheißidee, dass die Judith dich als Berater angeschleppt hat.«

»Wenn ich mich recht erinnere, ging es bei euch um eine Erbschaft, die ihr unbedingt gewinnbringend anlegen wolltet?«

»Spar dir deine Heuchelei, du hast die Judith ausgehorcht, bis sie dir alles erzählt hat. Gib es zu, oder bist du zu feige für die Wahrheit? Wie hast du sie dazu gebracht, dir zu vertrauen, verdammt?«

»Wie sagte schon Kant? Die Weltweisheit der Frauen ist nicht Vernünfteln, sondern Empfinden.«

»Verrecken sollst du an deinen Weisheiten.«

»Ich habe sie mal in meiner Scheune zusammen gesehen«, schaltete sich Denninger in das Gespräch ein.

»Du meinst, ihn und die Judith?«, schnaubte Schwabe, und seine Adern an den Schläfen begannen sichtbar zu pulsieren, als Denninger zustimmend nickte.

»Sie wollte mir den Keller zeigen, den sie entdeckt hatte. Ich war wirklich beeindruckt, dass dieses Versteck zuvor noch keiner bemerkt hatte. Kompliment, Denninger.« Jeremias schmunzelte herablassend.

»Wie hast du es aus Judith herausbekommen?«, fragte Schwabe, faltete seine Hände und dehnte die Finger, bis die Gelenke knackten.

»Im Heu ist sie mit ihm gelegen, so wie viele andere«, gab Denninger preis, was er wusste und so viele Jahre für sich behalten hatte.

»Du hast meine Judith …?«

»Ich habe gar nichts. Sie war es, die es wollte, richtig ausgehungert war sie.«

»Halt dein dreckiges Maul!«, schrie Schwabe.

»Bleib, wo du bist.« Jeremias war ganz ruhig und spannte den Hahn des Revolvers, als Schwabe einen Schritt auf ihn zu machen wollte.

Schwabe hielt inne. »Weißt du was, Rimbar, die Zeit lässt sich nicht zurückdrehen. Beenden wir die Sache einfach, du packst mir zwei Millionen Euro in hübschen kleinen Scheinen zusammen, und dann siehst du mich nie wieder.«

»Zwei Millionen Euro? Bist du noch ganz dicht? Darf ich dich daran erinnern, dass ihr nur fünf Millionen Mark erbeutet habt? Ihr wart zu dritt, das wären für jeden …«

»Ich weiß, was mir zustand, aber du vergisst die Zinsen, Rimbar. In dreißig Jahren kommt da so einiges zusammen. Zwei Millionen Euro, ich bleibe dabei.«

»Träum weiter, Schwabe.«

»Ich habe nichts mehr zu verlieren, Rimbar, ich habe meine Strafe abgesessen.«

»Schön für dich, genieße deine Freiheit.«

»Zwei Millionen«, wiederholte Schwabe seine Forderung, »wenn du mir nicht entgegenkommst, lege ich im Nachhinein ein umfassendes Geständnis ab, vielleicht sogar vor laufenden Fernsehkameras. Das wird eine interessante Angelegenheit, weil du dabei ganz groß herauskommen wirst. Ich könnte behaupten, du hättest die Sache geplant. Irgendjemand springt bestimmt darauf an, einer wie du hat garantiert Feinde, die nur auf so eine Gelegenheit warten. Ein Puzzelteil fügt sich zum anderen, und dann – bumm!« Schwabe klatschte in die Hände und lachte laut auf, als er das Zucken um Jeremias' Mundwinkel wahrnahm.

»Ich glaube nicht, dass du das tun wirst, Schwabe.« Jeremias ließ sich nicht verunsichern, drückte den Lauf der Pistole gegen Manni Schwabes Brust.

»Du kannst mir nicht drohen!«, fuhr Schwabe ihn an, packte Jeremias' Arm und schob ihn zur Seite. »Einer wie du mordet nicht im Beisein von Zeugen.«

»Und wie soll es deiner Meinung nach jetzt weitergehen?« Schwabe hatte recht, er würde sich keine Zeugen leisten.

»Gib zu, dass die unbekannte Landstreicherin, die in der Scheune verbrannt ist, die Judith war, damit ich endlich meinen Frieden machen kann. Und dann zahl mich aus.«

»Darüber muss ich nachdenken«, spielte Jeremias den Kompromissbereiten.

»Lass dir nicht zu viel Zeit. Ich hab lang genug gewartet.«

»Betti Lachner ist tot, Jeremias«, unterbrach Denninger das Schweigen, das für einen Augenblick zwischen den beiden herrschte.

»Ich habe davon gehört.«

»Hast du dir die Fotografin aus München mal genauer angeschaut?«

»Ich weiß, wer sie ist.«

»Sicher?« Georg Denninger scharrte mit den Füßen über den Boden. Früher, als seine Welt noch in Ordnung war, rochen die Dielen freitags nach frischem Bohnerwachs. Auch heute war Freitag, aber er machte sich nicht mehr die Mühe, die Dielen zu wachsen. Alles vergeht, dachte er. »Dass Amata und Judith nicht mehr sind, das ist eure Schuld. Sie hätten beide etwas Besseres verdient gehabt als solche Lumpen wie euch!«, machte er sich Luft. Er zweifelte nicht mehr daran, dass die unbekannte Tote in der Scheune Judith gewesen war und Jeremias das Geld genommen hatte.

»Hast du uns verpfiffen, Denninger, weil dir so viel an dem Seelenfrieden von der Judith lag?«, wandte Schwabe sich zornig an den alten Mann.

»Ich hatte doch keine Ahnung von euren Plänen.«

»Dann hast du auch den blauen Rucksack mit dem Geld nicht in deiner Scheune entdeckt?«

»Doch, den Rucksack habe ich gesehen, leider. Ich war auf dem Weg zu einer Messe in der Stadt und wollte bei einem Freund übernachten. Ich hatte ihm ein paar Flaschen von meinem Obstler versprochen. Als ich die aus dem Scheunenkeller holte, habe ich bemerkt, dass die Destillationsmaschine ein Stück von der Wand vorgezogen war. Da habe ich ihn gesehen, diesen verdammten Rucksack.«

»Wohin hast du ihn dann geschafft?«

»Ich habe ihn nicht angerührt. Mir war gleich klar, dass es die Beute aus dem Überfall war und Judith vermutlich die dritte Person war, die mit der Beute entkommen wollte. Ich bin erst mal in die Stadt gefahren und hab mich eine ganz Nacht lang besoffen. Ich wollte einfach nur, dass dieses verdammte Geld verschwunden ist, wenn ich zurückkomme.«

»War es verschwunden?«

»Die Scheune war niedergebrannt. Wenn es vorher niemand rausgeholt hat, dann …«

»Interessante Geschichte, Denninger«, unterbrach Jeremias den alten Mann, »auch Rick hat immer von einem blauen Rucksack gesprochen. Du hättest seine Aussage unterstützen können.« Jeremias war sichtlich überrascht von dieser Eröffnung, die ihm ganz und gar nicht gefiel. Der Alte wusste mehr, als er bisher angenommen hatte.

»Ich habe nichts gesagt, weil ich Judith nicht hinhängen wollte. Ich hatte gehofft, sie sei wenigstens mit einem Teil des Geldes davongekommen, ganz weit fort, hätte ein besseres Leben begonnen. Aber jetzt …«

»Aber jetzt was?«, fragte Schwabe und biss sich vor Anspannung auf die Unterlippe.

»Warum hast du Amata mit reinziehen müssen, Jeremias?«, fragte Denninger und starrte auf den silbernen Ring mit dem grünen Stein, den Schwabe an seiner linken Hand trug.

»Ich werde mit dir nicht über Amata sprechen.« Wie kam der Alte plötzlich auf sie?, wunderte er sich. Sie stand in keiner Verbindung zu dem Überfall.

»Der Ring da an deiner Hand, Manni. Hatte Judith auch so einen?«, fragte Denninger mit bebender Stimme.

»Hatte sie. Die Judith und ich haben uns am Tag von unserem Coup auf der Fahrt nach München verlobt. Ich wollte, dass sie weiß, dass ich es ernst mit ihr meine, bevor es losging.«

»Amata trug so einen Ring, als wir sie fanden.«

»Das Madl, das bei dem Scheunenbrand umkam?«

»Genau das.« Denningers Blick haftete jetzt auf Jeremias. »Rick hat mir damals erzählt, dass du Amata den Ring kurz vor dem Brand in der Scheune angesteckt hast.«

»Die Judith hätte den Ring niemals freiwillig hergegeben. Also musst du ihn dir besorgt haben, Rimbar, du elender Dreckskerl. Du hast der Judith in der Scheune aufgelauert und du warst auch derjenige, der unseren Plan verraten hat, aus der Nummer kommst du jetzt nicht mehr raus.« Schwabe war außer sich über das, was er gerade erfahren hatte. Sein Gesicht war knallrot, und er hatte die Fäuste geballt. Aber noch hielt er sich zurück.

»Es war ganz einfach«, gab Jeremias zu und genoss die unbändige Wut seines Gegenübers sichtbar. »Ich kannte den Zeitplan. Judith hatte ihn mir bis ins Detail erzählt. So was kommt schon mal vor im Überschwang der Gefühle, wenn man zusammen im Heu liegt. Für die Polizei baute ich eine kleine Verzögerung ein. Ich schickte sie zuerst in eine andere Straße, weit genug entfernt, um Judith Gelegenheit zu geben, das Geld einzusammeln, aber nah genug, um dich und Achim noch zu erwischen. Die Kleine war übrigens schlau, sie ist einfach mit dem Rucksack zum Bahnhof, hat sich unter eine Gruppe Wanderer gemischt und auf den Weg nach Sinach gemacht. Eine Wanderin unter vielen, die niemandem auffiel.«

»Die Judith war schon tot, als die Scheune brannte, richtig?«

»Es war nicht meine Absicht, sie zu töten. Wir hatten eine Auseinandersetzung über die Verteilung des Geldes. Sie zückte ihr Messer, ich meine Pistole. Ich gewann. Da ich keine Ahnung hatte, wohin ich Judiths Leiche bringen sollte, versteckte ich sie erst einmal hinter den Strohballen in der Scheune. Als ich hörte, dass Denninger in die Stadt gefahren war, kam ich auf die Idee mit dem Feuer.«

»Dafür wirst du bluten, Rimbar, für alles.« Schwabe hatte sich nicht länger in der Gewalt. Er achtete nicht darauf, dass Jeremias noch immer den Revolver auf ihn richtete, stürzte sich mit ganzer Kraft auf den Mann, der ihn ins Gefängnis gebracht hatte.

Jeremias ärgerte sich über seine Unaufmerksamkeit, die Schwabe für einen Moment die Oberhand gewinnen ließ. Schwabe, der mit Wucht über ihn herfiel, schlug ihm den Revolver aus der Hand. Aber Schwabe würde daraus keinen Vorteil ziehen können, er wurde ganz von Wut und Erschütterung beherrscht.

Erschütterung lähmte, Wut ließ einen Menschen nicht mehr klar denken. Schwabe hatte keine Chance. Jeremias wich seinem nächsten Schlag geschickt aus, packte den Schürhaken, der neben dem Kamin stand, und schlug zu.

Manni Schwabe riss kurz die Augen auf, dann rollte er auch schon zur Seite. An seinem Hinterkopf klaffte eine tiefe Wunde. Idiot, dachte Jeremias und erhob sich. Ohne Eile nahm er die Waffe wieder auf und klopfte sich den Staub von Jacke und Hose.

»Was hast du nun mit mir vor?«, fragte Denninger, als Jeremias seine Fesseln löste.

»Es ist an der Zeit, die Dinge ins Reine zu bringen. Du weißt einfach zu viel, tut mir sehr leid.« Mit der Handkante schlug Jeremias dem alten Mann in den Nacken. Nach allem, was er gerade erfahren hatte, war Georg Denninger eine weit größere Bedrohung für ihn, als es Schwabe je hätte sein können.

22

»Trug Amata den Ring noch, als sie gefunden wurde?«, fragte Christine, während Rick die Tagebuchseiten faltete und in die Brusttasche seines Hemdes steckte.

»Keine Ahnung. Ich durfte sie nicht mehr sehen.«

»Stell dir vor, sie hätte ihn noch getragen, als sie beerdigt wurde, dann wäre es zumindest ein Hinweis, dass Rimbar Judith in der Scheune begegnet ist. Wir haben das Tagebuch und deine Beobachtung, und vielleicht erinnern sich noch andere Leute an diese Begebenheit.«

»Jeremias' Anwälte werden jeden Zeugen in der Luft zerreißen, und es wird ihnen nicht einmal schwerfallen. Sie müssen nur behaupten, dass die Leute nach dreißig Jahren ein Ereignis nicht mehr wirklich wiedergeben können. Erst recht nicht, wenn es für sie persönlich keine Bedeutung hatte.«

»Deshalb willst du ihn davonkommen lassen?«

»Nein, ganz sicher nicht, aber wir brauchen unbedingt mehr hieb- und stichfeste Beweise für seine Taten.«

»Dann sollten wir keine Zeit verlieren und sofort mit Denninger reden«, erklärte Christine entschlossen. »Außerdem habe ich noch viele Fragen an ihn, was meine Familie betrifft. Ich meine, du warst noch ein Kind, du kannst vieles gar nicht wissen.«

»Richtig, ich wusste so einiges nicht. Lass uns gehen, es ist Zeit für einen Ortswechsel.« Er konnte nicht länger in diesem Keller bleiben, Amata war einfach zu nah. So nah, dass es körperlich wehtat.

»Die Nacht meint es gut mit uns«, sagte Christine und deutete auf den sternklaren Himmel, nachdem sie die Kellerluke wieder geschlossen hatten.

Der Mond erschien ihr in den Bergen heller und größer als im Tal. Der weiße Nebel der Milchstraße spannte sich wie ein Bogen über die Gipfel, Milliarden von Sternen leuchteten bis zum Horizont.

»Onkel Michael würde sagen, die richtige Nacht, um zu anderen Planeten aufzubrechen«, zeigte sich auch Rick beeindruckt.

»Wenn er sich irgendwann auf den Weg macht, sag mir bitte Bescheid. Ich würde gern mitkommen.«

»Ich werde dir einen Platz reservieren. Vorsicht!«, rief er erschrocken, als sie eine Kuhle im sandigen Boden übersah und beinahe stolperte. »Komm, ich kenne den Weg«, sagte er und nahm sie an die Hand.

Christine ließ seine Berührung geschehen – so wie zuvor schon im Keller. Als sie zur Seite schaute und die alte Linde betrachtete, die einmal zum Hof ihrer Großeltern gehört hatte, glaubte sie, das Dach eines Hauses zu erkennen, aber es war nur der Schatten der mächtigen Baumkrone. Ihre Sinne hatten ihr einen Streich gespielt.

23

Jeremias sah auf Denninger hinunter. Der alte Mann war durch den Schlag in den Nacken vor dem Kamin zusammengesunken. Jeremias war nicht stolz auf sich, als er Schwabes Revolver auf Denningers Herz richtete. Solange er denken konnte, hatte Georg Denninger zu seinem Leben gehört. Der alte Querulant würde ihm fehlen. Aber es bestand kein Zweifel, dass Denninger reden würde, ließe er ihn am Leben. Das mit Schwabe hätte noch als Notwehr gelten können, aber seit diese Fotografin aufgetaucht war und nun auch noch Rick zurück nach Sinach geschleppt hatte, gerieten die Dinge zunehmend außer Kontrolle. Er hätte Denninger vielleicht Unzurechnungsfähigkeit unterstellen können, aber Rick wäre sicher dagegen angegangen. Wieso nur hatten alle hier diesen verdammten Wahrheitsdrang? Er selbst nahm sich davon nicht aus. Er hatte die Sache mit Judith gestanden. Es war irgendwie erleichternd gewesen, es auszusprechen. Schwabe und Denninger würden ja nicht mehr dazu kommen, es weiterzusagen. Die Wahrheit taugte nicht zum Überleben, der Garant für ein langes glückliches Leben war es, den eigenen Vorteil zu suchen. Seine Hand zitterte, als er den Finger an den Abzug des Revolvers legte. Als er sich beruhigt hatte, drückte er ab.

»Jetzt muss die Angelegenheit nur noch irgendwie arrangiert werden«, sagte er laut, um die unheimliche Stille zu durchbrechen, die nach dem Schuss herrschte.

Auf keinen Fall durfte er jetzt einen Fehler machen. Er schaute zuerst Denninger, dann Schwabe an, der neben der Couch zu Boden gegangen war. Behutsam drückte er Denninger Schwabes Revolver in die rechte Hand, legte die Finger um den Abzug, zielte auf Schwabe und presste die Finger des alten Mannes so lange gegen den Stahl, bis der Schuss fiel. Schwabe wurde in die Brust getroffen, bäumte sich kurz auf und sackte gleich wieder zusammen.

Jeremias sah auf das Telefon, das auf dem Esstisch lag, und wusste im selben Moment, was er zu tun hatte. In der Abstellkammer neben der Küche hing der Stromkasten. Er zog die Tür auf und lockerte die Hauptsicherung. Das Licht der Stehlampe erlosch, das Display des Telefons wurde schwarz.

Schwabe hatte ihn vom Denningerhof aus angerufen. Wenn es zu einer Untersuchung kam, würde er behaupten, Denninger hätte mit ihm über den Verkauf des Hofes sprechen wollen, dann aber die Unterhaltung beendet, weil er Besuch bekommen hatte. Der Besucher schien nichts Gutes im Sinn gehabt zu haben.

»Man kann gar nicht vorsichtig genug sein, wenn es um die Leute geht, die man in sein Haus lässt«, sagte Jeremias, während er Georg Denninger betrachtete. Es war nicht wirklich seine Schuld, dass der Alte nun so vor ihm lag, es war die Wahrheit, die ihn getötet hatte. Jeremias warf sein Jackett auf die Couch und riss die Terrassentür auf. Er brauchte dringend frische Luft.

Nach einer Weile fiel sein Blick auf die alte Öllampe, die neben dem Kamin hing und vom Mondlicht beschienen wurde. Es war die Lampe, die sie damals in der Scheune gefunden hatten und die den Brand verursacht hatte. Denninger hatte hartnäckig darauf bestanden, dass man sie ihm zurückgab. Er hatte sie repariert und an die Wand gehängt. Sie wird mir noch einmal einen guten Dienst erweisen, dachte Jeremias. Genau wie vor dreißig Jahren, als er sie neben dem Einstieg zum Keller gefunden hatte, dort, wo Rick sie abgestellt hatte. Heute würde sie ihm helfen, die Sache für immer zu beenden. Später würde es heißen, Denninger hätte die Öllampe wegen des Stromausfalls angezündet, während des Handgemenges mit dem Einbrecher wäre sie zu Boden gefallen und hätte das Haus in Brand gesetzt. Das war genial! Jeremias war sich sicher, dass er in Denningers Garage einen Ölkanister finden würde, um seinen Plan in die Tat umzusetzen.

24

»Warte, nicht weitergehen«, flüsterte Rick, als sie den Pfad erreichten, der von den Feldern zu Denningers Hof führte. Er stellte sich vor Christine und drängte sie in den Weizen zurück. Er hatte plötzlich so ein merkwürdiges Gefühl.

»Was ist?«

»Die Außenbeleuchtung ist nicht eingeschaltet.«

»Das bedeutet?«

»Denninger würde niemals freiwillig das Licht löschen, wenn er weiß, dass wir auf dem Weg zu ihm sind. Ich werde nachsehen, was da los ist.«

»Ich komme mit.«

»Das wirst du nicht. Wenn dort etwas nicht stimmt, sollten wir uns nicht beide in Gefahr begeben.«

»Du meinst, es könnten Einbrecher im Haus sein?«

»Vermutlich ist nur der Strom ausgefallen.«

»Mein Telefon steckt in dem Seitenfach meiner Tasche auf der Terrasse. Nimm es dir, bevor du ins Haus gehst. Wenn dir etwas seltsam vorkommt, ruf die Polizei.«

»Das mache ich, bis gleich.«

»Pass auf dich auf«, sagte Christine leise, als er davonschlich. Angestrengt horchte sie in die Dunkelheit hinein, aber bis auf das Rascheln der Getreidehalme war nichts zu hören. Sie behielt den Hof im Blick und beschloss, nicht länger als drei Minuten zu warten.

Rick näherte sich dem Haus von der vorderen Seite. Er spähte durch das Fenster in die Küche, aber auch dort war kein Lichtschein aus anderen Zimmern zu sehen. Denningers Pritschenwagen stand vor der Tür. Weit konnte er also nicht sein. Warum hätte er auch weggehen sollen? Er wartete doch auf ihre Rückkehr. Rick fuhr herum, als er glaubte, in dem Schuppen neben dem Haus, den Denninger als Garage für seinen Traktor nutzte, ein Geräusch gehört zu haben. Sicher nur eine Ratte oder eine streunende Katze, beruhigte er sich, als er die Luft anhielt, horchte, aber sich nichts mehr rührte.

Er lief um das Haus herum zur Terrasse. Vorsichtig zog er Christines Tasche unter der Bank hervor, griff in das kleine Seitenfach und nahm das Handy heraus. Mit dem Telefon in der Hand schlich er zur Terrassentür, die wie am Nachmittag noch offen stand. Er hielt einen Moment lang draußen inne, bis sich seine Augen an die Dunkelheit gewöhnt hatten und er die Szene im Wohnzimmer erkennen konnte.

»Georg«, flüsterte er entsetzt, als er Denninger zusammengekrümmt vor dem Kamin liegen sah. Er drückte auf den Lichtschalter gleich neben der Tür, aber nichts geschah. Auch die Stehlampe vor dem Kamin ließ sich nicht einschalten. Vorsichtig näherte er sich dem alten Mann, hockte sich neben ihn und legte die Hand auf seinen Hals, um den Puls zu ertasten. Nichts. Georg Denningers Lippen waren fest aufeinandergepresst, die Augen starrten ihn leblos an. Kein Zweifel, er war tot, das konnte Rick selbst im Mondlicht erkennen. Behutsam drückte er ihm die Augen zu und strich sanft über seine Brust, eine Geste des Abschieds.

Erschrocken fuhr er zurück, als er realisierte, was er da gerade gefühlt hatte. Blut! Denningers Hemd war mit Blut durchtränkt.

Vorsichtig schaute Rick sich um. Wenn hier ein Kampf stattgefunden hatte, dann konnte es durchaus sein, dass der Angreifer des alten Mannes noch im Haus war. Vielleicht war der gusseiserne Schürhaken, der wie achtlos weggeworfen neben dem Kamin lag, die Waffe, mit der er sich gegen einen Einbrecher hatte wehren wollen? Nun musste Rick doch Franz Burgers Nachtruhe stören. Er verharrte noch einen Augenblick auf dem Boden. Als er kein verdächtiges Geräusch wahrnahm, erhob er sich langsam, ging in die angrenzende Küche, wusch das Blut von seinen Händen und zückte Christines Mobiltelefon, um zuerst den toten Georg und dann das Zimmer zu fotografieren. Die Aufnahmen würde er an Franz Burger weiterleiten.

Jetzt aber schnell raus hier, dachte er, bevor er dem Einbrecher doch noch in die Arme lief. »Verdammt!«, rief er erschrocken, als er über die Terrasse davonjagen wollte und plötzlich einen festen Griff um seine Beine spürte, der ihn beinahe stürzen ließ. Er konnte sich gerade noch an dem alten Holztisch abfangen, verlor dabei aber Christines Telefon, das unter den Tisch rutschte. Manni Schwabe, dachte er, als er auf den Mann starrte, der sich an ihm aufrichten wollte.

»Erledige den Bastard«, stöhnte Schwabe, dem das Blut aus dem Mund quoll.

Rick brachte keinen Ton heraus. Stumm schaute er den Sterbenden an, während er sich aus seiner Umklammerung zu befreien versuchte. In seinen Ohren pochte das Blut, als er den Schein einer Lampe nahe der Haustür wahrnahm. Plötzlich stand er wieder auf der Leiter in Denningers Scheune, als er hatte nachsehen wollen, wohin der Krankenwagen fuhr, und das Scheunentor aufgeschoben wurde. Aber seine Erinnerung durfte ihn nicht lähmen. Mit voller Wucht stieß er Schwabe von sich und sprang kurz entschlossen über die Terrassenbrüstung.

Christine schaute unablässig auf ihre Armbanduhr. Als es nach drei Minuten noch immer dunkel im Haus war, setzte sie sich in Bewegung. So lange konnte es nicht dauern, das Licht einzuschalten, wenn alles in Ordnung war. Sie hatte das Haus und den Schuppen gut im Blick. Alles schien friedlich. Vielleicht war doch nur der Strom ausgefallen?

»Mist, das ist wirklich nicht der richtige Zeitpunkt«, fluchte sie, als sich ihre Blase bemerkbar machte. Um mögliche Tiere in der Nähe zu vertreiben, hob sie einen Stein auf und feuerte ihn ins Gebüsch vor dem Feld. Als sich nichts rührte, öffnete sie Gürtel und Reißverschluss ihrer Jeans und hockte sich hinter einen Busch. Während sie sich wieder aufrichtete, sah sie einen Mann aus dem Schuppen kommen. Georg Denninger konnte es nicht sein, der Mann war gut einen Kopf größer als er, und um Rick zu sein, hatte er zu breite Schultern.

»Rimbar«, flüsterte sie ungläubig, als der Mann sich umdrehte und das Licht seiner brennenden Öllampe sein Gesicht beleuchtete.

Was ging dort vor? Wieso schlich der viel beschäftigte Bürgermeister mit einer Öllampe über den Hof? Er hat Georg Denninger aufgesucht, um ihm wieder eine Wohnung anzubieten, der Strom war ausgefallen, und nun sah er sich nach einer alternativen Lichtquelle um. Das wäre eine Erklärung, aber würde Rimbar den alten Mann so spät am Abend aufsuchen? Oder wusste er von Amatas Tagebuch und wollte es sich von Denninger holen? Unsinn, wie sollte er davon erfahren haben? Außerdem war das Buch nicht interessant für ihn. Die brisanten Seiten hatten sie doch gerade erst gefunden. Trotzdem, irgendetwas stimmte da nicht, sonst hätte Rick sich längst bemerkbar gemacht.

Eilig zog Christine den Reißverschluss der Jeans hoch, das Schließen der Gürtelschnalle ersparte sie sich, für dieses Gefummel hatte sie keine Zeit. Jeremias war nur noch ein paar Schritte von Denningers Haustür entfernt. Wenn sie jetzt losrannte, konnte sie vielleicht von der Terrasse aus einen Blick ins Wohnzimmer werfen, bevor er auf sie aufmerksam wurde. Als sie sicher war, dass er sich dem Hauseingang zuwandte, lief sie am Rand des Feldes entlang zur Rückseite des Hauses. Sie steuerte schon auf die Terrasse zu, als Rick aus dem Hohlraum darunter hervorschnellte, sie packte und in sein Versteck zog. Bevor sie etwas sagen konnte, schüttelte er den Kopf und legte sich den Zeigefinger auf den Mund.

»Du machst es dir verdammt schwer, Schwabe. Was krauchst du in deinem Zustand auch noch auf dem Boden herum?«, hörten sie Jeremias kurz darauf sagen. Die Holzbohlen über ihnen knarrten und bogen sich an einigen Stellen, als jemand mit schweren Schritten darauf hin und her lief.

Manni Schwabe, der Geldräuber, dachte Christine. Nach allem, was sie inzwischen wusste, war er vielleicht dem Irrtum aufgesessen, Georg Denninger hätte das Geld aus dem Raub an sich genommen. Aber was machte dann der Bürgermeister auf dem Hof? Hatte Denninger ihn vielleicht zu Hilfe gerufen?

Durch die Ritzen in den Bohlen sahen sie, wie Schwabe seinen Kopf anhob. Jeremias trat sofort zu. Sein Stiefel krachte gegen Schwabes Schädel. Dann war nur noch das Röcheln eines Menschen im Todeskampf zu hören. Als der Schuss fiel, empfand Christine zu ihrer eigenen Verwunderung Erleichterung. Manni Schwabe war erlöst. Gleich darauf baumelte eine leblose Hand über die Terrassenumrandung. Sie und Rick starrten auf den Ring, den Schwabe an seinem linken Ringfinger trug. Der grüne Stein glitzerte im Mondlicht. Er steckte in einer schlangenförmigen Silberfassung und sah aus, wie Amata Judiths Ring beschrieben hatte.

»Verdammt, müssen die euch im Gefängnis auch derart mästen?«, fluchte Jeremias, während er Schwabes Körper ins Haus schleifte.

»Nein.« Rick hielt Christine zurück, als sie ihre Deckung verlassen wollte, um ihre Tasche zu holen. »Dahin«, raunte er ihr zu und deutete auf die gefällten Baumstämme, die neben der Terrasse aufgestapelt lagen. Denningers Holzvorrat für den Winter, den er nach und nach in kamingerechte Stücke gehackt hätte, um sie unter der Terrasse zu deponieren.

Christine wollte Rick schon folgen, als die lose breite Silberschnalle ihres Gürtels gegen eine der tragenden Holzpfähle des Vorbaus schlug. Entsetzt verharrte sie auf der Stelle. Hoffentlich hatte Rimbar nichts bemerkt. Als es ruhig blieb, kroch sie auf allen vieren hinter die Baumstämme. Dann sah sie ihn. Er stand nur einige Meter entfernt von ihnen mit der Öllampe in der Hand auf der Terrasse und schaute sich um. Ihr stockte fast der Atem, als er sich plötzlich auf sie zubewegte, doch dann erregte etwas seine Aufmerksamkeit. Er hielt inne und wandte seinen Kopf Richtung Tisch. Amatas Tagebuch, dachte Christine, als Rimbar zum Tisch ging, die Aufzeichnungen ihrer Halbschwester in die Hand nahm und das Buch einen riesigen Schatten auf die Hauswand warf.

»Was ist mit Denninger?«, fragte Christine so leise, dass Rick die Worte mehr an ihren Lippen ablesen als hören konnte.

Bedauernd schüttelte er den Kopf und deutete dann hinter sich auf den steinigen Pfad, der in die Berge führte.

Sie verstand sofort, was er meinte. Auf dem Denningerhof gab es nichts mehr für sie zu tun, sie mussten zusehen, dass sie sich in Sicherheit brachten. Rimbar wurde von Amatas Tagebuch abgelenkt, das war ihre Chance. Geduckt liefen sie den ansteigenden Pfad hinauf, bis sie die ersten Bäume erreichten. Sofort wurde der Weg steiler, und einige losgetretene Steine rollten den Hang hinunter.

»Nicht bewegen«, flüsterte Rick.

Jeremias hatte keinen Moment gezögert und war sofort losgerannt. Kurz bevor er den Wald erreichte, schoss ein Fuchs aus dem Unterholz und verschwand talabwärts im Feld. Jeremias blieb stehen und sah ihm nach. Als sich nichts mehr regte, ging er noch ein paar Schritte in Richtung Wald, kehrte dann aber um.

»Noch eine Minute länger, und ich wäre vor Angst ohnmächtig geworden.« Christine atmete tief durch. Sie hatten Rimbar bei einem Mord beobachtet. Sie wollte gar nicht darüber nachdenken, was er mit ihnen tun würde, sollte er davon erfahren.

Zum Glück ließ Rick ihr keine Zeit, über ihre Lage nachzudenken. Er fasste sie an der Hand und zog sie von dem steinigen Pfad auf den weichen Waldboden. Dicht an den Bäumen entlang stiegen sie den Hügel hinauf.

»Verdammt«, fluchte Jeremias, als er Denningers Terrasse wieder erreichte und das Telefon unter dem Tisch entdeckte. Er brauchte nicht lange, um herauszufinden, wem es gehörte. Gleich die erste Nummer in der Anrufliste war die des französischen Verlags, für den Christine Weingard arbeitete. Als er den Boden absuchte, bemerkte er auch ihre Fototasche unter der Bank. »Also schön. Wo habt ihr euch verkrochen?«, flüsterte er und schaute sich um. Er war sicher, dass Rick und die Fotografin sich nicht getrennt hatten und noch in der Nähe waren. Hatte Schwabe sie vielleicht überrascht und irgendwo eingesperrt, um mit ihm und dem Alten allein zu sein? Auf alle Fälle hatte Denninger gelogen, als er gesagt hatte, dass sie den Hof verlassen hätten. Was, wenn sie da draußen irgendwo lauerten und ihn beobachteten? Er ging in die Küche und beleuchtete mit der Öllampe den Zettel mit den Telefonnummern, der mit einem Magneten am Kühlschrank befestigt war. »Gleich habe ich dich, mein Freund.« Er fischte sein Telefon aus der Jacketttasche und wählte Ricks Handynummer, die Denninger auf dem Zettel notiert hatte. »Mist«, fluchte er, als ihm klar wurde, dass das Telefon ausgeschaltet war.

Nun gut, wo auch immer die beiden steckten, vorrangig musste er sich um Denninger und Schwabe kümmern. Zuerst versuchte er den Revolver, den er Denninger abgenommen hatte, um Schwabe endgültig den Garaus zu machen, dem Alten wieder in die Hand zu drücken, aber vergeblich. Denningers Finger waren bereits starr. Entnervt legte er den Revolver neben ihn auf den Boden. Dann hatte der Alte die Waffe eben fallen lassen, auch egal. Als Nächstes steckte Jeremias das Telefon und die Kamera der Fotografin ein, warf ihre Tasche ins Feld, bevor er mit der brennenden Öllampe ausholte und diese in hohem Bogen ins Haus flog. Das Glas der Lampe zersplitterte, und wenig später züngelten die ersten gierigen Flammen über die trockenen Bodendielen. Es dauerte nicht lange, bis sie durch das Zimmer krochen und sich über Möbel, Türen und Fenster hermachten.

Das war erledigt. Was mit Rick und Christine Weingard geschehen sollte, würde sich danach richten, was sie gesehen hatten. Er musste das Risiko eingehen und abwarten. Es wäre sinnlos, mitten in der Nacht durch die Umgebung zu marschieren, um auf gut Glück nach ihnen zu suchen. Vielleicht hatte Schwabe sie ja tatsächlich schon zuvor irgendwo festgesetzt. Was bedeutete, wenn sie sich nicht selbst befreien konnten, dann würde er sie nicht wiedersehen, zumindest nicht lebend. Eine durchaus angenehme Vorstellung, wie er fand.

In der Apotheke brannte kein Licht, als Jeremias eine halbe Stunde später durch den Garten ins Haus zurückschlich. Er lief ins Obergeschoss in Marias Schlafzimmer. Sie bemerkte ihn nicht. Wie immer, wenn sie sich um ihn sorgte, hatte sie eine Schlaftablette genommen, um die Angst nicht ertragen zu müssen.

Er ging ins Badezimmer, hielt den Kopf unter die Dusche, kämmte sich. Mit einer Kleiderbürste reinigte er Jeans und Jackett und tupfte ein paar Tropfen von Marias Parfum auf sein Hemd. Es würde nicht mehr lange dauern, bis sie ihn anriefen, um ihm mitzuteilen, dass der Denningerhof brannte. Die Zeit bis dahin konnte er nutzen. Er würde seine Beziehungen spielen lassen, um Lindens Mobiltelefon zu orten.

Als er sich erfrischt hatte, ging er ins Schlafzimmer, setzte sich zufrieden auf die Fensterbank und betrachtete die Flammen am Horizont. Nach einer Weile nahm er Christines Telefon aus seiner Jacketttasche, durchforstete erst ihre Kontaktdaten und nahm sich dann die gespeicherten Fotos vor. Sein Herz setzte einen Schlag lang aus, als er auf dem zuletzt aufgenommenen Bild den toten Georg Denninger vor dem Kamin liegen sah. Das Foto davor zeigte den Schürhaken, auf der Couch daneben lag sein Jackett. Verdammt! Schnell überprüfte er, ob die Bilder schon verschickt worden waren. Er atmete auf. Alles war in Ordnung.

25

»Auf dem Denningerhof brennt es!«, rief Christine, als sie sich nach einer Weile noch einmal umdrehte. Das Feuer hatte schon die Terrasse erreicht und sprang nun auf den trockenen Weizen über. Bald würden die Felder in Flammen stehen. »Ruf die Feuerwehr, Rick!«

»Kann ich aber leider nicht, ich habe vorhin dein Handy verloren«, erzählte er ihr von dem Schrecken, den Schwabe ihm eingejagt hatte.

»Das heißt, wir sind auf uns allein gestellt? Mitten in der Nacht in den Bergen, ohne die geringste Ahnung, wo wir hintreten?«

»Geh einfach weiter, Christine.«

»Wohin?« Sie weigerte sich, noch einen Schritt zu machen. »Mein Handy, Amatas Tagebuch, meine Tasche. Rimbar wird daraus schließen, dass wir noch irgendwo in der Nähe sind.«

»Sollte er dein Handy gefunden haben, dann wird er nicht mehr daran zweifeln. Ich habe mit deinem Handy den toten Denninger und den Tatort fotografiert.«

»Das ist nicht dein Ernst, oder? Er wird glauben, wir hätten ihn die ganze Zeit über beobachtet. Wir müssen sofort die Polizei informieren.«

»Was denkst du, wie lange es dauern wird, bis Jeremias weiß, wo wir sind? So wie Seppi Toni Renner geschildert hat, wird er seinen Onkel über die Ermittlungsarbeiten der Polizei auf dem Laufenden halten.«

»Wir müssen Burger davon überzeugen, dass Rimbar ein Mörder ist. Dann wird er Toni Renner von den Ermittlungen ausschließen.«

»Das Thema hatten wir schon. Sie werden uns nicht glauben, wenn wir Jeremias des mehrfachen Mordes beschuldigen. Eher geraten wir unter Mordverdacht, weil sich bestimmt genügend Zeugen finden, die gesehen haben, dass wir zu Denninger in den Wagen gestiegen sind.«

»Aber wir haben kein Motiv, den alten Mann und Schwabe zu töten.«

»Jeremias auch nicht.«

»Er will an Denningers Grundstück.«

»Dazu muss er keinen Mord begehen. Er hat andere Mittel. Enteignung und Entmündigung sind da nur eine kleine Auswahl.«

»Vielleicht wusste Schwabe, dass Rimbar den Rucksack aus dem Keller geholt hat, und Georg Denninger ist nur zwischen die Fronten der beiden geraten.«

»Dass Jeremias das Geld genommen hat, beweisen wir allein mit Amatas Tagebuch?«

»Beweisen nicht, aber es enthält erste Hinweise.«

»Das reicht nicht, Christine.«

»Nein, vermutlich nicht. Was bedeutet, wenn es uns nicht gelingt, Beweise gegen ihn zu finden, dann sollten wir uns wohl besser auf eine einsame Insel absetzen und hoffen, dass er das Interesse an uns verliert.« Sie hatten nichts Verwendbares gegen den Bürgermeister in der Hand. Rick hatte recht. Sie wussten nicht einmal, was genau auf dem Denningerhof passiert war. Auch den Mord an Manni Schwabe hatten sie nicht wirklich gesehen. Das, was sie gehört hatten, würde nicht ausreichen, um Jeremias zu beschuldigen; jeden anderen in Sinach, aber nicht Jeremias Rimbar.

»Hör zu, wir warten, bis es hell wird, dann gehen wir zu Fuß nach Garmisch, halten uns dabei aber von der Straße fern, damit wir niemandem auffallen. In Garmisch bleiben wir im Hotel, bis ich mit meinen Anwälten gesprochen habe«, schlug Rick vor.

»Guter Plan, und was machen wir, bis es hell wird?«

»Die nächste Schutzhütte ist nicht mehr weit. Dort entlang.«

»Mitten durch den Wald?«

»Das ist der kürzeste Weg zur Schutzhütte. In zwei Stunden steht der Mond so tief, dass es stockfinster sein wird.«

»Du kennst dich hier aus?«

»Ich werde mich nicht verlaufen, keine Sorge.« Niemand im Dorf wusste, dass er in den letzten Jahren oft mit Johann hier oben gewesen war. Mit all den Geschichten über Berggeister im

Gepäck, die der Freund von seinem Großvater übernommen hatte.

Christine schaute immer wieder nach vorn, betrachtete die Bäume, die bald so dicht standen, dass das Mondlicht kaum noch durch die Wipfel drang. Das Rascheln des Laubes, das weiche Moos unter ihren Füßen, die Dunkelheit des Waldes, im Tal das Feuer, alles erschien ihr irgendwie surreal, beinahe so, als würde sie einen Alptraum erleben. Fehlt nur noch, dass mir die Beine versagen, so wie in den Träumen, in denen man einfach nicht vorwärtskommt, dachte sie. Kurz darauf vernahm sie das Tosen eines Wasserfalls.

»Wir müssen aber nicht über eine Klamm, oder?«

»Doch, müssen wir, das ist der direkte Weg zur Hütte.«

»Ich hoffe, es gibt eine stabile Brücke?«

»Mach dir nicht so viele Gedanken«, sagte Rick und ging voraus.

»Da sollen wir rüber?«, schrie Christine einige Minuten später gegen das hinunterdonnernde Wasser an. Irgendjemand hatte einen Baumstamm als provisorische Brücke über den Fall gelegt. Gebannt schaute sie auf den Felsvorsprung, über den das Wasser in die Tiefe stürzte.

»Sieh mal, da unten, wie sich der Mond dort spiegelt.« Rick zeigte auf das Becken, in dem sich das Wasser sammelte, bevor es in das Bett des Wildbaches floss und talabwärts schoss. »Wenn sich dir das Licht des Himmels in einem Gewässer zeigt, dann wird eine mächtige Energie freigesetzt. Sie wird dich vor dem Bösen beschützen. Das sagt jedenfalls ein Freund von mir«, ließ er sie an einer von Johanns Weisheiten teilhaben.

»Und darauf soll ich vertrauen?«

»Es reicht, wenn du mir vertraust.«

»Das heißt?«

»Du gehst über den Baumstamm und schaust nicht nach unten. Er ist breit genug, und es sind nur ein paar Meter.«

»Ich glaube nicht, dass ich das schaffe.«

»Es ist ganz leicht.«

»Scheiße«, flüsterte Christine, als sie noch einmal nach unten in die Klamm schaute. Es war nicht das Wasser, das ihr Angst machte, es waren die Felsen, die in der Dunkelheit bedrohlich aussahen.

»Zieh deine Schuhe aus, dann hast du mehr Gefühl«, schlug Rick vor.

Sie schlüpfte aus ihren schwarzen Ballerinas und setzte einen Fuß auf den Baumstamm. Das feuchte Holz war weich und angenehm glatt, aber nicht so rutschig, wie sie es in der Nähe des Wassers erwartet hatte.

»Konzentriere dich auf den Stamm und zähle deine Schritte!«, schrie Rick, um das Getöse des Falls zu übertönen.

»Eins, zwei, drei, vier.« Weiter kam sie nicht. Sie konnte der Versuchung nicht widerstehen, in die Tiefe zu schauen. Ein Fehler, wie ihr sogleich klar wurde. Ihr wurde schwindlig, alles um sie herum drehte sich.

»Ruhig atmen, sieh auf den Baumstamm und geh weiter!« Rick stand hinter ihr, umfasste ihre Taille und gab ihr Halt. Sie fand das Gleichgewicht wieder.

»Fünf, sechs, sieben, acht, neun, zehn.« Sie hatte es geschafft, sie war auf der anderen Seite der Klamm angelangt.

»Warum hast du mir nicht gesagt, dass du Höhenangst hast?«, fragte Rick, der sie nicht aus den Augen gelassen hatte.

»Schon okay, es ist ja gut gegangen. Dank deines Einsatzes. Sobald ich den Kontakt zu festem Boden verliere, wird mir leider meistens schwindlig«, gestand sie ihm, während sie ihre Schuhe wieder anzog.

»Was ist mit Fliegen?«

»Kein Problem, da tue ich so, als wäre der Flugzeugboden die Erde. Wie weit ist es noch bis zur Hütte?«

»Etwa eine Stunde.«

»Dann weiter.« Sie wollte endlich ankommen.

Auf dieser Seite der Klamm floss das Wasser in Rinnsalen an den Felsen hinunter. Es war angenehm kühl. Sie hielten Hände und Arme darunter, klatschten es sich ins Gesicht. Der Anstieg zur Hütte führte durch den Wald, und das Mondlicht drang kaum noch zu ihnen durch. Sie mussten hellwach sein, um nicht vom Weg abzukommen.

Manchmal liefen sie dicht an steil abfallenden Hängen entlang, kletterten über Felsen, die ihnen den Anstieg versperrten. Immer wieder mussten sie die Zuflüsse des Wildbachs überqueren, der sich plätschernd und gluckernd seinen Weg zur Klamm bahnte. Es war eine geheimnisvolle märchenhafte Landschaft, und Christine hätte sich nicht gewundert, wenn ein Berggeist sich vor ihnen materialisiert hätte.

26

Franz Burger konnte nicht schlafen. Der Mond schien direkt in sein Schlafzimmerfenster, selbst wenn er die Augen schloss, erschien ihm das Zimmer taghell. Klara, seine Frau, hasste es, in abgedunkelten Räumen zu schlafen. Sie wollte die Berge sehen, wenn sie morgens aufwachte, und er respektierte diesen Wunsch.

Burger hatte die Akte zum Scheunenbrand von 1982 noch einmal durchgelesen. Die Öllampe, die für den Brand verantwortlich war, hatte neben dem Scheunentor gestanden, das war unstrittig. Eine zweite Lampe hatte man im Keller neben Amatas Leiche gefunden. Sie hatte nichts mit dem Brand zu tun gehabt. In der Akte war er auf eine handschriftliche Bemerkung des Kommissars aus der Kreisstadt gestoßen, der den Scheunenbrand untersucht hatte.

»Der kleine Linden behauptet, einen Geldsack im Keller gesehen zu haben. Angeblich wurde er von einem unbekannten Mann fortgetragen, kurz bevor in der Scheune das Feuer ausbrach.«

Alle waren davon ausgegangen, dass es sich bei den Beobachtungen um die Phantasie eines unter Schock stehenden Kindes handelte. Aber was, wenn Rick die Wahrheit gesagt hatte? Der Überfall auf den Geldtransporter hatte genau einen Tag vor dem Scheunenbrand stattgefunden. Vielleicht hatte sich der dritte Täter, der mit der Beute entkommen war, in der Scheune versteckt? Vielleicht war er der Mann gewesen, den Rick gesehen hatte? Jeremias kannte Ricks Aussage, die Möglichkeit bestand, dass sie auch ihm in der Zwischenzeit nicht mehr ganz so absurd vorkam. Schwabes Entlassung hatte vermutlich beide dazu gebracht, sich wieder mit der Geschichte zu befassen.

Burger konnte sich noch gut an den Überfall auf den Geldtransporter erinnern. Er war ein junger Polizist gewesen, erst ein paar Monate mit seiner Ausbildung fertig, und wollte Erfahrungen in der Großstadt sammeln. Er hatte eng mit den Leuten von der Spurensicherung zusammengearbeitet, die den Tatort untersuchten.

Ein Zeuge sagte aus, dass die beiden Festgenommenen das erbeutete Geld in einen großen Rucksack gestopft hatten, den sie dann einen Abhang hinunterrollen ließen. Er landete in einem Gebüsch, wo er vermutlich von dem dritten Täter in Empfang genommen worden war.

Später wurden an der Stelle auch Fußabdrücke im sandigen Boden gefunden, deren Form und Größe auf eine Frau hindeuteten. Aber vielleicht hatten sie sich auch geirrt, und sie stammten doch von einem kleinen dünnen Mann? Wenn es sich so verhielt, stimmte allerdings Ricks Beschreibung nicht, der den Mann im Keller als groß und stark bezeichnet hatte. Andererseits war Rick ein kleiner Junge gewesen, für den sicher alle Erwachsenen irgendwie groß und stark gewirkt hatten.

Manni Schwabe und Achim Müller, die beiden Männer, die noch am Tatort verhaftet worden waren, stammten beide aus einem kleinen Ort an der österreichischen Grenze. Der direkte Weg vom Tatort dorthin führte durch Sinach. Inzwischen hatte Burger herausgefunden, dass damals eine junge Frau auf dem Denningerhof ausgeholfen hatte, die einen Tag vor dem Überfall in München angeblich den Hof verließ, weil sie eine andere Stelle angenommen hatte. Niemand war auf die Idee gekommen, sich genauer über Judith Bischoff zu erkundigen. Hätten es die Ermittler getan, dann wäre ihnen aufgefallen, dass sie aus demselben Dorf wie Schwabe und Müller stammte, und das hätte mit Sicherheit einige Fragen aufgeworfen. Vorausgesetzt natürlich, sie hätten Rick Linden die Geschichte mit dem Geldrucksack geglaubt. So aber hieß es, der Junge habe die Öllampe unbeaufsichtigt abgestellt und dadurch den Brand verursacht. Für die unbekannte Tote hatte keine Vermisstenanzeige vorgelegen, und es hatte sich auch niemand gemeldet, als in der Zeitung von dem Brand berichtet worden war. Die Untersuchungen waren beendet worden. Viel zu schnell, wie Burger aus heutiger Sicht fand.

Er blickte auf den Radiowecker. Kurz nach elf. In sechs Stunden würde die Nacht für ihn vorbei sein. Er zuckte zusammen, als das Telefon klingelte. Das erste Mal seit Monaten, dass er wieder einmal nachts angerufen wurde. Das Aufregendste, was sich üblicherweise zu dieser Stunde in Sinach abspielte, waren

Betrunkene, die johlend von einem Ausflug in die Nachbargemeinde zurückkamen.

»Franz, der Denningerhof brennt«, meldete sich Josef Kreitmüller.

»Du meine Güte, wieso das denn? Ich bin schon unterwegs.«

»Was ist los, Schatz?«, murmelte Klara, ohne die Augen zu öffnen.

»Auf dem Denningerhof brennt es.« Franz Burger hatte die Beine schon aus dem Bett geschwungen. Er wollte Kreitmüller nicht zu lange warten lassen.

»Für einen Brand ist doch die Feuerwehr zuständig, Schatz. Bestimmt ist es nur ein kleiner Schwelbrand, weil eines der alten Kabel auf dem Hof wieder mal den Geist aufgegeben hat.«

»Könnte sein, ich schaue trotzdem mal nach Georg.«

»Weil sonst nicht so viel bei uns passiert und du dich über ein außergewöhnliches Ereignis freust?«

»Ich möchte nur wissen, wie es zu dem Brand gekommen ist, und mich vergewissern, dass es Georg gut geht.«

»Was immer du vorhast, sei vorsichtig«, murmelte Klara, drehte sich wieder um und zog die Decke über ihre Schultern.

»Versprochen, Liebling«, sagte er zärtlich und hauchte ihr einen Kuss auf die braunen Locken. Klara und er waren seit zweiundzwanzig Jahren verheiratet, und er hatte es keinen Tag bereut. Er wartete noch einen Augenblick, bis sie wieder gleichmäßig atmete, dann stand er leise auf.

Ein paar Minuten später saß Franz Burger am Steuer des schwarzen BMW, den die Gemeinde ihm als Dienstwagen zur Verfügung gestellt hatte. Als die Signalhörner der Feuerwehr durch die Straße schallten, ließ er die Einsatzwagen erst vorbei, bevor er ihnen folgte. Der Lärm hatte das Dorf bereits geweckt. Überall gingen Lichter an und flogen Fenster auf.

Die lassen wohl inzwischen jede Vorsicht außer Acht, dachte Burger, als er den Lamborghini des Bürgermeisters vor der Apotheke stehen sah. Jeder, der in der Nacht vorbeikam, wusste, wen Jeremias besuchte. Burger hielt am Straßenrand und stieg aus. Er betastete die Reifen des Lamborghini, sie waren kalt. Der

Wagen war demnach schon länger nicht mehr bewegt worden. Wahrscheinlich war Jeremias seit Stunden bei Maria und hatte keine Ahnung, was gerade geschah. Burger überlegte, bei Maria zu klingeln, entschied sich aber dagegen. Er wollte sie nicht in Verlegenheit bringen.

»Was ist los, Burger?« Ein hagerer Mann mit ausgebeulter Khakihose und Schlafanzugjacke stürmte aus dem Haus gegenüber der Apotheke.

»Denningers Felder brennen«, kam eine pummelige Dunkelhaarige dem Chef der örtlichen Polizei mit der Antwort zuvor. Sie stand im ersten Stock desselben Hauses am Fenster, stützte die Arme auf einem Kissen ab und stellte sich offensichtlich auf eine längere nächtliche Beobachtung ein.

Von überall her rannten die Leute in Schlafanzügen und Nachthemden aus ihren Häusern und umlagerten den Kommissar.

»Ich bitte euch, geht nach Hause und behindert nicht die Arbeit der Feuerwehr!«, forderte er die Neugierigen auf, die ihn nur murrend in seinen Wagen steigen ließen.

»Kommt, Leute, dann schauen wir eben selbst nach!«, rief der hagere Mann, und schon setzte sich ein Pulk von Neugierigen in Richtung Ortsausgang in Bewegung.

Als Burger kurz darauf den Dorfrand erreichte, hatten die Felder, durch die sich der Weg zum Denningerhof schlängelte, bereits Feuer gefangen. Das angesengte Getreide knisterte und prasselte bedrohlich. Die Flammen erhellten den Himmel, während beißender dunkler Rauch in Richtung Dorf zog. Josef Kreitmüller und Toni Renner hatten den Feldweg mit dem Polizeiwagen abgeriegelt, um die Neugierigen aufzuhalten, die schon im Anmarsch waren.

»Was ist mit Georg? Wo ist er?«, wandte Burger sich an Kreitmüller.

»Ich habe keine Ahnung, Chef. Er hat sich bisher nicht blicken lassen.« Kreitmüller, der an der Motorhaube des Polizeiwagens lehnte, sah zu, wie Renner mit fuchtelnden Händen diejenigen zurückdrängte, die sich an dem Polizeiauto vorbeiquetschen wollten.

»Aber er hat doch die Feuerwehr gerufen?«

»Nein, das war ich. Unser Schlafzimmerfenster geht doch zu den Feldern raus, und als die Erika und ich vorhin ins Bett wollten, da haben wir das Feuer gesehen.«

»Aber es ist schon jemand draußen bei Georg, oder?«

»Geht noch nicht, die Feuerwehr muss erst eine Schneise schlagen. – Seid doch vernünftig, wollt ihr euch etwa mit Gewalt eine Rauchvergiftung holen?« Kreitmüller sprang Toni Renner zur Seite, der dem Andrang der Schaulustigen nicht mehr Herr wurde.

»Schaff die Leute aus dem Weg, Burger!«, rief Andreas Lehweiler, der Hauptmann der örtlichen Feuerwehr. Der wuchtige Mann in der roten Weste stand auf der ausgefahrenen Leiter des Feuerwehrwagens, um sich einen Überblick zu verschaffen. »Wir haben drehende Winde. Um das Dorf zu schützen, müssen wir mehrere Schneisen schlagen. – Zwanzig Schritte nach Osten!«, brüllte er in sein Megafon und überprüfte den Sitz seines Helms, der ihm ein Stück in den Nacken gerutscht war. »Noch fünf Schritte!«, dirigierte er seine Mannschaft, die sich mit Haken und Äxten vorwärtsbewegte.

»Aber wir müssen zum Georg raus!«, brüllte Franz Burger, der zum wiederholten Male ohne Erfolg auf dem Denningerhof angerufen hatte.

»Keine Chance, nicht im Moment. Der Georg muss für sich selbst sorgen«, erklärte Lehweiler. »Wir wissen noch nicht, wie weit sich das Feuer schon ausgebreitet hat. – Noch mehr nach Osten!«, trieb er seine Leute erneut an.

Mittlerweile wussten sich Burgers Kollegen kaum noch zu helfen. Die Dorfbewohner bestürmten sie unentwegt mit Fragen, wollten wissen, was mit Georg Denninger war und in welche Richtung das Feuer sich wohl ausbreiten würde. Franz Burger musste dringend etwas unternehmen, bevor die Leute sich zu weit vorwagten und das nächste Unglück seinen Lauf nahm. Er ging zu seinem Wagen, holte die Rolle mit dem schwarz-gelben Band, das er zur Absperrung eines Tatortes immer dabeihatte, und befestigte es an den beiden Grenzsteinen rechts und links am Anfang des Feldweges. Danach ging er zurück zu seinen Kollegen, setzte sich in den Polizeiwagen und griff sich das Mikrofon des Megafons, das auf dem Dach befestigt war.

»Alle begeben sich umgehend hinter die Absperrung. Wer sie überschreitet, bekommt von mir eine Anzeige wegen Behinderung der Löscharbeiten, und das, Herrschaften, wird teuer!« Den Leuten sollte klar sein, dass der Spaß vorbei war.

Trotzdem dauerte es noch eine Weile, bis die ersten seiner Aufforderung folgten. Erst als Burger immer wieder ein entschlossenes »Auf geht's!« nachschob, räumten die Leute den Feldweg.

Nach Hause ging allerdings niemand. Dorfbewohner und Urlauber sammelten sich in Grüppchen auf der etwas weiter entfernten Straße und hofften auf ein nächtliches Schauspiel. Gustl Renner war von seinem Sohn über den Menschenauflauf nahe den Feldern informiert worden, und es dauerte nicht lange, bis der Wirt vom Gasthaus Renner mit seinem Kleintransporter vorfuhr, die hintere Tür der Ladefläche öffnete und Brezeln und Getränke an die Neugierigen verkaufte.

Die warten nur auf eine Sensation oder eine Katastrophe, von der sie noch Monate später erzählen können, dachte Burger. Wie es wohl Georg Denninger in diesem Augenblick erging? Durch die Felder konnte er vermutlich nicht mehr entkommen. Blieb zu hoffen, dass er in die Berge hatte flüchten können.

»Ein Flugzeug wäre eine große Hilfe. Hast du eine Idee?«, schreckte der Hauptmann der Feuerwehr Franz Burger aus seinen Gedanken.

»Ich kümmere mich darum.« Jeremias' Cessna. Der Flugplatz war nur eine Viertelstunde mit dem Auto entfernt, und der Bürgermeister war wagemutig genug, um das Gebiet während des Feuers zu überfliegen. Irgendwie seltsam, dass er noch nicht aufgetaucht war. Sonst versäumte er kein Ereignis, das ihm die Möglichkeit gab, sich seinen Wählern als Retter in der Not zu präsentieren. Franz Burger fummelte sein Telefon aus der Jackentasche und wählte Jeremias' Nummer. Als er sich nicht meldete, versuchte er es auf dem Festanschluss der Borgrieders.

»Hallo?«, meldete sich Maria verschlafen.

»Franz Burger hier. Ich muss dringend mit Jeremias sprechen.«

»Jeremias?«

»Bitte, Maria, wir wissen doch alle Bescheid. Es eilt.« Jetzt war nicht der richtige Zeitpunkt für Diskretion.

Der Kommissar hörte, wie sie das Telefon weiterreichte. »Burger möchte dich sprechen.«

»Ich bin schon so gut wie unterwegs. Tut mir leid, ich habe gerade erst gesehen, was los ist«, meldete sich Jeremias.

»Warte kurz. Es wäre gut, wenn wir uns gleich am Flugplatz treffen könnten. Du würdest der Feuerwehr die Arbeit erleichtern, wenn sie genau wüssten, wie der Brand sich ausbreitet. Wäre es möglich, dass du mit deiner Cessna das Gebiet überfliegst? Ich meine, sofort? Ich würde auch mitkommen.«

»Kein Problem, dann bis gleich am Flugplatz.«

Burger übertrug Kreitmüller die Leitung des Einsatzes an den Feldern, stieg in seinen BMW, knallte das Blaulicht aufs Dach und schaltete es ein. Die Leute traten sofort zur Seite.

27

Jeremias hauchte Maria noch einen Kuss auf die Wange und zauberte damit ein Lächeln auf ihr Gesicht, obwohl sie schon längst wieder eingeschlafen war. Sie würde sich mit Sicherheit nicht daran erinnern, dass er einen Ausflug unternommen hatte. Als Franz sie mit seinem Anruf geweckt hatte, war er im Badezimmer gewesen und hatte so getan, als sei er gerade aufgestanden. Bat er sie, im Notfall zu beschwören, dass er die ganze Nacht bei ihr gewesen war, sie würde es ohne schlechtes Gewissen tun. Zufrieden verließ er die Apotheke.

Das gesamte Dorf schien auf den Beinen zu sein. Die Hauptstraße, die an der Apotheke vorbeiführte, war zur Fußgängerzone mutiert. Die Autos, die um diese Zeit vermutlich zur Brandstelle unterwegs waren, kamen nur im Schritttempo voran. Jeremias ließ das Verdeck des Lamborghini herunter und bahnte sich mit Hupen und Rufen seinen Weg. Immer wieder musste er anhalten und hörte die Gerüchte, die im Dorf bereits über die Brandursache kursierten. Es hieß, Denninger habe seine Pfeife fallen lassen, der Fernsehapparat sei durchgebrannt, der Wasserkocher explodiert, ein Kabel durchgeschmort. Das Wort Brandstiftung fiel nicht. So weit dachte niemand in Sinach.

»Heuchler«, murmelte er, als die Leute, die ihn sonst überschwänglich grüßten, nur kurz nickten und gleich wieder verschämt zur Seite schauten, weil sie nicht bemerken wollten, dass er mitten in der Nacht aus dem Haus des Apothekers kam. Aber gerade, weil es sie peinlich berührte, würden sie sich an die Begegnung noch lange erinnern. Das halbe Dorf würde ihm ein Alibi geben, sollte er tatsächlich in Verdacht geraten, etwas mit den Morden zu tun zu haben. Als er das Rathaus passierte, sah er Christine Weingards Wagen. Sie war also noch in der Gegend.

Während der Fahrt zum Flugplatz telefonierte er mit der Flugleitung und kündigte den Nachtflug an. Die Nachricht stieß zunächst auf wenig Begeisterung. Erst als er den Grund dafür nannte, wurde ihm versichert, dass bei seinem Eintreffen alles für den Start vorbereitet sein würde. Als er dann vor dem Hangar parkte, wartete bereits Franz Burger auf ihn. Er trug eine beige Windjacke und eine helle Schirmmütze und musterte ihn skeptisch.

»Du musst aber sehr beschäftigt gewesen sein, dass du die Feuerwehr nicht gehört hast«, begrüßte er seinen Bürgermeister.

»Ganz richtig«, antwortete Jeremias ohne weitere Erklärung und schob die Tür des Hangars auf, in dem seine Cessna stand. Was Burger betraf, sollte er vorsichtig sein. Er hatte ihn wegen seiner Cleverness und seiner Korrektheit nach Sinach geholt, aber nun musste er aufpassen, dass ihm diese Eigenschaften nicht zum Verhängnis wurden.

Eine halbe Stunde später kreisten sie über dem Denningerhof. Franz Burger beugte sich aus dem Fenster des Sportflugzeugs, während Jeremias mit der Feuerwehr über Funk in Verbindung stand und den Leuten Anweisungen gab, in welche Richtung sie sich wie weit vorwagen konnten.

»Langsam, Mann, nicht, dass du noch rausfällst.« Jeremias riss den Kommissar an der Windjacke zurück.

»Sieht nicht gut aus da unten«, fluchte Burger und starrte auf den Rauch, der das Gelände dunkel einhüllte. »Der Hof ist nur noch eine Ruine, und die Felder brennen wie Zunder. Da wird nicht viel übrig bleiben.«

»Wenn das Feuer Denninger im Schlaf überrascht hat, dann habe ich wenig Hoffnung, dass er entkommen konnte«, tat Jeremias betroffen. Der Hof war schon bis auf die Grundmauern niedergebrannt, er konnte sich jegliches Taktieren mit der Feuerwehr ersparen und sie stattdessen mit präzisen Informationen versorgen, um die Löscharbeiten voranzutreiben.

»Was meinst du, wie es zu dem Brand gekommen ist?«

»Möglicherweise ist dem alten Querkopf beim Schnapsbrennen die Destillationsmaschine um die Ohren geflogen.«

»Aber die steht doch im alten Scheunenkeller, und der ist viel zu weit vom Haus entfernt.«

»Vielleicht hat er sie inzwischen in seinem Schuppen neben dem Haus untergebracht, weil ihm der Weg in den Keller zu beschwerlich ist, was weiß denn ich? – Was ist?«, fragte Jeremias, als Burger eine Weile stumm vor sich hin starrte.

»Ich dachte gerade an Rick Linden und die junge Frau, die mit ihm unterwegs ist. Nachdem sie bei mir auf dem Revier waren, sind sie zu Denninger in seinen Wagen gestiegen. Ich frage mich, wo sie jetzt sind? Ob sie vielleicht noch auf dem Hof waren, als der Brand ausbrach?«

»Da kann ich dir nicht helfen. Wie du weißt, gehöre ich nicht zu dem Personenkreis, dem Rick mitteilt, wo er sich aufhält.« Jeremias war fürs Erste erleichtert. Offensichtlich hatten sich die beiden noch nicht mit der Polizei in Verbindung gesetzt und ihn eines Verbrechens beschuldigt. Was nicht ausschloss, dass sie es irgendwann tun würden, sobald sie sicher waren, brauchbare Beweise vorbringen zu können. Rick besaß genügend Geld, um notfalls eine Horde Privatdetektive auf ihn anzusetzen. So weit durfte er es aber auf keinen Fall kommen lassen.

»Das Auto der Fotografin steht noch auf dem Rathausparkplatz«, riss Franz Burger ihn aus seinen Überlegungen.

»Vielleicht hat unser Rockstar eine Limousine für eine romantische Nachtfahrt durch die Berge geordert und sie sind sonst wo.«

»Möglich wäre es. Es wäre ohnehin besser, wenn wir uns mit der Frage, wo die beiden sind, erst einmal bedeckt halten. Sonst werden wir uns vor neugierigen Journalisten und Fernsehübertragungswagen nicht retten können.«

»Ganz meine Meinung.« Jeremias war erleichtert. Burgers Entscheidung, die Öffentlichkeit herauszuhalten, kam ihm sehr gelegen.

»Was natürlich nicht heißt, dass wir nicht nach ihnen suchen werden.«

»Selbstverständlich suchen wir nach ihnen.« Ich werde mich sogar persönlich darum kümmern, dachte Jeremias.

Nachdem sie die Feuerwehr mit allen notwendigen Informationen versorgt hatten, beendeten sie den Rundflug. Der Kommissar fuhr zur Einsatzleitung der Feuerwehr, um sich zu erkundigen, wann der Weg zum Denningerhof befahrbar sein würde. Der Bürgermeister erklärte, er wolle sich im Dorf umhören, ob jemand Linden und Christine Weingard gesehen hatte. So konnte er ganz offiziell seine Suchaktion starten.

Zuerst aber telefonierte er die Pensionen und Gasthöfe der Gemeinde ab. Der Brand hatte weit über die Dorfgrenzen hinweg die Menschen in Aufregung versetzt, sodass Jeremias überall jemanden erreichte. Alle kamen seinem Wunsch nach, ihm umgehend eine Liste mit den Namen der aktuellen Gäste zu mailen. Niemand fragte ihn nach dem Grund, schließlich war er Jeremias Rimbar. Doch Rick und Christine Weingard waren auf keiner Liste zu finden.

Noch während er die Namen der Übernachtungsgäste überprüfte, erhielt er die Nachricht, dass Ricks Mobiltelefon in einem Garmischer Hotel geortet worden war. Er wählte es noch einmal an, als sich aber wieder nur die Mailbox meldete, telefonierte er mit der Rezeption des Hotels, ließ seinen Charme spielen und fand so heraus, dass Rick am Morgen das Hotel verlassen hatte und bisher nicht wieder zurückgekehrt war. »Kleine Ratte«, fluchte Jeremias. Es war äußerst ärgerlich, dass Rick sein Telefon im Zimmer hatte liegen lassen, statt es einzustecken.

Nach der Telefonaktion setzte er sich wieder in seinen Lamborghini. Christine Weingards Wagen stand noch immer auf demselben Parkplatz. Er hielt an, schloss die Augen und rief sich den Moment ins Gedächtnis, als er geglaubt hatte, ein Geräusch auf Denningers Terrasse gehört zu haben. Der Hohlraum für das Brennholz wäre ein gutes Versteck gewesen. Von dort aus waren es nur wenige Schritte hinter die aufgeschichteten Baumstämme, die ihm den Blick auf den Pfad in die Berge versperrten. Verflucht, warum war er nicht gleich darauf gekommen? Sollte seine Vermutung richtig sein, dann bestand wohl kein Zweifel daran, dass die beiden beobachtet hatten, wie er Schwabe erledigt hatte und danach in die Berge geflüchtet waren, um ihm nicht über den Weg zu laufen. Es war ein aussichtsloses Unterfangen, sie dort in der Dunkelheit zu finden. Er musste warten, bis es hell wurde.

»Grüß dich, Gundi!«, rief er, als er kurz darauf in eine Seitenstraße einbog und die alte Frau in ihrem Vorgarten entdeckte. Sie saß auf der Bank vor ihrem rosafarbenen Fachwerkhäuschen und starrte in Richtung Denningerhof.

»Hast du was von Georg gehört?«, wollte sie wissen und schaute ihn erwartungsvoll an.

»Leider nicht, aber die Feuerwehr tut ihr Bestes. Sie werden ihn schon lebend finden«, entgegnete er und stieg aus seinem Wagen.

»Meinst du?«

»Aber ja.«

»Und was ist mit Rick und dem Madl?«

»Keine Ahnung.« Jeremias lehnte sich mit den Armen auf den Zaun und schaute über die Rosenbüsche hinweg.

»Die zwei waren doch draußen bei ihm.«

»Das heißt aber nicht zwangsläufig, dass sie noch dort waren, als der Brand ausbrach.«

»Nein, das heißt es nicht«, seufzte Gundi erleichtert. »Du weißt, wer das Madl ist?«

»Bettis Tochter.«

Die alte Frau nickte, strich über ihr graues Haar, das sie zu einem Knoten im Nacken gebunden hatte, und verschränkte die Hände in ihrem Schoß.

»Wenn du etwas von den beiden hörst, lass es mich wissen«, bat Jeremias.

»Machst du dir Sorgen um sie?«

»Nach Lage der Dinge sind Sorgen durchaus berechtigt.«

»Schon.«

»Also dann, ich fahre nach Hause, ich bin hundemüde.«

»Jeremias!«, rief Gundi Moosbacher ihm nach, als er sich zum Gehen wandte.

»Ja?«

»Komm noch mal her.«

»Was ist?« Gundi sah ihn mit ihren dunklen Augen so durchdringend an, dass es ihm direkt unheimlich wurde.

»Ich will, dass du mir etwas versprichst, Jeremias.«

»Das wäre?«

»Dass du dich dem Madl nicht näherst.«

»Was meinst du damit?«

»Geh, du weißt schon.«

»Ich glaube nicht, dass ich deine Erlaubnis brauche, sollte ich mich einer Frau nähern wollen, wie du es nennst«, antwortete er schmunzelnd.

»Schwöre es, Jeremias. Ich habe dich noch nie um etwas gebeten. Im Namen der Jungfrau Maria, schwöre.«

»Geh schlafen, Gundi, die Aufregung schadet dir nur. Du bist ja ganz durcheinander. Niemand muss hier irgendjemandem irgendetwas schwören.« Er ignorierte den stummen Blick der alten Frau, mit dem sie ihn verabschiedete.

»So eine Sünde darf niemand auf sich laden«, murmelte Gundi und lehnte sich an das Kissen, das mit einem Band an der Fensterbank befestigt war. Sie seufzte noch einmal tief, dann schloss sie die Augen. Nicht lange danach ließ ihr dröhnendes Schnarchen die Fensterläden über ihr vibrieren.

28

Die Schutzhütte lag auf einem steinigen Plateau oberhalb der Klamm. Sie gehörte der Gemeinde Sinach und wurde von der örtlichen Bergwacht instand gehalten. In der Dunkelheit war nicht viel zu erkennen, nur die zerklüfteten Wände, die sich hinter der Hütte erhoben. Es ging ein kühler Wind, vermischt mit dem Duft nach Farnen und Moosen, irgendwo in der Ferne schrie ein Käuzchen, dann war es wieder still. Als hätte die Erde aufgehört zu atmen. Im Tal sahen Christine und Rick den glutroten Himmel über dem Denningerhof.

»Es werden nicht viele Spuren übrig bleiben, die Rimbar überführen könnten.« Christine wurde erneut bewusst, wie wenig sie gegen diesen Mann ausrichten konnten. »Wir sollten uns Judiths Ring besorgen, dann hätten wir wenigstens etwas in der Hand.«

»Du willst Amatas Grab öffnen?«, fragte Rick ungläubig.

»Genau das will ich.«

»Aber dazu müssen Anträge eingereicht und bewilligt werden, und ich versichere dir, die werden abgeschmettert. Dafür wird Jeremias sorgen.«

»Ich will keine Anträge stellen, sondern die Sache unbürokratisch und so schnell wie möglich klären. Morgen Nacht wäre beispielsweise ein guter Zeitpunkt dafür.«

»Das meinst du nicht wirklich ernst, oder?«

»Doch, das meine ich ernst. Nur so können wir Rimbar drankriegen. Hör zu, wenn wir uns irgendwie verlieren, dann treffen wir uns morgen Abend nach Anbruch der Dunkelheit an Amatas Grab.«

»Ich will lieber nicht weiter darüber nachdenken. Jetzt komm, lass uns in die Hütte gehen. Wir sollten die Nacht nicht im Freien verbringen.«

»Du bist dir nicht ganz sicher, ob wir Rimbar wirklich unbemerkt entkommen sind, richtig?«

»Nein, aber ich gehe davon aus, dass auch er nicht bloß auf einen vagen Verdacht hin mitten in der Nacht in den Bergen herumklettern wird. Sobald es hell wird, sollten wir aber mit ihm rechnen.«

»Gut, gehen wir rein.«

Die morsche Holztür knarrte in den Angeln, als Rick sie vorsichtig aufdrückte. Christine entging nicht, dass er kurz zögerte, bevor er die Öllampe anzündete, die neben dem Eingang hing. Sie wusste, warum.

»Das Hilton ist es nicht«, sagte er.

»Aber gemütlich«, erwiderte sie lächelnd. Zwei Betten aus massivem dunklem Holz, ein Tisch, zwei Stühle und ein Schrank. In seinem oberen Fach stapelten sich Teller und Tassen, in der Mitte standen einige Vorräte, ganz unten lagen Decken und Kissen. Das neben dem Kamin gelagerte Holz verbreitete den Duft von frisch geschlagener Kiefer. Ein bisschen wie Weihnachten.

»Hast du Hunger? Wir haben die Auswahl zwischen Erbseneintopf, Ravioli und Nudeleintopf«, zählte Rick die Dosenvorräte in dem Schrank auf. »Einen Gaskocher gibt es auch«, verkündete er, als er ihn hinter den Decken im Schrank fand.

»›Zum Gedenken an einen Wanderer, der kam, um zu ernten, aber doch nichts fand, was er ernten konnte‹«, las Christine vor, was auf einer weißen Pappe stand, die mit einem Nagel an der Wand befestigt war.

»Das ist ein Nachruf von Jeremias für einen Mann, der sich vor fünfzehn Jahren den Hang hinuntergestürzt hat. Jeremias war damals noch bei der Bergrettung aktiv. Er wollte ihn bergen, aber der Mann rutschte in eine Felsspalte, wo er wohl für alle Ewigkeit bleiben wird.«

»Vielleicht wird man ihn irgendwann finden, dann wird er der Ötzi der Zukunft sein.«

»Ja, vielleicht. Den Kocher können wir übrigens vergessen.« Rick hatte vergeblich nach Gas gesucht.

»Wenn wir im Moment hier oben sicher sind, dann könnten wir doch ein Feuer im Kamin machen.«

»Kein Problem.« Rick schichtete Holz auf den Rost und entzündete den Stoß. Niemand würde in der Nacht den Rauch aus dem Schornstein bemerken, schon gar nicht, wenn unten im Tal ein Feuer tobte.

Christine nahm die rote Decke, die auf einem der Betten lag, und breitete sie auf dem Boden aus. »Nicht gerade Wein und Trüffel«, sagte sie lächelnd und präsentierte Rick eine Flasche Wasser und eine Dose Erdnüsse, die sie im Schrank gefunden hatte.

»Trotzdem köstlich«, sagte er und setzte sich neben sie.

»Zu einem Lagerfeuer gehört auch, dass jemand eine Geschichte erzählt.«

»Bitte nicht. Ich bin im wahrsten Sinne des Wortes ausgebrannt, ich habe heute genug Geschichten erzählt.«

»Wasser und Feuer.« Christine hielt die Wasserflasche in den Feuerschein. »Welcher Gegensatz fällt dir noch ein?«

»Furcht und Vertrauen.«

»Gut und Böse, Schwarz und Weiß.«

»Amata und Christine.«

Sie horchte auf, ging aber nicht darauf ein. »Vergangenheit und Gegenwart, Tod und Leben.«

»Erinnerung und Sehnsucht.«

»Wonach sehnst du dich?« Das Spiel schien tatsächlich die wahren Gefühle eines Menschen hervorzubringen. Schon in der Schulzeit hatte Christine es mit ihren Freundinnen gespielt, und es hatte immer funktioniert. Ein kalter Luftzug fegte durch die Türritze und ließ sie kurz erzittern. Sie erhob sich, nahm ein paar Holzscheite und warf sie ins Feuer.

»Ich sehne mich nach Frieden«, sagte Rick.

»Dann erlaube ihn dir.«

»Aber ich kann nicht loslassen.«

»Du musst es versuchen.«

»Bist du bereit, mit mir zu gehen, Christine?«

»Was soll ich tun?«

»Lass dich fallen. Mit mir.« Er war aufgestanden, kam zu ihr und strich zärtlich über ihr Haar, ließ eine Strähne durch seine Finger gleiten.

»Wir werden uns nicht verlieren?«

»Nein, wir werden uns festhalten.« Er umfasste sie, drehte sie zu sich, sodass er ihr Gesicht betrachten konnte, streichelte ihre Wangen, ihr Kinn, ihren Nacken und küsste sie auf die Stirn. Mit sanfter Gewalt streckte er ihre Arme nach oben und drückte sie gegen die Wand, fuhr mit den Fingerspitzen an den Innenseiten ihrer Arme entlang, bis zu ihren Brüsten, dann weiter zu ihren Hüften.

Christine erinnerte sich an den Moment, als er sie in ihrem Badezimmer im Hotel in Garmisch überrascht hatte, wie sie seine Hand umfasste und wie sehr sie sich von ihm angezogen gefühlt hatte – trotz seines zornigen Auftrittes oder vielleicht gerade deshalb. Dieser wütende Blick, das Flackern in seinen Augen.

»Ich werde nichts tun, was du nicht willst«, sagte er, als er die Knöpfe ihres Mieders öffnete.

»Du kannst alles tun.«

»Sicher?«

»Ja, ganz sicher.« Sie vergrub ihre Hände in seinem Haar, als er sie an sich zog. Sie atmete den Duft seiner Haut, gab sich seinen Küssen hin, die das Verlangen, ihm nah zu sein, noch weiter steigerten. Dann ließ sie sich fallen, bis sie nichts mehr fühlte, nichts mehr wahrnahm, nur noch ihn.

Sie wollte sich nicht beherrschen und konnte es auch nicht mehr, als sie sich auf der Decke vor dem Kamin wiederfand und Rick sie auf seinen Schoß hob. Sie hörte sich aufschreien, als er in sie eindrang, aber es war die Stimme einer anderen, einer Frau, die sie bisher nicht gekannt hatte. Sie versank in seinen Augen, ein funkelndes blaues Meer im Feuerschein. Jeremias Rimbar, die Toten und Vermissten, alle waren vergessen. Sie folgte Ricks Bewegungen, ließ sich von ihm behutsam aufrichten. Seine Hände strichen über ihren Bauch, berührten das winzige runde Muttermal neben ihrem Nabel und massierten ihre Lenden. Ihr Körper ließ sich beugen, wie es ihm gefiel. Ein Vulkan tobte in ihr, der sein Feuer durch einen engen Schlund trieb, immer stärker antrieb und nach oben katapultierte. Die Schatten der Toten tanzten durch den Raum und trugen sie beide über die Schwelle ihres Reiches in ein Land, in dem nur der Augenblick zählt.

29

Im ersten Morgengrauen hob Jeremias wieder mit der Cessna ab. Der Brand war inzwischen gelöscht, der Rauch hatte sich verzogen. Georg Denningers Hof existierte nicht mehr. Das Holz war verkohlt, die Asche vermischte sich mit dem Erdboden, und schwarze Pfade zogen sich durch den Sand. Das geborstene Glas funkelte in der Morgensonne: Der Bauplatz für sein Prestigeobjekt, das Fünf-Sterne-Wellnesshotel, war geebnet. Die Feuerwehr hatte das Gelände rund um den Brandherd für die nächsten vierundzwanzig Stunden abgesperrt, die Sperrung galt auch für das angrenzende Wald-und-Berg-Gebiet. Die Verantwortlichen wollten sichergehen, dass der Funkenflug kein neues Feuer entfachte. Das Vorgehen kam ihm äußerst gelegen. So ging er kein Risiko ein, von neugierigen Wanderern gesehen zu werden.

Er zog das Flugzeug weiter nach oben, flog eine Weile im Schatten der Berge, stieg höher, direkt ins Sonnenlicht. Die gleißende Helligkeit schien alle Konturen aufzulösen, alles war nur noch reine Energie, und für einen Augenblick war er ein Teil von ihr. Welch ein göttliches Erlebnis. Als er sich wieder unter Kontrolle hatte, flog er mit der Sonne im Rücken über die kahlen Gipfel hinweg. Hielten sich die beiden hier oben versteckt, dann hatten sie die Nacht mit Sicherheit in der Schutzhütte verbracht. Er wusste, dass Rick in den letzten Jahren hin und wieder dort oben gewesen war. Er hatte nie den Fehler begangen, ihn ganz aus den Augen zu verlieren. Als er das Plateau mit seinem Fernglas absuchte und Rick vor der Hütte auf einem Felsen entdeckte, musste er nicht länger überlegen, was zu tun war. Es sah so aus, als läge er mit seiner Vermutung richtig. Rick hatte ihn auf dem Denningerhof beobachtet und war in die Berge geflüchtet. Auch wenn er Christine Weingard erst einmal nirgendwo sehen konnte, war er sicher, dass sie bei ihm war. Jeremias drehte ab, ließ die Cessna in den Schatten der Berge zurücksinken und steuerte eine Hochwiese an, die nur etwa hundert Meter unterhalb der Schutzhütte lag.

Ein Adler breitete seine Schwingen aus, erhob sich in die Luft und segelte über das Tal hinweg. Rick schaute ihm nach, hätte gern gesehen, was der Vogel sah, und gewusst, ob das Feuer im Tal gelöscht war oder noch im Verborgenen wütete. Seit Langem empfand er wieder eine tiefe Zuneigung zu der Landschaft seiner Kindheit. Die Berge im Morgenlicht, das Donnern des Wasserfalls, der Duft der Tannen und Kiefern. Er hatte auch die Toskana lieben gelernt, den Geruch der Pinien, die Weinberge, aber es waren die schroffen Gipfel und die sanften Täler, die seine Seele am ehesten widerspiegelten.

Die Cessna, die sich vor einer Weile dem Plateau genähert hatte, war aus seinem Blickfeld verschwunden. Er wartete darauf, dass sie erneut am Himmel auftauchte, aber sie hatte wohl längst eine andere Richtung genommen. Es wurde Zeit, Christine zu wecken. Sie mussten los. Jeremias würde sicher bald aufkreuzen.

Die Cessna! Rick wurde heiß. Die Hochwiese direkt unter ihnen! Sie war flach und groß genug, um einem geschickten Piloten die Landung mit einem Sportflugzeug zu ermöglichen, und Jeremias war ein ausgezeichneter Pilot. Das Gelände war keine besondere Herausforderung für ihn, der bereits einige Gletscherlandungen erfolgreich absolviert hatte. Rick rannte quer über das steinige Plateau und sah zur Wiese hinunter. Eine Seite grenzte an den Berg, die andere an den steil abfallenden Hang. In der Mitte der Wiese stand die Cessna. Die goldfarbenen Initialen J. R. auf dem weißen Heck ließen keinen Zweifel daran, wem sie gehörte. Rick zuckte zusammen, als ein Schatten vor ihm auf die Felsen fiel. Langsam drehte er sich um.

»Wir haben uns schon Sorgen um euch gemacht. Wie konntet ihr nur so leichtsinnig sein und mitten in der Nacht in die Berge gehen? Das hätte euch das Leben kosten können«, spielte Jeremias den Besorgten. »Wo ist deine hübsche Begleitung?«

»Keine Ahnung.«

»Denk noch mal nach, Linden.« Jeremias griff hinter sich, zog die Pistole aus seinem Hosenbund und richtete sie auf sein Gegenüber. »Also, wo ist sie?«

»Ich weiß es nicht«, wiederholte Rick. Er hoffte, dass Christine Jeremias' Ankunft bemerkt und sich in Sicherheit gebracht hatte.

Das Einzige, was er im Moment für sie tun konnte, war, ihr Zeit zu verschaffen.

»Was haben wir denn da? Du gestattest?« Jeremias hatte die losen Blätter mit Amatas Handschrift entdeckt, die Rick in der Brusttasche seines Hemdes bei sich trug. Er nahm sie an sich und überflog den Text. »Wo habt ihr das Tagebuch gefunden?«, fragte er und verbarg die Papiere in der Innentasche seiner schwarzen Leinenweste.

»Betti hatte es aufbewahrt.«

»Ein wenig mehr Offenheit, Rick. Bitte, wir sind doch unter uns. Hätte Betti dem Geschwafel der Kleinen Glauben geschenkt, wüsste ich davon.«

»Die letzten Seiten waren in Denningers Keller. Amata hat sie in einem Metallfach in dem alten Schrank versteckt. Sie wollte sie vermutlich vor dem Feuer schützen.«

»Was wieder einmal beweist, was für ein schlaues Mädchen sie war. Obwohl ich auch ein bisschen enttäuscht bin, dass ihre Treue zu mir nicht bis zu ihrem Tod angedauert hat. Es scheint, als hätte sie mich mit ihren Erkenntnissen hinhängen wollen.«

»Mit Recht. Kannst du dir vorstellen, was sie in den letzten Stunden ihres Lebens empfunden haben muss? Sie wusste, dass du im Keller warst, und vielleicht hat sie sogar geahnt, dass du die Scheune in Brand gesetzt hast.«

»Wie hätte ich denn wissen sollen, dass ihr in diesem verdammten Schrank hockt?«

»Es nimmt dich mit, nicht wahr? Du bist gar nicht so kalt, wie du immer tust.« Rick war nicht entgangen, dass Jeremias' Blick flatterte und er Mühe hatte, sich seine Betroffenheit über Amatas Aufzeichnungen nicht anmerken zu lassen.

»Amatas Tod geht auf dein Konto, Linden.«

»Nein, Jeremias, du hast die Öllampe, die ich neben dem Kellereingang abgestellt hatte, zum Scheunentor getragen und wieder angezündet. Du hast die Scheune niedergebrannt, um deine Spuren zu verwischen.« Es war das erste Mal, dass Rick ihn mit der Wahrheit konfrontierte. Es war wie ein Befreiungsschlag, weil er nicht mehr daran zweifelte, dass er recht hatte. »Hast du niemals befürchtet, sie könnten mir meine Geschichte glauben?

Dass ich einen Mann mit Rucksack gesehen habe? – Nein, hast du wahrscheinlich nicht«, beantwortete Rick die Frage selbst, als sein Gegenüber nur herablassend grinste.

»Du und die kleine Weingard, ihr wart letzte Nacht auf dem Denningerhof. Hat sie die Fotos mit ihrem Handy gemacht, oder gehen sie auf dein Konto?«

»Warum interessiert dich das? Du hast sie doch sicher längst gelöscht.«

»Stimmt, die Fotos sind nicht mein Problem, ihr seid das Problem.«

»Warum? Du hast doch jetzt alle Beweise: die Fotos und die Tagebuchseiten.«

»Aber ihr habt die Aufzeichnungen gelesen und gestern Nacht Dinge gesehen, die ihr nicht hättet sehen sollen. Es scheint die Tragik deines Lebens zu sein, dass du zu den unpassendsten Zeiten auf dem Denningerhof auftauchst, Linden. Aber warum musst du immer die Mädchen mit hineinziehen? Erst Amata, jetzt Christine.«

»Niemand zwingt dich, Christine zu deinem Problem zu machen.«

»Sie macht aber nicht den Eindruck auf mich, als würde sie einfach vergessen wollen, was sie inzwischen herausgefunden hat. Sie scheint mir ebenso intelligent wie ihre Schwester zu sein. Halbschwester, um genau zu sein. Ich kann sie nicht unbehelligt ziehen lassen, auch wenn ich das zutiefst bedaure. Wir beide werden uns jetzt mal in der Hütte umsehen.« Jeremias' Geduld war zu Ende. Er entsicherte seine Pistole und drückte den Lauf in Ricks Nacken. »Wenn du tust, was ich von dir verlange, kannst du noch ein paar Minuten Leben herausschlagen und auf ein Wunder hoffen. Ich an deiner Stelle würde diese Option durchaus in Betracht ziehen.«

Rick gab Jeremias nach. Er würde nicht verhindern können, dass er die Hütte durchsuchte. Wenn er mit ihm ging, bewahrte er sich immerhin die Chance, Christine beizustehen – und vielleicht gelang es ihm ja sogar, Jeremias tatsächlich zu überwältigen.

Die Hüttentür war nur angelehnt. Als Jeremias sie mit dem Fuß aufstieß, flog sie nach innen. Merkwürdig, dachte Rick, als sie kurz vor der Wand abgebremst wurde. Doch sein Begleiter schien nichts davon bemerkt zu haben, viel zu sehr war er damit beschäftigt, die Hütte abzusuchen. Rick überlegte. Wenn er den Stuhl vor dem Kamin zu fassen bekam, würde er Jeremias vielleicht abwehren können, um Christine zur Flucht zu verhelfen. Aber wo war sie? Die Decke, auf der sie sich geliebt hatten, lag ordentlich zusammengelegt auf dem Bett. Die Wasserflasche, die Erdnüsse, alles war weggeräumt. Nur die Asche im Kamin glühte noch, ansonsten wirkte die Hütte unbenutzt.

»Ich hätte schwören können, dass sie hier ist«, murmelte Jeremias sichtlich enttäuscht. »Wo hat sie sich versteckt, verflucht noch mal, wo ist sie?«, schrie er Rick an und schubste ihn gegen die geöffnete Tür.

Rick spürte sofort den Widerstand, als er sich abfing. Christine! Er lehnte sich sachte gegen das Holz, um ihr genug Luft zum Atmen zu lassen.

»Mach endlich den Mund auf, Linden.« Jeremias ließ nicht locker.

»An der Klamm war sie plötzlich weg. Wahrscheinlich hat sie sich am Bachlauf orientiert, um an ihm entlang zurück ins Dorf zu laufen. Sie kennt sich in dieser Gegend nicht aus.« Er hoffte, dass Christine genau das tun würde, sobald es ihr möglich war.

»Warum nur glaube ich dir nicht?«, fragte Jeremias misstrauisch.

»Das ist dein Problem.«

»Wenn deine Geschichte stimmt, dann ist sie längst wieder im Tal und erzählt wirre Geschichten über mich.«

»Sie wird auf interessierte Zuhörer stoßen.«

»Möglicherweise, aber es werden Geschichten bleiben, weil sie keine Beweise hat.«

»Du solltest Franz Burger nicht unterschätzen.«

»Keine Sorge, den Fehler mache ich nicht. Aber weißt du, irgendwann wird die Spurensicherung die Reste von Christines Tasche in Denningers Feld finden.«

»Das beweist nur, dass sie auf dem Hof war.«

»Zu gegebener Zeit werde ich Burger ihr Handy zuspielen. Das Foto von unserem toten Denninger, Gott habe ihn selig, wird dann mit Sicherheit Fragen aufwerfen. Unangenehme Fragen für unsere kleine Christine.«

»Welches Motiv sollte sie gehabt haben, ihn umzubringen?«

»Streit, Rache, Habgier, was weiß denn ich?«

»Was ist mit Schwabe? Hat sie den auch erledigt?«

»Das Foto beweist, dass sie am Tatort war. Den Rest werden sich andere zusammenreimen. Die Motivsuche ist nicht meine Aufgabe, ich werde mich auf einige Anregungen beschränken, und jetzt halt den Mund, Linden.« Jeremias holte aus und versetzte Rick einen Kinnhaken, der ihn taumeln ließ. »Ich bin sicher, Bettis Tochter ist noch in der Nähe und beobachtet uns. Komm, gehen wir ein Stück und locken die Kleine aus ihrem Versteck.«

Rick wehrte sich nicht, als Jeremias ihn vor die Hütte zerrte und die Tür zuzog. Je weiter sie sich entfernten, umso besser für Christine. Er dachte einen Moment lang daran, Jeremias das Dokument zu zeigen, das Denninger ihm gegeben hatte. Vielleicht war es der Trumpf, der den Wahnsinn aufhalten würde, aber sein Gefühl sagte ihm, dass es definitiv der falsche Zeitpunkt war, damit herauszurücken. Er hatte keine Ahnung, wie Jeremias auf seine Eröffnung reagieren würde. Solange Christine noch die Möglichkeit hatte zu entkommen, würde er schweigen.

»Pass doch auf! Ich brauche dich noch als Lockvogel für unsere gemeinsame Freundin«, herrschte Jeremias ihn an, als Rick auf einem mit Moos bewachsenen Felsen ausrutschte.

»Du wirkst nervös.«

»Halt die Klappe«, zischte Jeremias und trieb ihn weiter vor sich her.

Christine lehnte regungslos an der Wand und kämpfte gegen die Angst an, die ihr Rimbars Überfall eingejagt hatte. Es war keine Viertelstunde her, da hatte sie noch zärtlich über das Kissen gestreichelt, auf dem kurz zuvor Rick gelegen hatte.

Als sie irgendwann aus dem Fenster geschaut und ihn auf dem Felsen vor der Hütte gesehen hatte, war ihr bewusst geworden, dass Sehnsucht für sie von nun an eine andere Bedeutung haben würde. Sie wollte gerade die Tür öffnen, da sprang Rick auf, als habe er ein verdächtiges Geräusch wahrgenommen. Er rannte über das Plateau, schaute über den Abhang in die Tiefe, und plötzlich war Rimbar da. Rimbar, der Rick bedrohte.

Schnell hatte sie die Hütte aufgeräumt. Wenn sie überhaupt in der Lage sein wollte, Rick zu helfen, dann durfte Rimbar nicht wissen, dass sie ihn gesehen hatte. Blind vor Panik hinauszurennen wäre sinnlos gewesen. Er war bewaffnet, und danach zu urteilen, wie sie ihn in den letzten Tagen erlebt hatte, würde er nicht zögern, seine Waffe einzusetzen. In Rimbars Beisein hatte Rick ihr zu verstehen gegeben, dass sie ins Dorf gehen sollte. Aber das würde sie nicht tun. In diesem Punkt hatte Rimbar recht. Sie würde Ricks Ratschlag nicht annehmen. Bliebe sie, wären sie zu zweit und somit im Vorteil, weil Rimbar zwar wusste, dass sie da war, aber nicht, wo. Irgendetwas würde ihr schon einfallen, um ihn zu überlisten.

Sie schlug sich mit beiden Händen gegen die Stirn, als könnte sie damit ihr Denkfähigkeit ankurbeln. Noch hatte sie keine Ahnung, wie sie vorgehen sollte, aber manchmal genügte eine kleine Anregung, und schon wurde die richtige Idee geboren. So hatte sie es oft erlebt, wenn sie auf ihren Reisen nach Motiven für ihre Fotos suchte. Irgendwann machte sich immer das richtige Bild fast von selbst bemerkbar. Welch ein Vergleich, dachte sie erschrocken. Hier ging es nicht um ein Fotomotiv, sondern um das Leben des Mannes, in den sie sich verliebt hatte, und nicht zuletzt auch um ihr eigenes.

Welchen Weg hatte Rimbar genommen? Sie ließ ihren Blick langsam schweifen. Nicht der kleinste Hinweis durfte ihr entgehen. Am Rand der Felsen, wo es zur Klamm hinunterging, bemerkte sie eine Schleifspur, als sei dort jemand ausgerutscht.

30

Das Feuer, das Sinach bedroht hatte, war seit den frühen Morgenstunden unter Kontrolle. Der Feuerwehr war es gelungen, eine Schneise zu Denningers Hof zu schlagen. Franz Burger hatte sich dem Rettungstrupp angeschlossen und war dabei, als sie den alten Mann und ein zweites Opfer unter den Trümmern des Wohnhauses bargen. Beide wurden noch vor Tagesanbruch in die Gerichtsmedizin gebracht. Die angeforderte Spurensicherung suchte den Unglücksort nach verwertbaren Hinweisen ab, während der Chef der Sinacher Polizei sich auf den Weg in die Kreisstadt machte. Er wollte vor Ort in der Gerichtsmedizin nachfragen, ob man schon mehr über die Opfer herausgefunden hatte.

Aus der Brandstelle war ein Tatort geworden, nachdem kein Zweifel mehr bestand, dass die beiden Männer ermordet worden waren. Denninger war durch einen Schuss ins Herz getötet worden, das zweite Opfer wies neben zwei Schusswunden auch eine Kopfverletzung auf. Neben Georg Denninger hatte ein Revolver gelegen, der vermutlich aber nicht dem alten Mann gehörte. Soweit Burger bekannt war, hatte Denninger nie eine Waffe besessen.

Als der Kommissar wenig später das Büro von Luitpold Peining, dem leitenden Gerichtsmediziner, betrat, fand er ihn auf dem Boden liegend in gekrümmter Haltung vor. Mit der rechten Hand hielt er eine Spritze umklammert.

»Luitpold, was ist mit dir?«, rief Burger erschrocken. Peining und er waren zusammen zur Schule gegangen. Seitdem verband sie eine tiefe Freundschaft, und er hatte absolut keine Lust, nach Georg Denninger den Nächsten betrauern zu müssen.

»Mit mir ist alles in Ordnung, keine Sorge. Ich stelle nur den Ablauf auf dem Denningerhof nach.« Peining pustete sein dunkles Haar aus der Stirn, reichte Burger die Hand und ließ sich aufhelfen.

»Gibt es schon ein Ergebnis?«

»Nun, so einfach ist es leider nicht.« Peining legte die Spritze in die Nierenschale auf seinem Schreibtisch und strich die Knitterfalten aus seinem weißen Kittel. Danach betrachtete er liebevoll die beiden roten Blüten des Kaktusses, der allein auf der breiten Fensterbank stand. »Schau, wie er blüht, mein peruanischer Zwergkaktus. Genauer gesagt, ein *Matucana madisoniorum*, der 1963 von P. C. Hutchison entdeckt wurde. Er macht mir so viel Freude, der Kleine.«

»Der Kaktus ist wirklich ganz wundervoll, Luitpold, aber –«

»Geh, wie du das sagst! Gar nichts nimmst du von seiner Schönheit wahr. Du hast kein Gespür für Pflanzen, sonst würdest du begreifen, wie sehr der Kleine dieses triste Zimmer mit all den grauenvollen Vorgängen in den Ordnern mit Leben erfüllt.« Mit einem tiefen Seufzer ließ Peining seinen Blick durch den Raum mit den grauen Fliesen und den mit Akten vollgestopften Regalen gleiten.

»Es freut mich sehr, dass dein Kaktus dich glücklich macht, aber mehr als der Charakter deines kleinen Freundes interessiert mich, was du über Georg Denninger und das andere Opfer herausgefunden hast.«

»Wie gesagt, weit bin ich noch nicht vorgedrungen. Die Sache gestaltet sich schwierig, deshalb turne ich ja auch auf dem Boden herum und benutze eine Spritze als Schusswaffe.«

»Vielleicht kann ich ja etwas zur Klärung beitragen?« Burger setzte sich auf die Schreibtischkante, nachdem der Gerichtsmediziner auf seinem schwarzen Ledersessel Platz genommen hatte. Der Kommissar war froh, dass er den Obduktionsraum im Rücken hatte. Er war nur durch eine Glasscheibe vom Büro getrennt, und Burger hätte es nur schwer ertragen können, Georg Denningers Überreste ständig im Blick zu haben.

»Dann also zu den Fakten«, begann Peining mit seinem Bericht. »Denninger und das andere Opfer wurden mit derselben Waffe erschossen, wobei der andere vorher noch einen heftigen Schlag mit dem Schürhaken abgekriegt hat. Den Haken haben deine Leute neben dem Kamin sichergestellt. Das Blut, das an ihm klebte, konnte ich trotz des Brandes noch zuordnen. Was wieder einmal beweist, zu welchen Höchstleistungen die Wissenschaft, deren ausführende Hand ich bin, fähig ist.«

»Unbestritten, Luitpold«, stimmte Burger zu. Er wusste, dass der Freund seinen Bericht so lange nicht fortsetzen würde, bis er ihm recht gab.

»Wie die beiden allerdings mit derselben Waffe zu Tode gekommen sein sollen, das ist mir immer noch ein Rätsel«, erklärte der Gerichtsmediziner gleich darauf.

»Nun, vielleicht wollte Georg den Mann mit dem Schürhaken abwehren, der aber stürzte sich mit der Waffe auf ihn. Es kam zum Handgemenge, und Denninger bekam die Waffe zu fassen, aus der sich die Schüsse lösten.«

»Schöne Theorie, aber sie funktioniert nicht.«

»Wieso?«

»Weil Denninger schon tot war, bevor er den anderen erschossen haben soll.«

»Willst du mich hochnehmen?«

»Das liegt mir fern, aber der zweite Schuss auf den Einbrecher, der ihn letztendlich getötet hat, wurde aus einem Winkel abgefeuert, der sich nur ergibt, wenn der Schütze steht und das Opfer liegt. Da Denninger aber mitten ins Herz getroffen wurde, hätte er das nur als Wiederauferstandener bewerkstelligen können. Alles klar?«

»So weit schon«, antwortete Franz Burger, während er sich die Situation vorstellte, die der Gerichtsmediziner ihm zu schildern versuchte.

»Denninger hat meiner Einschätzung nach überhaupt keinen Schuss abgefeuert«, fuhr Peining fort.

»Woraus schließt du das?«

»Die Erkenntnis beruht auf dem bisherigen Obduktionsergebnis. Denninger litt an der Gicht, besonders die rechte Hand war davon betroffen. Er war Rechtshänder und hätte den Revolver ohnehin nur unter größten Schwierigkeiten abfeuern können, und dabei wäre ganz gewiss kein gezielter Schuss herausgekommen.«

»Es muss auf jeden Fall noch eine dritte Person im Haus gewesen sein.«

»So sieht es aus.«

»Weißt du schon etwas über die Identität des zweiten Opfers?«

»Der Mann trug Unterwäsche, die aus einer staatlichen Haftanstalt stammt.«

»Ganz sicher?«

»Wir haben Fasern gefunden, die das eindeutig bestätigen.«

»War der Mann Ende fünfzig, durchtrainiert, fast zwei Meter groß und ungefähr einhundertzwanzig Kilogramm schwer? Braune Augen, braunes Haar.«

»Respekt, mein Computer hat länger gebraucht, um die Daten zusammenzutragen. Entweder hast du den gewissen Blick für Brandopfer, dann könntest du gleich bei mir anfangen, oder du bist unter die Hellseher gegangen.« Peining war verblüfft.

»Nichts dergleichen. Ich habe nur vermutet, dass es sich bei dem Toten um Manni Schwabe handelt. Er wurde vorgestern aus der Haft entlassen.«

»Schwabe? Hilf mir auf die Sprünge.«

»Er und sein Komplize Achim Müller haben vor dreißig Jahren den Geldtransporter in München überfallen.«

»Stimmt, da war was. Ich denke, ich sollte mich mit dem dortigen Gefängniszahnarzt in Verbindung setzen. Die Zähne sind der verlässlichste Ausweis eines Menschen. Aber wenn es wirklich Schwabe ist, was hat er dann bei Denninger gewollt?«

»Rick Linden hat immer wieder von einem Rucksack mit Geld erzählt, den er in Denningers Scheune gesehen haben will. Ich bin mehr und mehr geneigt, an diese Geschichte zu glauben.«

»Das Geld aus dem Raub?«

»Richtig. Wenn es in der Scheune war, dann wusste Schwabe vermutlich davon und wollte es sich jetzt holen.«

»Denkst du, Denninger hatte etwas mit dem Raub zu tun?«

»Das kann ich mir nicht vorstellen. Aber sollte das Geld auf dem Denningerhof gewesen sein, dann muss es folglich jemand dorthingebracht haben.«

»Wenn nicht Denninger, wer dann?«

»Ich möchte, dass du dir den Obduktionsbericht der unbekannten Toten, die 1982 beim Brand der Denningerscheune ums Leben kam, noch einmal vornimmst.«

»Du glaubst, sie hat das Geld in die Scheune geschleppt?«

»Denninger hatte damals eine junge Frau beschäftigt, die aus demselben Dorf wie Schwabe stammte. Angenommen, sie war die Tote in der Scheune, dann würde der Verdacht naheliegen.«

»Ohne Obduktion ihrer Überreste und entsprechendem Vergleichsmaterial lässt sich das nicht feststellen.«

»Keine Chance, die Tote wurde eingeäschert und anonym beigesetzt. Aber vielleicht steht etwas in den alten Akten, das auf ihre Identität hinweist.«

»Ich kümmere mich darum.«

»Hast du schon gehört, dass die Lachner Betti tot ist?«, fragte Burger, nachdem der Gerichtsmediziner sich notiert hatte, nach welcher Akte er suchen musste.

»Nein. Was ist passiert?«, zeigte sich Peining betroffen.

»Sie hatte vor Kurzem einen Unfall. Sie und ihr Mann sind dabei ums Leben gekommen. Jetzt ist ihre Tochter in Sinach aufgetaucht.«

»Die Kleine, mit der Betti fortgegangen ist?«

»Richtig, sie ist mit Rick zusammen gekommen und vermutlich auch noch zurzeit mit ihm unterwegs.« Franz Burger hatte gleich am Morgen eine Halterabfrage gemacht, weil Christine Weingards weißer Golf noch immer vor dem Revier parkte. Es hatte sich bestätigt, was er ohnehin längst wusste. Sie war Bettis Tochter. »Sie und Rick waren am Nachmittag vor dem Brand auf dem Denningerhof.«

»Hoffentlich geht es nicht aus wie vor dreißig Jahren, und ihr findet das Madl noch irgendwo.«

»Im alten Scheunenkeller waren die beiden jedenfalls nicht, da habe ich sofort nachsehen lassen, nachdem die Feuerwehr den Weg freigegeben hatte.«

»Das Ganze macht auf mich einen extrem mystischen Eindruck. Ich meine, zwei Brände auf demselben Hof und jedes Mal ist eine von Bettis Töchtern zusammen mit Rick Linden dort.«

»Wir sollten besser auf die Fakten vertrauen, Luitpold.«

»Gut, aber auch da habe ich gleich noch etwas für dich.« Peining nahm eine kleine Plastiktüte aus seinem Schreibtisch und drückte sie dem Kommissar in die Hand. »Den hat der Mann getragen, das bisher noch unbekannte Opfer.«

»Außergewöhnliches Schmuckstück, nicht gerade mein Geschmack«, murmelte Franz Burger und betrachtete den Ring mit dem Smaragd.

»Sieh dir das eingravierte Datum an.«

»22. August 1982? Der Tag des Raubüberfalls«, stellte der Kommissar verblüfft fest.

»Möglicherweise ein Verlobungsring.«

»Wenn die Tote von 1982 auch so einen Ring getragen hat …«

»… dann wäre zumindest sicher, dass sie etwas mit Schwabe zu tun hatte. Vielleicht haben wir Glück, und sie haben damals so einen Ring gefunden und aufbewahrt.«

»Wann kann ich mit deinem Anruf rechnen?«

»Auf jeden Fall noch heute.«

»Gut, dann bis nachher«, verabschiedete sich Franz Burger. Der Gedanke, die angebliche Landstreicherin, die niemals identifiziert worden war, könnte den gleichen Ring getragen haben, elektrisierte ihn.

Als er eine Stunde später das Revier in Sinach betrat, saß Kreitmüller an seinem Schreibtisch und tippte den Bericht über die Brandnacht in seinen Computer. Toni Renner telefonierte und kritzelte währenddessen Strichmännchen auf einen Block.

»Ist Rick inzwischen aufgetaucht?«, wollte Burger wissen.

»Bisher nicht. Was sagt die Gerichtsmedizin, gibt es schon Erkenntnisse?« Kreitmüller unterbrach seine Arbeit und schaute auf.

»Allerdings. Denninger und der andere Mann können sich laut Peinings Untersuchungsergebnissen nicht gegenseitig erschossen haben.«

»Das heißt, wir fahnden nach einem zweifachen Mörder?«

»Richtig. Es wäre gut, wenn sich Rick Linden und Christine Weingard bald bei uns melden.«

»Sonst machen sie sich verdächtig, oder was?«

»Sie waren vor dem Brand auf dem Denningerhof, das steht fest, Seppi.«

»Verrenn dich nicht, Franz, die beiden haben niemanden umgebracht. Es gibt auch überhaupt kein Motiv«, verteidigte Josef Kreitmüller den alten Schulfreund und seine Begleitung.

»Nicht immer ist ein Motiv offensichtlich. Aber gut, beschränken wir uns zunächst auf das vordergründigste Motiv: das Geld.«

»Womit Rick sofort aus dem Kreis der Verdächtigen ausscheidet, denn er hat reichlich davon«, zeigte sich Kreitmüller erleichtert.

»Christine Weingard ist eine gefragte Fotografin und hat zudem gerade das Haus ihrer Eltern und ein ordentliches Barvermögen geerbt«, gab Burger preis, was seine Nachforschungen ergeben hatten. Die Sache mit dem Ring behielt er zunächst für sich. Er wollte erst den Anruf von Luitpold Peining abwarten.

»Wenn sie ihre Erbschaft richtig anlegt, so wie Onkel Jeremias es getan hat, als seine Tante in Idaho starb, dann kann sie eine richtig gute Partie werden.« Toni Renner hatte sein Telefonat beendet und mischte sich nun in das Gespräch seiner beiden Kollegen ein.

»Jeremias hat kurz nach dem Raubüberfall in München von dieser Erbschaft erfahren, wenn ich mich richtig erinnere.«

»Keine Ahnung, das ist schon so lang her, ich war noch gar nicht auf der Welt.«

»Hast du mal ein Foto von dieser ominösen Tante gesehen?«, wollte Kreitmüller wissen.

»Ich interessiere mich nicht so für die Verstorbenen. Schon gar nicht, wenn sie so weit weg gewohnt haben.«

»Aber in eurer Familie wurde doch bestimmt von ihr gesprochen?«

»Geh, Seppi, sie war doch nur eine weit entfernte Verwandte.«

»Wenn ich eine so große Erbschaft gemacht hätte, würde das Foto der Tante jedenfalls einen Ehrenplatz auf meiner Kommode bekommen. Gerade von eurer Familie, der Geld so wichtig ist, würde ich das erwarten.«

»Vielleicht besitzen wir kein Foto von ihr, könnte ja sein.«

»Ja, sicher, das könnte sein.«

Kreitmüller hatte den jungen Mann ins Grübeln gebracht. Toni Renner wirkte verunsichert.

»Solang das Eis noch dünn ist, solltest du nicht darauf herumtrampeln. Sei vorsichtig, wenn du das Gleiche denkst wie ich«, raunte Burger Kreitmüller zu und fing dessen wissenden Blick auf.

31

Hinter einem Felsen verborgen beobachtete Christine den Pfad, der sich durch den Wald zur Klamm hin schlängelte. Sie war davon überzeugt, dass Rimbar sich nicht mit einer unüberlegten Tat in Verdacht bringen würde. Dazu war er zu klug. Wenn er davon ausging, dass sie ihm auf den Fersen war, dann würde er vermutlich versuchen, sie aus der Deckung zu locken, damit er so etwas wie einen Bergunfall inszenieren konnte, den sie und Rick *leider* nicht überlebt hatten. Wenn er nicht dazu gezwungen wurde, würde er seine Waffe nicht einsetzen, denn zwei weitere Mordopfer würden die Ermittlungsbehörden ordentlich wachrütteln. Also musste ein glaubwürdiger Unfall her.

»Elender Scheißkerl«, fluchte sie leise, als sie Rimbar oberhalb des Wasserfalls entdeckte.

Er scheuchte Rick vor sich her den Berg hinauf und machte sich nicht die geringste Mühe, sich zu verstecken. Wahrscheinlich hoffte er, dass sie sich irgendwann von selbst verriet. Als eine Schar Tannenhäher aus den Wipfeln der Bäume über ihr herausflatterten, warf sich Christine auf den Boden und wagte kaum zu atmen. Sie hoffte, Rimbar würde nicht darüber nachdenken, wer oder was die Vögel wohl aufgeschreckt hatte.

Als sie wieder aufschaute, waren Rick und der Bürgermeister von Sinach nicht mehr zu sehen. Sie wartete noch einen Augenblick, bis sie sich vorsichtig wieder aufrichtete und sich mit dem Rücken gegen eine Kiefer lehnte. Wenn es die Berggeister wirklich gibt, dann hoffe ich, dass sie mir jetzt beistehen, dachte sie. Nach einer Weile tauchten Rick und Rimbar wieder in ihrem Blickfeld auf. Sie waren schon ein ganzes Stück den Berg hinaufgestiegen.

Christine bewegte sich nur langsam vorwärts, blieb immer wieder stehen, um hinter einem Baum oder einem Felsen Zuflucht zu suchen. Sobald der Wald lichter wurde, blickte Rimbar sich ständig nach hinten um, und sie rechnete damit, dass er sie jeden Moment entdeckte.

Das Donnern des Wasserfalls war leiser geworden, sie entfernten sich allmählich von der Klamm. Die beiden Männer stiegen über Wurzeln umgestürzter Bäume und über wirres Gestrüpp weiter bergauf. Christine hatte keine Ahnung, wie lange sie den beiden schon folgte oder wohin Rimbar wollte.

Irgendwann traten sie unter den dichten Bäumen hervor, und auch Christine gelangte wenig später an dieselbe Stelle. Es war ein atemberaubender Anblick, der sich ihr bot. Zugspitze, Alpspitze, Hochwanner und Teufelsgrat, die höchsten Erhebungen des Wettersteins, strahlend weiße Gipfel, die sich gegen den stahlblauen Himmel abhoben.

Nach einem kurzen andächtigen Moment ging sie weiter. Der Weg, den Rimbar verfolgte, wurde stetig steiler. Bald schon gab es nur noch Felsen und niedrige Büsche, die ihr Deckung boten, aber sie kehrte nicht um. Sie war fest entschlossen, Jeremias Rimbar zu besiegen.

32

»Was ist? Geh weiter!«, rief Jeremias, als Rick abrupt stehen blieb.

»Gleich, nur einen Augenblick, bitte.« Rick atmete betont schwer. Er hatte bemerkt, dass Christine ihnen folgte. Ihr rotes Mieder hatte sie verraten, als sie sich hinter einem Busch verbergen wollte. Er war nicht sicher, ob auch Jeremias sie gesehen hatte, aber so wachsam, wie er sich verhielt, musste er davon ausgehen.

»Weiter!«, befahl der Bürgermeister.

Rick widersetzte sich nicht länger. Noch sah er keine Möglichkeit, Jeremias zu entkommen. Es wäre sinnlos, seine Energie für einen Fluchtversuch ohne Erfolgsaussichten zu verschwenden.

Als sich der Weg wie ein Pfeil über die Steilwand hinauf zum Gipfel zog, schien Jeremias am Ziel zu sein. Karwendel und Wetterstein im Süden, im Tal türkisfarbene Seen, umgeben von Sommerwiesen, das war also die Kulisse für den letzten Moment seines Lebens. Solange Jeremias hinter ihm stand, hatte Rick keine Möglichkeit, diesen Moment hinauszuzögern oder ihm zu entkommen. Er musste sich erst in eine bessere Position bringen.

Eine Flucht über die Steilwand war unmöglich. Ohne Seil würde er in den Tod stürzen. Die Westwand dagegen bot sich als Ausweg schon eher an. Sie war flacher, mit buschigen Kiefersträuchern bewachsen und mehreren Felsvorsprüngen, die einen Fall möglicherweise abbremsen würden.

»Achim Müllers Hoffnung, seine Wanderung mit mir unbeschadet zu überstehen, war auch vergeblich.« Jeremias ahnte, dass Rick nach einem Rettungsanker in der Steilwand suchte.

»Schwabes Freund, der vor fünfzehn Jahren entlassen wurde? War er der Bergsteiger, den du angeblich retten wolltest?«

»Er hätte nur einen Bogen um Sinach machen müssen, um den Rest seines Lebens in Frieden zu verbringen. Genau wie du und die kleine Weingard. Stattdessen zwingt ihr mich, etwas zu tun, was mir wirklich nahegeht. Ich wünschte, ich könnte wenigstens an Bettis Tochter eine partielle Gedächtnislöschung vornehmen, um sie aus dem Kreis der Mitwisser auszuschließen«, spielte Rimbar den Verzweifelten, den die Umstände zum Morden zwangen. »Vielleicht sollten wir es versuchen. Ich habe da mal einen Film gesehen, ›Men in Black‹, da klappte das mit der Gedächtnislöschung ganz wunderbar. – Kommen Sie, Christine, probieren wir es aus!«, rief er, drehte sich um und starrte auf die kleine Kiefer, hinter der sie sich verbarg.

Auf den Moment hatte Rick gewartet. Er bückte sich, umfasste den schweren Ast, den er zuvor auf dem Boden ausgemacht hatte, holte aus und schlug ihn mit voller Wucht gegen Jeremias' Kniescheiben. Der Schlag nahm dem sonst so toughen Mann die Luft. Es dauerte einen Moment, bis er laut aufschrie und schließlich zusammensackte. Rick rannte sofort los.

»Vergiss es!«, brüllte Jeremias, der auf dem Boden lag und seine Pistole noch immer umschlossen hielt. Er ignorierte das Pochen in seinen Knien, drehte sich auf den Bauch und spannte den Hahn.

Ein dumpfer Knall fing sich als Echo zwischen den Gipfeln, gleichzeitig spürte Rick einen Stich an seinem linken Knöchel, der ihn sofort zu Boden warf.

Jeremias hatte sich erholt. Er war schon wieder aufgesprungen. Nur ein paar Schritte, dann baute er sich breitbeinig über Rick auf. »Gib auf, Linden«, sagte er und trat ihm mit der Spitze seines Stiefels in die Seite.

Rick zwang sich, gleichmäßig zu atmen. Er durfte den Schmerz nicht zulassen. Ungefähr zehn Meter neben sich den Hang hinunter konnte er einen mit dichten Sträuchern bewachsenen Felsvorsprung erkennen. Zehn Meter waren keine allzu große Höhe. Der beste Weitspringer schaffte über acht Meter, der beste Stabhochspringer mehr als sechs, aber er würde noch nicht einmal springen müssen, sondern sich einfach fallen lassen.

»Deine Zeit ist vorbei! Zu dumm, dass auch du dem unbekannten Killer vom Denningerhof zum Opfer fallen wirst.« Um Christine einzuschüchtern, feuerte Jeremias einen Schuss in ihre Richtung ab.

»Hör mir zu, Jeremias! Verdammt noch mal, hör mir zu!«, versuchte Rick die Aufmerksamkeit seines Peinigers auf sich zu lenken. Aber Jeremias schien die Geduld auszugehen, er hatte sich nicht mehr in der Gewalt und handelte unüberlegt. Das machte ihn unberechenbar.

»Klappe!« Jeremias holte erneut aus und trat so heftig zu, dass Rick vor Schmerz der Schweiß auf die Stirn trat.

»Ich muss dir noch etwas sagen!«, versuchte Rick zu ihm durchzudringen.

»Ich will nichts hören!« Er stellte sich mit einem Bein auf Ricks Unterschenkel, mit dem anderen trat er zu, gegen seine Nieren, seine Arme, seine Brust.

Instinktiv spannte Rick die Muskeln an, um seine Knochen zu schützen. Er hob die Arme, damit sein Kopf kein leichtes Ziel bot, aber schließlich wurde ihm doch schwarz vor Augen. Er kämpfte dagegen an, richtete sich trotz der Pistole, mit der Jeremias auf ihn zielte, auf, aber das hatte nur zur Folge, dass dieser gar nicht mehr von ihm abließ. Er war berauscht von seiner eigenen Wut, von der Gewalt, die von ihm ausging.

»Lauf weg, Christine, leg dich nicht mit ihm an!«, schrie Rick, als er kurz zur Besinnung kam und Jeremias wieder in ihre Richtung feuerte, um sie fernzuhalten.

»So weit kann sie gar nicht laufen, dass ich sie nicht mehr kriege. Erspare uns dein sinnloses Gequatsche.«

»Jeremias –«

»Sei still, ich habe dich so satt, Linden. Diese ständige Bedrohung durch dich muss endlich vorbei sein. Schöne Grüße an Amata!« Diesmal trat er so fest zu, dass Rick sich nicht mehr halten konnte. Widerstandslos rutschte er die paar Meter zum Abhang, dann fiel er.

Seine Angst war verschwunden. Sein Leben spulte sich wie ein Film rückwärts vor seinem inneren Auge ab. Er begann mit dem Sturz den Abhang hinab, dann flackerten wie Blitzlichter die für ihn wichtigen Stationen seines Lebens auf. Seine Auftritte, Johann, die Toskana, der Brand auf dem Denningerhof, Amata, die Klavierstunden bei Irma. Er spielte auf der Wiese vor dem Lindenhof, lag in einer Wiege und verlor sich schließlich in einem hellen türkisfarbenen Licht.

Als Jeremias über den Abgrund schaute, sah er Rick regungslos auf einem von Kiefernbüschen bewachsenen Felsvorsprung liegen. »Ruhe in Frieden«, murmelte er, hob eine Hand voll Kieselsteine auf und ließ sie in die Tiefe rieseln. »Sie können sich nun von ihm verabschieden, Christine!«, rief er und wandte sich ihr zu.

Sie stand nicht weit von ihm entfernt und sah über den Abgrund hinweg. Als sie aufschaute, konnte er die Tränen in ihren Augen sehen. Plötzlich machte sie auf dem Absatz kehrt und rannte bergab in den Wald zurück.

»Verfluchte Scheiße!«, brüllte er, als er ihr nachjagen wollte, aber seine Knie einfach wegsackten. Mühsam stützte er sich auf einen Felsen. Das Adrenalin, das durch seine Adern pumpte, als er Rick erledigte, hatte ihn seine verletzten Knie vergessen lassen. Nun war der Schmerz zurückgekehrt. Widerwillig musste er sich damit abfinden, der kleinen Weingard nicht gleich folgen zu können. Egal, er würde sie schon einholen, schließlich kannte er jede Abkürzung hinunter ins Tal. Er musste nur ein paar Minuten Kraft schöpfen.

Bevor er sich aufmachte, ließ er seinen Blick über die Gipfel schweifen. Er liebte die Berge, ihr Anblick würde ihm die innere Ruhe wiedergeben. Als er gegen die Sonne blinzelte, glaubte er, eine leblose Gestalt an einem Gipfelkreuz baumeln zu sehen. Die Gestalt sah aus wie Karl Borgrieder.

33

Schon eine halbe Stunde war Christine durch den Wald gelaufen. Immer wieder blieb sie stehen und horchte auf die Geräusche, die zu ihr durchdrangen. Das Klopfen eines Spechts, das Rascheln des Laubes, Äste, die im Wind gegeneinanderschlugen. Sie hatte keine Ahnung, wo sie war, sie hatte nicht auf den Weg geachtet. Sie lief einfach bergab, weil sie hoffte, irgendwann auf eine Straße zu treffen, die es ihr erlaubte, sich zu orientieren. Sie musste ins Dorf zurück, sich Amatas Ring sichern und danach der Polizei erzählen, was ihr angesehener Bürgermeister getan hatte.

Als sie das Rauschen des Wasserfalls vernahm, das nun stetig lauter wurde, wusste sie, dass sie auf dem richtigen Weg war. Der Bachlauf unterhalb des Falles würde ihr den Weg ins Dorf weisen. Es dauerte nicht lange, und sie hatte die Klamm erreicht. Sie wollte schon über den Baumstamm auf die andere Seite balancieren, als sie Rimbar entdeckte. Er stand weiter oben neben dem Wasserfall, lehnte an einer mächtigen Buche und massierte seine Knie. Als er ein paar Schritte weiterging, bemerkte sie, dass er humpelte. Sie hatte keine Ahnung, ob er sie gesehen hatte oder nicht, aber eins war klar: Der Vorteil war auf ihrer Seite, denn sie war unverletzt.

Sie suchte in ihrer Jeanstasche nach einer Haarspange, drehte ihr Haar zu einem Knoten und befestigte es am Hinterkopf. Sie brauchte freie Sicht. Bewusst atmete sie ein und aus, dann richtete sie ihren Blick auf den Wasserfall und lief los. Die dicht stehenden Bäume und das verzweigte Gestrüpp, das bis an die Felsen der Klamm reichte, dienten ihr als Sichtschutz.

Schnell hatte sie den schmalen Vorsprung erreicht, über den das Wasser in die Tiefe stürzte. Sie schaute sich noch einmal um, konnte Rimbar aber nicht mehr entdecken. Erst als sie weiterging, flogen plötzlich ein paar Kieselsteine über sie hinweg. Dann sah sie ihn. Er rutschte den Hang neben dem Wasserfall hinunter, hielt sich an Ästen und Zweigen fest und beobachtete sie. Nur noch wenige Meter, und er würde bei ihr sein. Sie konnte schon den Triumph in seinen Augen erkennen.

»Vergiss es, du Bastard!«, schrie sie, trat auf die feuchten Felsen der Klamm und machte sich an den Abstieg.

Das aufspritzende Wasser und das Getöse des Falls hüllten sie ein. Rimbar würde ihr auf diesem Weg nicht folgen können. Sie rutschte ein paarmal aus, verfiel aber nicht in Panik und fand sofort wieder Halt. Ihr Wille, ihrem Verfolger zu entkommen und ihn für seine Taten zur Rechenschaft zu ziehen, war größer als jede Angst.

Als sie das Auffangbecken erreichte, ließ sie sich ins Wasser fallen, schwamm ans Ufer und folgte dem Bachlauf weiter ins Tal. Nicht ein einziges Mal drehte sie sich noch um, es hätte ihre Flucht nur verzögert. Sie musste sich nicht mehr vergewissern, wo Rimbar war. Sie wusste, dass sie schneller war als er. Die Äste und Zweige, die sie streiften, die Steine und Wurzeln, über die sie immer wieder kurz stolperte, nichts konnte sie mehr aus dem Tritt bringen. Sie empfand keine körperlichen Schmerzen, weil der Schmerz in ihrer Seele es nicht zuließ. Erst als sie die Straße erreichte und sie darauf hoffen konnte, bald auf andere Menschen zu treffen, die ihr halfen, löste sich der Schock, der sie in den letzten Stunden im Griff gehabt hatte. Trauer überflutete sie.

»Verzeih mir, Rick«, flüsterte sie, während die Tränen über ihre Wangen liefen. Ihre Suche nach der Vergangenheit hatte ihm und Georg Denninger das Leben gekostet.

Als ihr schwindlig wurde, setzte sie sich auf den nächsten Begrenzungsstein. Sie hatte den ganzen Tag noch nichts getrunken und war körperlich an ihre Grenzen gegangen. Die Bäume, die Straße, das kleine rote Auto, das neben ihr anhielt, alles verschwamm vor ihren Augen, löste sich auf in einem Nebelschleier.

»Christine? Christine Weingard? Bitte, so sagen Sie doch etwas! Was ist denn mit Ihnen?«, hörte sie jemanden wie aus großer Ferne rufen.

»Leni?«, flüsterte sie, als sie die Stimme erkannte und kurz aufschaute.

»Kommen Sie, ich werde mich um Sie kümmern. Sie sehen arg mitgenommen aus«, stellte Leni besorgt fest und half Christine auf den Beifahrersitz des roten Twingo. »Ich bringe Sie zuerst ins Krankenhaus nach Sinach, bevor ich den Einkauf heimbringe. Ich war gerade für meine Mama in Garmisch im Supermarkt, deshalb bin ich hier vorbeigekommen«, plauderte das Mädchen munter drauflos, weil es hoffte, die Fotografin auf diese Weise wach zu halten.

»Du darfst niemandem sagen, dass du mich gesehen hast. Versprich es mir«, bat Christine. Wenn Rimbar herausfand, dass sie halb ohnmächtig und wehrlos irgendwo herumlag, würde das ihr Ende bedeuten.

»Ja doch, ich verspreche es.«

»Du musst …« Du musst die Bergwacht alarmieren, damit sie nach Rick suchen, hatte Christine eigentlich sagen wollen. Sie spürte auch, wie sich ihr Mund bewegte, aber die Worte brachte sie nicht mehr hervor. Dann wurde es dunkel.

»Frau Weingard!«, rief Leni. »Mei, jetzt ist sie ohnmächtig geworden.«

34

»Die Gundi gibt uns gleich die Ehre«, verkündete Josef Kreitmüller, der mit drei Leberkässemmeln ins Polizeirevier kam. »Ich habe sie gerade beim Metzger getroffen. Sie wollte dich etwas Wichtiges fragen, Chef.«

»Mich?«

»Freilich dich, hier, mit extra scharfem Senf, wie du es magst.« Kreitmüller drückte Franz Burger eine der Semmeln in die Hand. »Ohne Senf, dafür mit Ketchup, den ich mir hart erkämpfen musste. Die Margit, die neue Verkäuferin, hält das Zeug auf dem Leberkäs für eine Sünde.« Schmunzelnd reichte er die dritte Semmel an Toni Renner weiter.

»Egal, mir schmeckt es«, erwiderte der junge Polizist und biss herzhaft zu. »Vor Gundi kommt aber zuerst noch anderer Besuch«, verkündete er, als er von seinem Schreibtisch aus auf die Straße blickte.

»Wer ist es denn?«, fragte Kreitmüller, aber da wurde auch schon die Tür geöffnet. Er und Toni hörten gleichzeitig auf zu kauen, um mit offenem Mund die Besucherin anzustarren.

Maria Borgrieder trug ein himbeerfarbenes eng anliegendes Minikleid und dazu schwarze hochhackige Pumps, die ihre langen schlanken Beine zur Geltung brachten. Das ebenmäßige Gesicht mit den großen dunkelblauen Augen und das lange blonde Haar taten ihr Übriges, um die beiden jungen Männer ins Reich der Träume zu versetzen. Eine leichte Röte legte sich auf Kreitmüllers Gesicht und zog sich bis hinauf in seine krausen Locken, während Toni Renner verlegen in sich hineinlächelte.

»Was können wir für dich tun, Maria?«, wandte sich Burger an die Frau des Apothekers. Eine schöne Frau brachte ihn nicht mehr so leicht aus der Fassung wie seine beiden jüngeren Kollegen.

»Karl wollte gestern zu einem Klassentreffen in die Stadt, ist aber dort nicht aufgetaucht. Ein ehemaliger Klassenkamerad hat mich deshalb gerade angerufen. Gab es irgendwo einen Unfall?«

»Mir ist nichts bekannt.« Burger wunderte sich, dass sich Maria überhaupt um ihren Mann sorgte. Sonst genoss sie doch jeden Tag ohne ihn.

»Vielleicht wollte er gar nicht zum Klassentreffen, sondern nur in die Stadt, um sich irgendwo zu amüsieren«, warf Kreitmüller ein. Der duldsame Apotheker tat ihm schon seit Langem leid.

»Hoffentlich hast du recht.« Maria schien nur allzu gern seiner Vermutung zuzustimmen. »Warum ich aber eigentlich da bin: Jeremias ist nicht im Rathaus, und zu Hause kann ich ihn auch nicht erreichen. Wisst ihr, wo er ist?«

»Ruf ihn an, dann erfährst du, wo er ist«, schlug Burger vor. In seiner Stimme schwang Verärgerung mit. Es gefiel ihm nicht, dass Maria sich mehr Gedanken um den Bürgermeister machte als um ihren Mann.

»Ich habe ihn mehrfach angerufen, aber er meldet sich nicht, nicht mal auf seinem Handy.«

»Jeremias geht schon nicht verloren. Vermutlich will er nach der gestrigen langen Nacht nur ein bisschen Ruhe haben.«

»Du würdest mir doch sagen, wenn irgendetwas mit ihm wäre, oder?«

»Wenn etwas mit ihm wäre, dann würde ich Barbara informieren.«

»Und du, du weißt auch nicht, wo dein Onkel steckt?«, versuchte sie es bei Toni Renner.

»Wahrscheinlich will er sich wirklich nur von der Aufregung erholen. Soll ich ihn anrufen?«

»Das lässt du schön bleiben. Wir sind schließlich nicht die *polizia d'amore*«, gebot Burger dem Versuch Einhalt. Er wollte sich nicht ausmalen, wie Jeremias reagieren würde, wenn sie ihn in Marias Auftrag suchten. Er hatte bestimmt seine Gründe, sich nicht zu melden.

»Dann gehe ich eben wieder.« Mit schwingenden Hüften verließ Maria das Revier. Sie hatte verstanden, dass sie hier nicht weiterkam.

»Ja mei«, seufzte Toni Renner mit einer Intensität, die wohl vielem geschuldet war. Marias Attraktivität, der Bewunderung für seinen Onkel, der sich einfach alles erlauben durfte, und dem

Bedauern für seine Tante Barbara, die von allem wusste, aber trotzdem schwieg.

»Mahlzeit!«, rief Gundi Moosbacher kurze Zeit später, als sie hereinmarschierte und die drei Polizisten beim Vertilgen ihrer Leberkässemmeln erwischte.

»Was hast du auf dem Herzen, Gundi?«, fragte Burger.

»Du warst doch gestern auf dem Denningerhof. Ich meine, nach dem Brand?« Gundi stellte ihren vollen Einkaufskorb auf Burgers Schreibtisch und schüttelte die weiße Schürze aus, die sie über dem blauen Dirndl trug.

»Was willst du wissen, Gundi?«

»Also, wie soll ich es sagen?«, druckste sie herum, trat von einem Fuß auf den anderen, rieb die Spitzen ihrer klobigen schwarzen Schuhe aneinander und runzelte nachdenklich die Stirn. »Hast du vielleicht irgendwo einen großen braunen Umschlag gefunden?«, überwand sie schließlich ihre Hemmungen.

»Geh, Gundi, dort hat es gebrannt, da hat kein Umschlag überlebt.«

»Dann ist es also hin«, seufzte sie.

»Was denn?«

»Na, der Umschlag halt.«

»Was war denn drin?«

»Privat, ich mag nicht darüber reden.«

»Verstehe, also privat«, wiederholte Burger amüsiert.

»Denkst du vielleicht, wir Alten haben keine Geheimnisse mehr?«

»Doch, schon. Ich habe ja nichts gesagt.«

»Gut, es geht dich auch gar nichts an. Hast du eine Ahnung, wo unser Bürgermeister steckt?«

»Nein, habe ich nicht. Du bist schon die Zweite, die heute nach ihm fragt.«

»Hast du was von Rick und dem Madl gehört?«

»Auch nicht.«

»Weißt du eigentlich, dass das Madl die Tochter von der Lachner Betti ist?«

»Ja, Gundi, das weiß ich.«

»Machst du dir keine Gedanken, wo sie sein könnte?«
»Doch, Gundi, ich mache mir Gedanken.«
»Und warum unternimmst du dann nichts, um sie zu finden?«
»Sie ist erwachsen. Es gibt keinen Hinweis, dass sie sich in Gefahr befindet, und sie muss sich bei uns auch nicht abmelden. Bist du jetzt fertig mit deinem Verhör? Normalerweise ist es meine Aufgabe, die Leute zu verhören, nicht deine.«
»Wenn du freiwillig nichts sagst«, ließ Gundi Moosbacher sich nicht abweisen. »Im Dorf erzählen sich die Leute schon, dass der Georg ermordet wurde. Stimmt das?«
»Was erzählen sich die Leute denn sonst noch?«
»Dass jemand bei ihm war, den sie auch umgebracht haben.«
»Interessant, kannst du mir vielleicht auch schon einen Mörder präsentieren? Ich meine, wenn die Leute sowieso schon alles wissen.«
»Der Rick und das Madl waren es jedenfalls nicht, das kannst du schon mal festhalten.«
»Aber sie waren auf dem Denningerhof.«
»Richtig, und das könnte bedeuten, dass sie vielleicht was beobachtet haben, was sie nicht hätten beobachten sollen. Hast du schon in Erwägung gezogen, dass die beiden in Gefahr sein könnten. Oder Schlimmeres, dass sie am Ende gar schon …«
»Es gibt keinen Hinweis darauf, dass ihnen etwas zugestoßen sein könnte, lass das Spekulieren, Gundi. Ich versichere dir, wir ermitteln in jeder Richtung.«
»Beeil dich mit deinen Ermittlungen, Franz. Weißt du, wenn die Gewalt erst mal angefangen hat, dann baut sie sich auf, bis sie alles gefressen hat, was bis dahin nur im Verborgenen vegetiert hat«, philosophierte sie.
»Jetzt übertreibst du aber, Gundi.« Toni Renner schüttelte lachend den Kopf.
»Ein Bub wie du hat noch keine Ahnung von solchen Dingen, aber irgendwann wirst du begreifen, was ich damit gemeint habe, Toni. Genug geredet, hier sind ein paar Vitamine für die Herren.« Sie legte drei Äpfel auf Burgers Schreibtisch, nickte den Polizisten noch einmal freundlich zu und machte sich dann mit ihrem Einkaufskorb davon.

»Wieso sorgt sie sich so um die Frau und den Rick?«, wunderte sich Toni Renner.

»Gundi sorgt sich um jeden im Dorf«, antwortete Burger.

»Schon, aber die beiden sind doch gar keine Sinacher.«

»Doch, das sind sie. Rick ist hier geboren, und Christine Weingards Familie hat lange in Sinach gelebt. Sie gehören zu uns«, widersprach Kreitmüller seinem jüngeren Kollegen.

»Peining schreibt, dass die Unterlagen des Gefängniszahnarztes Manni Schwabes Identität bestätigen.« Burger starrte auf die E-Mail, die er gerade aus der Gerichtsmedizin erhalten hatte. Schade, dachte er, als er las, dass Luitpolds Aktenstudium ergeben hatte, dass damals bei der unbekannten Toten in Denningers Scheune kein Ring gefunden worden war.

35

Am späten Nachmittag parkte Jeremias seinen Lamborghini vor dem Rathaus. Er hatte fast zwei Stunden gebraucht, um die Hochwiese zu erreichen, auf der er am Morgen mit der Cessna gelandet war. Maria hatte schon einige Male versucht, ihn auf seinem Handy zu erreichen, aber er hatte sie ignoriert. Zu Hause hatte er erst einmal seine Knie verarztet und sie mit Coolpack und Salbe behandelt. Danach war er im Gasthaus seines Schwagers eingekehrt, um herauszufinden, worüber im Dorf gesprochen wurde. Die Leute erzählten, dass Denninger und der andere Tote, den die Feuerwehr in der Ruine des Hofes gefunden hatte, erschossen worden waren. Näheres hatte aber noch niemand herausgefunden. Von Rick und Christine Weingard keine Spur. Das zumindest war erst einmal eine gute Nachricht. Es blieb ihm also noch Zeit, das kleine Miststück zu finden. Er beschloss, Franz Burger einen Besuch abzustatten, um sich zu erkundigen, wie weit die Ermittlungen im Fall Denninger fortgeschritten waren.

Burgers BMW stand vor dem Polizeirevier. Jeremias war gespannt, wie Sinachs leitender Kommissar ihn empfangen würde. Auch wenn die Leute im Dorf noch ahnungslos waren, konnte er nicht ausschließen, dass der Polizei inzwischen Erkenntnisse vorlagen, die sich nachteilig für ihn erweisen könnten.

»Grüß Gott, meine Herren, irgendwelche Neuigkeiten?«, fragte er, als er scheinbar locker und entspannt das Revier betrat.

»Was hast du denn gemacht?« Toni Renner hatte gesehen, dass sein Onkel humpelte.

»Nur das Knie verdreht.«

»Wenn du für irgendetwas Hilfe brauchst, dann sagst du mir aber Bescheid.«

»Toni, es ist gut, ich bin kein Invalide.«

»Freilich nicht, Onkel Jeremias«, antwortete Toni kleinlaut.

»Es gibt tatsächlich Neuigkeiten.« Franz Burger beobachtete

Jeremias, der auf dem Besucherstuhl vor seinem Schreibtisch Platz nahm.

»Ich höre.«

»Zudem gab es einige Suchanfragen dich betreffend. Wo warst du den ganzen Tag?«

»Ich weiß zwar nicht, was dich das angeht, aber die Geschäfte gehen weiter trotz der tragischen Ereignisse. Ich war mit der Cessna on Tour. Ein Rundflug hat schon so manchen unentschlossenen Investor überzeugt«, erklärte Jeremias lächelnd. Es war besser zuzugeben, dass er mit dem Flugzeug unterwegs gewesen war. So blieben ihm weitere Fragen erspart, sollte die Sinacher Polizei im Laufe ihrer Ermittlungsarbeit auf seinen kleinen Ausflug stoßen. »Also, was ist mit den Neuigkeiten?«, hakte er nach.

»Es gab zwei Opfer auf dem Denningerhof«, klärte Burger ihn auf.

»Das habe ich schon gehört. Es heißt, Georg und der zweite Mann seien erschossen worden.«

»Der zweite Mann war Manni Schwabe.«

»Schwabe, tatsächlich? Das ist wirklich eine Neuigkeit. Was wollte der Kerl denn von Denninger?«, gab sich Jeremias überrascht.

»Das wissen wir noch nicht. Aber eins haben wir bereits geklärt.«

»Und das wäre?«

»Wir dachten zunächst, Georg und Schwabe hätten sich gegenseitig umgebracht.«

»Haben sie nicht?« Jeremias' Verblüffung war diesmal nicht gespielt. Sein Arrangement schien nicht ganz so perfekt gewesen zu sein, wie er geglaubt hatte.

»Wir sind davon überzeugt, dass noch eine dritte Person im Spiel gewesen sein muss«, fuhr Burger fort.

»Irgendein Hinweis, wer diese Person sein könnte?«

»Bisher nicht. Aber mich beschäftigt noch etwas anderes. Ich denke, dass die unbekannte Tote in Denningers Scheune möglicherweise etwas mit dem Geldraub von 1982 zu tun hatte.« Auch wenn sie bei der Frau keinen Ring gefunden hatten, würde er seinen Verdacht nicht gleich aufgeben.

»Wie kommst du darauf?«

»Ricks Geschichte über den Geldrucksack, Schwabes Besuch auf dem Denningerhof – und jetzt kommt das Interessanteste –, auf Denningers Hof hat zu jener Zeit eine gewisse Judith Bischoff gearbeitet, die aus demselben Dorf wie Schwabe stammte. Es könnte doch sein, dass sie die unbekannte Tote war und mit Schwabe gemeinsame Sache gemacht hat.«

»Eine gewagte Vermutung. Nur weil sie aus demselben Dorf stammte wie dieser Geldräuber, muss sie nicht ebenso kriminell sein.« Er hatte es befürchtet. Irgendwann würde Burger den Scheunenbrand mit den Morden verbinden. Er war einfach ein zu guter Spürhund.

»Aber an einen Zufall will ich auch nicht wirklich glauben. Leider konnte ich keine Verwandten von Judith Bischoff ausmachen, die mir etwas über ihren Verbleib hätten sagen können«, legte Burger nach. »Kanntest du sie?«

»Flüchtig. Soweit ich mich erinnere, hatte sie damals bei Denninger gekündigt und war weitergezogen. Was bedeutet, dass du auf dem Holzweg bist. Aber mal angenommen, die Frau, wer auch immer sie war, gehörte zu den Räubern, wo hat sie dann das Geld hingeschafft?« Jeremias musste wissen, welche Phantasien noch im Kopf des Kommissars herumgeisterten.

»Vielleicht hat sie es nur in die Scheune gebracht und dort gelagert?«

»Und wer hat es geholt? Ein vierter Täter? Am Ende läuft es noch auf eine ganze Bande hinaus.« Vielleicht war es keine so schlechte Idee, die Sache ins Absurde zu steigern, dachte Jeremias.

»Nein, es gab nur drei Täter«, meldete sich Toni Renner zu Wort. »Schwabe und Müller haben den Geldtransporter ausgeräumt, die Frau hat das Geld auf dem Denningerhof versteckt. Sie wollte in der Scheune übernachten und wurde von dem Brand überrascht. Achim Müller kam nach fünfzehn Jahren frei und suchte nach der Beute, aber vergeblich. Als nun Schwabe entlassen wurde, machten sie sich erneut auf die Suche, dieses Mal auch in Denningers Haus. Sie wurden von dem alten Mann überrascht. Im Handgemenge fielen Schüsse, nur Müller überlebte und konnte fliehen.«

»Großartig, Toni, Respekt«, lobte Jeremias seinen Neffen überschwänglich.

»Ich muss deinem Onkel recht geben, eine beeindruckende Theorie«, stimmte Franz Burger Jeremias zu.

»Gründliches Aktenstudium, so habe ich es auf der Polizeischule gelernt«, entgegnete Toni stolz.

»Gut gemacht.« Josef Kreitmüller klopfte dem jungen Mann grinsend auf die Schulter. »Bleibt noch die Frage, wer der Mann war, den Rick im Keller gesehen hat?«

»Denninger?«

»Deine Kombinationsgabe in allen Ehren, Junge, aber das führt nun doch zu weit. Denninger solltest du nicht beschuldigen«, hielt Jeremias sofort dagegen. Franz Burger würde nichts auf den Alten kommen lassen, und er sollte ihn besser in dieser Einstellung unterstützen. Die Idee mit dem zurückgekehrten Achim Müller war zugegebenermaßen grandios. Die hätte glatt von ihm stammen können.

»Tut mir leid, da bin ich wohl übers Ziel hinausgeschossen.« Toni Renner schaute verschämt zu Boden, weil nicht nur sein Onkel, sondern auch Burger und Kreitmüller ihn kopfschüttelnd ansahen.

»Gibt es schon eine Nachricht über den Verbleib von Rick und seiner Begleiterin?«, wagte Jeremias nun seine wichtigste Frage zu stellen.

»Wir haben noch nichts von ihnen gehört«, antwortete sein Neffe.

»Es gibt also keine Erkenntnisse darüber, ob sie vielleicht etwas mit den Morden draußen auf dem Hof zu tun haben?«

»Wir ermitteln in jeder Richtung, Onkel Jeremias«, wiederholte Toni Renner, was er zuvor von Franz Burger gehört hatte.

»Dann haltet mich auf dem Laufenden«, verabschiedete sich Jeremias. Noch war alles in Ordnung für ihn. Christine Weingard hatte sich bislang nicht bei der Polizei gemeldet, jedenfalls nicht in Sinach. Vielleicht durfte er bald die verheißungsvolle Möglichkeit in Betracht ziehen, dass sie ihre mutige Klettertour nicht überlebt hatte und längst im Wildbach Richtung Tal rauschte. Welch ein wundervoller Gedanke. Er lächelte.

»Vielleicht schaust du mal nach Maria!«, rief Burger ihm noch nach, als er schon an der Tür war.

Aber Jeremias machte nur eine abwehrende Handbewegung. Die Frau des Apothekers war im Moment nebensächlich. Es gab Wichtigeres.

»Chef, die Spusi.« Toni Renner war zuerst am Telefon, als es läutete.

»Burger hier, was gibt es? – Das ist nicht wahr, oder? Kein Zweifel? – Danke, gute Arbeit«, lobte er seinen Kollegen von der Spurensicherung und legte auf.

»Was ist?«, fragten Kreitmüller und Renner wie aus einem Mund.

»Der Brand auf dem Denningerhof wurde durch eine Öllampe verursacht«, verkündete Burger noch immer verblüfft.

»Hatte Denninger nicht die alte Lampe, die damals für den Scheunenbrand verantwortlich war, neben dem Kamin hängen?« Kreitmüller kratzte sich verunsichert am Kopf. Der Gedanke schien ihm geradezu verwegen.

»Richtig, genau diese Lampe war es. Warte kurz.« Das Telefon läutete erneut. Dieses Mal war es Luitpold Peining. »Grüß dich, mein Lieber, hast du etwas für mich?«, fragte Burger. »Was soll das sein? – Aha, verstehe, aber schon recht merkwürdig. – Sicher, alles klar. Danke schön.«

»Jetzt spann uns nicht auf die Folter!« Kreitmüller war neugierig, was Burger als Nächstes von dem Gerichtsmediziner erfahren hatte.

»Luitpold hat in den Akten über den Scheunenbrand von 1982 auf dem Denningerhof gestöbert. Er ist in dem Zusammenhang auf eine *secret bullet* gestoßen, wie er das nennt.« Burger spielte sichtlich nervös mit dem Kugelschreiber, den er in der Hand hielt.

»*Secret bullet*? Was meint er damit?«, fragte Toni Renner.

»Nach dem Brand damals wurde eine Kugel auf dem Gelände der Scheune gefunden. Niemand hatte eine Erklärung dafür, sie wurde einfach mit dem Bericht über die beiden Opfer abgelegt. Weder die kleine Lachner noch die unbekannte Tote war auf Schussverletzungen hin untersucht worden. Zumindest gibt es keine Unterlagen darüber. Was Luitpold allerdings auch nicht wirklich verwundert, da die Todesursache für alle Beteiligten offensichtlich war.«

»Geh, was für eine Schlamperei«, entrüstete sich Renner.

»Jim Morrison wurde nach seinem Tod auch nicht obduziert, weil alle die Todesursache zu kennen glaubten«, erinnerte Kreitmüller an den Sänger der Doors.

»Jim wer?«

»Vergiss es, Kleiner.« Kreitmüller warf dem Kollegen einen mitleidigen Blick zu.

»Der damalige Gerichtsmediziner ist eine Woche nach dem Brand in Pension gegangen. Vielleicht wollte er den Fall einfach beenden«, versuchte Burger eine Erklärung.

»Passt die Kugel denn zu denen, die Peining bei Denninger und Schwabe gefunden hat?«, fragte Kreitmüller.

»Nein, leider gibt es da keine Übereinstimmung.«

»Dann bleibt sie also eine *secret bullet.*« Enttäuscht wischte Kreitmüller mit dem Ärmel seiner Uniformjacke über den Monitor des Computers.

»Chef«, brach Toni Renner das Schweigen, »ich würde gern bei der Mama im Krankenhaus vorbeischauen. Wäre es möglich, dass ich kurz verschwinde?«

»Sag ihr einen schönen Gruß.«

»Danke, Chef.«

36

»Wo bin ich?«, fragte Christine, als sie wieder zu sich kam. Sie betastete die frisch gestärkte Bettwäsche, betrachtete die sonnengelbe Wand mit den gerahmten Zeichnungen von Karwendel und Wetterstein.

»Im Krankenhaus«, antwortete Leni. Das Mädchen saß auf einem Stuhl neben dem Bett und hörte über Kopfhörer mit seinem Handy Musik.

»Was ist passiert?« Christine versuchte sich zu erinnern, ob sie auf dem Weg ins Tal gestürzt war und sich vielleicht den Kopf angeschlagen hatte.

»Ihnen geht es gut. Sie waren nur ein bisschen dehydriert, hat die Frau Doktor gesagt.« Leni schaltete die Musik aus und packte die Kopfhörer in ihre Handtasche.

»Hast du jemandem gesagt, wer ich bin?«

»Nein, niemand kennt Ihren Namen. Der Frau Dr. Mechner, die Sie versorgt hat, habe ich erzählt, dass Sie eine Freundin von mir sind und Sie Ihr Portemonnaie mit Ausweisen und Chipkarten beim Klettern verloren haben. Ich habe Sie gebeten, mir die Rechnung für die Behandlung zu schicken. Sie hat mich nur gefragt, ob Sie gegen Tetanus geimpft sind.«

»Bin ich.«

»Gut, dann sagen Sie ihr das, wenn sie gleich wieder nach Ihnen schaut.«

»Sie hat dir sonst keine Fragen gestellt?«, wunderte sich Christine.

»Geh, ich bin doch die Tochter vom Kommissar. Ich hab einen Vertrauensbonus«, entgegnete Leni mit unschuldigem Lächeln.

»Wie lange bin ich schon hier?«

»Etwa drei Stunden. Die Frau Doktor hat Ihnen eine Infusion gesetzt und ein leichtes Beruhigungsmittel verabreicht.«

»Warst du so lange bei mir?«

»Schon, weil Sie doch nicht wollten, dass jemand von Ihrem

Aufenthalt im Krankenhaus erfährt. Deshalb habe ich Wache gehalten, bis Sie selbst wieder auf sich aufpassen können.«

»Danke, Leni.«

»Eine Viertelstunde war ich allerdings fort, meinen Einkauf nach Hause bringen.«

»Kann in der Zeit jemand bei mir gewesen sein?« Wusste Rimbar eventuell doch schon, dass sie wieder in Sinach war, und lauerte nur auf den richtigen Moment, ihr etwas anzutun?

»Während ich weg war, war nur die Frau Doktor bei Ihnen und hat Sie versorgt. Ich habe mich extra bei ihr erkundigt, ob sonst noch jemand in Ihrem Zimmer war. Vor wem haben Sie denn solche Angst?«

»Es geht jetzt nicht um meine Ängste, Leni«, wich sie dem Mädchen aus. Sie durfte es nicht zur Mitwisserin machen. Eine unbedachte Bemerkung, und Rimbar würde auch in Leni eine Bedrohung sehen. »Hast du inzwischen die Bergrettung alarmiert?«, sprach sie schnell weiter.

»Wieso die Bergrettung?«

»Sie müssen nach Rick suchen. Hatte ich das nicht gesagt?«

»Nein, vermutlich wollten Sie es, aber dann sind Sie ja ohnmächtig geworden. Was ist mit Rick?«

»Er liegt auf einem Felsplateau.«

»Abgestürzt?«

»Etwa zehn Meter in die Tiefe.«

»Wo genau soll ich die Leute hinschicken?«

»Die nördliche Steilwand oberhalb der Klamm.«

»Alles klar, ich kümmere mich gleich darum. Viel Zeit werden die allerdings nicht mehr haben.« Das Mädchen wandte den Kopf zum Fenster, während es eine gespeicherte Nummer in seinem Telefon aufrief.

Christine ahnte, was Burgers Tochter meinte. Schwarze Wolken türmten sich am Horizont auf. Die ersten Blitze zuckten über die Gipfel hinweg, und in der Ferne donnerte es. Wenn das Gewitter in ihre Richtung zog, war es fraglich, ob die Bergwacht überhaupt noch ausrücken konnte, um Rick zu finden.

»Hallo, Mario, hier ist die Leni. An der Nordwand ist jemand verunglückt. – Wo genau?«, wandte sie sich an Christine. »Westlicher Hang«, wiederholte Leni Christines Antwort. »Irgendwelche Lebenszeichen? – Nein, keine mehr«, informierte sie Mario, als Christine den Kopf schüttelte. »Ich müsste ihm schon sagen, nach wem er suchen soll«, flüsterte sie, während sie mit der Hand das Mikro ihres Handys bedeckte.

»Wird er es für sich behalten?«

»Bestimmt, wenn ich ihn darum bitte.«

»Dann sage es ihm.«

»Mario, hör zu. Ihr sucht nach Rick Linden. – Ja, genau der Rick Linden, aber bitte schön kein Wort zu niemandem. Die Sache läuft ausschließlich über mich. Kann ich mich darauf verlassen? – Super, danke. – Ja, mir geht es gut. – Freilich können wir uns sehen. Morgen Abend? – Okay, ich freue mich. Ciao, Mario.«

»Du bist sicher, dass er Ricks Identität für sich behält?«, hakte Christine nach.

»Der Mario ist für die Koordination der Einsätze bei der Bergwacht verantwortlich. Auf sein Wort kann ich zählen.«

»Wegen des Burger-Bonus, nehme ich an?«

»In diesem Fall eher wegen des Leni-Bonus, der Mario ist mein Freund«, erklärte das Mädchen lächelnd. »Wenn Sie kein Lebenszeichen von Rick entdecken konnten«, wurde Leni auf einmal ernst, »ich meine, das heißt nicht unbedingt, dass er …«

»Sprich es lieber nicht aus«, bat Christine.

»Nein, besser nicht. Wir warten einfach, bis sie ihn finden«, versprach Leni. »Ich müsste mal kurz wohin.« Sie deutete auf das Bad, das zum Krankenzimmer gehörte.

»Hast du vorher noch einen Stift und ein Stück Papier?«

»Leider nicht, aber vielleicht tut es das?« Das Mädchen kramte einen schwarzen Kajalstift und ein unbenutztes Papiertaschentuch aus seiner Jeans.

»Wunderbar, danke.« Während Leni im Bad verschwand, zeichnete Christine den Ring, den sie an Manni Schwabes Finger gesehen hatte. Sie wollte sich ins Gedächtnis rufen, wie er ausgesehen hatte.

»Geht es Ihnen besser?«

Christine fuhr herum. Eine rothaarige junge Frau in weißem

Kittel mit einem Stethoskop um den Hals stand plötzlich vor ihrem Bett.

»Ja, alles bestens«, versicherte Christine ihr.

»Wunderbar, das freut mich. Ich bin Miriam Mechner. Leni hat Sie zu mir gebracht.«

»Das hat sie mir erzählt, danke für Ihre Hilfe. Gegen Tetanus bin ich übrigens erst im letzten Monat wieder geimpft worden.«

»Sehr gut, dann können wir uns eine Auffrischung sparen.«

Eine Krankenschwester schaute ins Zimmer. »Frau Dr. Mechner? Es geht um Frau Renner. Könnten Sie kurz kommen?«

»Ich bin sofort wieder bei Ihnen«, sagte die Ärztin und nickte Christine freundlich zu.

»Keine Eile, mir geht es gut«, entgegnete sie, obwohl ihr gerade der Schreck in die Glieder gefahren war. Toni Renner, Rimbars Neffe, stand im Gang vor ihrem Zimmer. Für den Bruchteil einer Sekunde trafen sich ihre Blicke, und Renner zuckte zusammen. Kein Zweifel, er hatte sie erkannt.

»Du denkst nicht wirklich, dass sie uns glauben, wenn wir Jeremias des mehrfachen Mordes beschuldigen? Zuerst einmal werden sie uns festnehmen«, hörte sie Rick wieder sagen, als er sie davor gewarnt hatte, sich ohne stichhaltige Beweise der Polizei anzuvertrauen. Es gab nur eins, was sie tun konnte, um Jeremias Rimbar zu entkommen.

»Hör zu, Leni, du musst mir helfen«, bat sie leise, als das Mädchen wieder aus dem Badezimmer kam.

37

Jeremias saß im Auto vor seiner Einfahrt, hatte die Arme auf das Lenkrad gelegt und starrte auf die Berge. Es war lange her, dass er sich so hilflos gefühlt hatte, aber Christine Weingard hatte ihn so weit gebracht. Wenn der Wildbach sie nicht ins Tal spülte oder sie irgendwo anders auftauchte, musste er sich mit der Ungewissheit arrangieren. Wenigstens hatte er ihr Handy und somit nicht nur die Bilder vom Tatort, die er möglicherweise noch als Beweis gegen sie einsetzen konnte, mit dem Telefon war er auch in der Lage, sich zu gegebener Zeit bei ihren Freunden und Bekannten nach ihrem Aufenthaltsort zu erkundigen. Irgendjemand wusste immer etwas. Ihre Leica, Amatas Tagebuch und die herausgerissenen Seiten, die er Rick abgenommen hatte, hatte er im Safe unter seinem Bett verstaut. Die Kamera war ein echtes Sammlerstück. Er hatte es nicht fertiggebracht, sie zu entsorgen. Ebenso wie Amatas Aufzeichnungen würde er sie behalten. Allein die Berührung der beschriebenen Seiten löste Erinnerungen in ihm aus.

»Was willst du?«, fragte er genervt, als die Beifahrertür aufgezogen wurde und Maria Borgrieder zu ihm ins Auto stieg.

»Ich möchte nicht allein sein, Jeremias.«

»Ich schon«, erwiderte er schroff.

»Wo warst du? Hast du etwas mit Karls Verschwinden zu tun?«, ließ sie sich nicht abweisen.

»Er ist verschwunden? Das wusste ich nicht.« Er erinnerte sich an die Person, die am Gipfelkreuz hing, als er sich nach Ricks Abgang auf die Verfolgung von Christine Weingard vorbereitet hatte. Der Mensch am Gipfelkreuz hatte ausgesehen wie Karl Borgrieder, aber er traute dem Apotheker eine solche Aktion nicht zu. Das wäre eine überraschende und viel zu spektakuläre Abschiedsvorstellung für so ein armseliges Männchen.

»Was ist? Weißt du etwas?«, hakte Maria nach.

»Nein, nerv mich nicht.«

»Ist auch egal. Solange Karl nicht da ist, muss ich mich wenigstens nicht mit ihm befassen. Warum fahren wir nicht für ein paar Tage weg? Wir könnten uns ein hübsches Hotel suchen und es uns gut gehen lassen.«

»Heute nicht, Maria.« Er schob ihre Hand zur Seite, die sich schon von seinem Oberschenkel Richtung Schoß vorarbeitete.

»Kommt Barbara zurück?«

»Nein, das dauert noch.«

»Warum nutzen wir die Zeit dann nicht?«

»Ich bringe dich jetzt nach Hause.« Als er den Motor des Lamborghini anließ, klingelte sein Telefon. »Toni, was gibt es?«

»Du hast doch wissen wollen, wo die Christine Weingard ist.«

»Warum?«

»Ich bin bei der Mama im Krankenhaus. Ich habe die Frau Weingard in einem Zimmer auf demselben Gang gesehen.«

»Was ist mit ihr?«

»Das weiß ich leider nicht. Aber ich kann die Frau Dr. Mechner fragen, die ist gerade bei der Mama drin.«

»Sie wird dir keine Auskunft geben, Schweigepflicht. Aber ich habe einen Plan.«

»Was soll ich tun, Onkel Jeremias?«

»Du postierst dich vor Christine Weingards Zimmer.«

»Ich soll sie bewachen?«

»Richtig.«

»Ist sie denn in Gefahr?«

»Stell keine Fragen. Tu, was ich dir sage.«

»Soll ich den Franz –«

»Nein, das werde ich selbst übernehmen.«

»Wie du meinst, Onkel Jeremias.«

»In welchem Zimmer liegt sie?«

»123, erster Stock, gleich neben der Außentreppe.«

»Du lässt niemanden zu ihr, weder einen Arzt noch sonst jemanden vom Personal.«

»Freilich nicht, ich bin ja keiner von den Deppen, wie sie in den Fernsehkrimis immer vorkommen. Die, die immer einschlafen oder gerade auf dem Klo sind, wenn der Mörder kommt.«

»Schon recht, Toni.« Jeremias beendete das Gespräch.

»Was willst du von dieser Frau?«, fragte Maria, als er vor der

Apotheke anhielt. Toni Renner hatte so laut gesprochen, dass sie jedes Wort verstanden hatte.

»Ich will nichts von ihr, Maria. Mach dir einen schönen Tag, Kleines.« Er beugte sich zu ihr hinüber, streichelte ihren Nacken und küsste sie, während er von innen die Beifahrertür aufdrückte. »Geh, bitte«, forderte er sie auf, als er sich wieder von ihr löste. Maria war die Frau, mit der er sich entspannte. Sie war seine Wellnessoase, und er würde diese Oase niemals mit Problemen aus seinem wirklichen Leben belasten.

»Du meldest dich?«, vergewisserte sie sich, als sie schon ausgestiegen war.

»Bestimmt«, antwortete er, zog die Beifahrertür zu, gab Gas und ließ sie auf dem Bürgersteig stehen.

»Was hast du nur, mein Liebling? Irgendetwas macht dir doch Angst«, murmelte Maria und schloss die Tür zur Apotheke auf.

38

Jeremias parkte vor dem Haupteingang des Krankenhauses. Jeder sollte sehen, dass er da war. Die Pistole mit dem Schalldämpfer steckte in der Innenseite seines Jacketts. Er hatte sich alles genau überlegt, sein Plan stand fest. Toni würde das Zimmer bewachen, während er sich Zutritt verschaffte. Ein gezielter Schuss, und er hätte sich auch des letzten Problems entledigt. Danach würde er über die Balkontür ins Freie stürmen und dabei so viel Lärm wie möglich veranstalten, damit alle auf ihn aufmerksam wurden. Der Bürgermeister selbst jagte hinter dem Mörder der kleinen Weingard her. Das würde ihm einige Schlagzeilen in der Presse garantieren.

»Grüß Gott, Herr Bürgermeister.«

»Grüß Gott, Beppi«, begrüßte er den Pförtner des Krankenhauses.

Der ältere Mann sprang gleich auf und schob die Scheibe der Pförtnerloge beiseite.

»Alle gesund zu Hause?«, erkundigte sich Jeremias.

»Ja, alles in Ordnung, Herr Bürgermeister.« Der Pförtner strich sich über die grüne Strickweste, die seinen Kugelbauch straff umspannte.

Jeremias hatte das Krankenhaus gebaut und sich mit großzügigen Spenden einen Sitz in der Verwaltung gesichert. Er hatte Beppi, dem ehemaligen Milchbauern, die Stelle als Pförtner besorgt, als es mit dessen Hof zu Ende gegangen war. Jeremias half gern, wenn er konnte. Seine Wähler honorierten das mit ihren Stimmen und waren auch sonst sehr gefällig, wenn er sie um etwas bat.

»Irgendwelche besonderen Vorkommnisse, Beppi?«, erkundigte er sich wie beiläufig.

»Nein, nichts Besonderes. Nur der Leni ihre Freundin wurde eingeliefert.«

»Welche Freundin?«

»Das weiß ich nicht, Herr Bürgermeister. Ich habe nur gehört, wie sie nach der Ambulanz gerufen hat, weil die junge Frau wohl ohnmächtig war. Sehen Sie nur, da braut sich einiges zusammen.« Beppi horchte dem Donner nach, der an den Gipfeln widerhallte.

»Ein Unwetter kann uns doch nichts anhaben«, entgegnete Jeremias lachend.

»Freilich nicht, uns nicht«, stimmte Beppi zu.

Wenn Christine Weingard bei ihrer Ankunft im Krankenhaus ohnmächtig gewesen war, hatte sie vielleicht noch keine Gelegenheit gefunden, ihre Geschichte zu erzählen. Eine wunderbare Fügung, wie Jeremias fand.

Der Eingangsbereich erinnerte mit dem glänzenden Parkettboden, den großen Fensterfronten und den gemütlichen Sitzecken mehr an eine Hotellobby als an ein Krankenhaus. Genau so hatte es Jeremias geplant. Wer krank wurde, sollte in einer ansprechenden Umgebung gesunden, das verkürzte nicht nur den Heilungsprozess, sondern sparte dadurch auch Kosten und nahm die Menschen für denjenigen ein, dem sie diese Annehmlichkeiten zu verdanken hatten. Der Krankenhausbau hatte ihm in den letzten drei Wahlen die absolute Mehrheit beschert.

Er stieß die Tür zu einem Gang auf, zwang sich, nicht übereilt zu wirken, und gab stattdessen vor, sich für die Zeichnungen der örtlichen Künstler zu interessieren. Die hellen Wände und das bläuliche Licht der Deckenstrahler setzten die Kunstwerke wunderbar in Szene. Als er sich umwandte, sah er auch schon seinen Neffen pflichtbewusst vor einer Tür Wache halten.

»War etwas, Junge?«

»Nein, Onkel Jeremias, alles ruhig.«

»Ich möchte ein paar Worte mit der Dame wechseln. Sorge du bitte dafür, dass uns niemand stört.«

»Hier kommt keiner durch«, versicherte ihm Toni und stellte sich kerzengerade hin.

»Das machst du wirklich sehr gut«, lobte Jeremias den jungen Polizisten und öffnete die Zimmertür. Während er sie leise von innen wieder verschloss, fasste er in die Innenseite seines Jacketts.

Christine Weingard lag mit dem Gesicht zum Fenster und hatte den Kopf aufgestützt, das dunkle Haar floss über das weiße Kopfkissen. Er bemerkte das schwarze Kabel, das über ihre Schulter verlief. Offensichtlich hörte sie Musik über ihr Handy. Sie würde also gar nicht mitbekommen, was gleich mit ihr geschah.

»Ja, Mario, ich verstehe, dass ihr wegen des herannahenden Gewitters erst einmal nicht weitersuchen könnt.«

Jeremias prallte überrascht zurück. Nicht Christine Weingard lag da im Bett, es war Leni Burger, und sie hörte keine Musik, sondern telefonierte. Sein Herz setzte einen Schlag aus. Er musste das Zimmer sofort verlassen, er hatte doch keine Ahnung, was Leni wusste und wie sie reagieren würde, wenn er plötzlich vor ihr stand.

»Schläft sie?«, fragte Toni Renner, als sein Onkel das Krankenzimmer wieder verließ.

»Du bist sicher, dass du Christine Weingard in diesem Zimmer gesehen hast?«

»Freilich.«

»Sie wurde nicht verlegt?«

»Nein, ich habe die Tür doch keine Sekunde aus den Augen gelassen.«

»Tatsächlich, war das so? Und wie erklärst du dir dann das?«

»Die Leni!«, rief Toni Renner verblüfft, als sein Onkel die Tür aufstieß und das Mädchen sich ihnen erschrocken zuwandte.

»Du taugst wirklich nur zum Kindergartenunterhalter.« Der Junge musste nach der Geburt vertauscht worden sein, anders ließ sich diese Einfältigkeit nicht erklären.

»Aber sie war wirklich in dem Zimmer, ich schwöre es!«, beteuerte Toni.

»Wenn dir etwas an Schwüren liegt, dann solltest du dir eine Stelle bei Gericht suchen. Vielleicht als Gerichtsdiener oder Pförtner, zu mehr wird es auch dort nicht reichen. – Nun zu dir, Fräulein Burger. Was hast du hier verloren?« Jeremias baute sich vor Leni auf. Das Mädchen saß auf dem Bett, ließ die Beine baumeln und machte nicht den Eindruck, als könnte er es einschüchtern.

»Wo ist die Frau Weingard, Leni?«, hakte Toni Renner sofort nach, als Leni den Blick senkte und schwieg.

»Rede, Mädchen.« Jeremias wurde lauter. »Du willst nicht?

Gut, dann fahren wir eben gemeinsam zu deinem Vater aufs Revier. Du weißt, dass er nach Christine Weingard sucht?«

»Gar nichts weiß ich«, erwiderte Leni trotzig.

»Ich hoffe für dich, dass du wenigstens deinen Vater nicht anlügen wirst. Du hast ja keine Ahnung, auf was du dich eingelassen hast.« Er musste unbedingt in Lenis Nähe bleiben, da sie anscheinend das Vertrauen der Fotografin genoss. Er musste herausfinden, was sie über die Ereignisse wusste, die ihn belasteten, und vor allem, wohin Christine Weingard verschwunden war.

»Bitte schön, Leni, auf geht's«, machte sich Toni Renner wichtig, wohl um den unguten Eindruck wettzumachen, den er bei seinem Onkel hinterlassen hatte.

»Meinetwegen«, murrte Leni. Sie warf die Decke zurück und schlüpfte in ihre Sandalen, die sie neben dem Bett abgestellt hatte. »Ich bin dann so weit.« Während sie sich erhob, fiel ihr Blick auf das bemalte Papiertaschentuch, das noch auf dem Nachttisch lag. »Sicher ist sicher«, murmelte sie und steckte es kurz entschlossen in ihre kleine schwarze Umhängetasche.

Was war das? Vielleicht eine Nachricht, die Christine Weingard Leni hinterlassen hatte? Jeremias, der das Mädchen beobachtet hatte, wurde zusehends unruhiger.

»Ich komme nicht mit aufs Revier, ich höre mich draußen ein bisschen um. Vielleicht hat jemand die Frau Weingard gesehen«, gab sich Toni Renner eifrig.

»Gute Idee, mein Junge.« Obwohl Jeremias keine große Hoffnung hatte, dass sie noch in der Nähe war, konnte es nichts schaden, wenn Toni die Augen offen hielt.

»Was wollt ihr überhaupt von ihr?«, fragte Leni.

»In Gefahr könnte sie sein«, plauderte der junge Polizist munter drauflos.

»Toni hat recht, und wenn dir etwas an ihr liegt, solltest du uns schnellstmöglich verraten, wo sie sich aufhält. Du willst doch nicht, dass ihr etwas passiert?«, gab sich Jeremias besorgt.

»Aber ich weiß wirklich nicht, wo sie sein könnte.«

»Toni, zieh los. Solltest du sie finden, dann sag mir umgehend Bescheid. Hast du verstanden, was ich mit umgehend meine?«

»Ja, Onkel Jeremias, ich weiß schon, ich rufe dich dann sofort an, du kannst dich auf mich verlassen.« Toni Renner rückte seine Polizeimütze zurecht und marschierte mit durchgedrücktem Kreuz davon.

Jeremias war sicher, dass er noch vor Burger über Christine Weingards Verbleib unterrichtet werden würde, sollte sein Neffe sie entdecken. Nach der verkorksten Bewachungsaktion wollte er bei ihm punkten. »Du fährst mit mir«, fuhr er Leni an, die ihren Autoschlüssel zückte. Nie im Leben würde er das Risiko eingehen, dass sie sich jetzt absetzte.

»Gern, Herr Bürgermeister. Ich wollte schon immer mal in einem Lamborghini fahren«, lächelte Leni. »Arthrose?«, fragte sie, als sie seinen steifen Gang bemerkte.

»Sportunfall.«

»Irgendwann geht es immer los.«

»Was soll losgehen?«

»Die Knochen melden sich. Ist altersbedingt.«

»Ja, das ist wohl leider so.« Jeremias musste über die ehrliche Antwort des Mädchens schmunzeln.

»Jetzt erwischt es uns doch noch, Herr Bürgermeister.« Beppi stand in seiner Pförtnerloge und schaute in den inzwischen nachtschwarzen Himmel. Gleich darauf begann es zu regnen. »Das Wetter hätten wir gestern gebraucht, dann wäre es vielleicht anders ausgegangen auf dem Denningerhof.«

»Das Schicksal hat nicht immer ein Einsehen.«

»Leider nicht«, seufzte der Pförtner.

»Auf bald, Beppi, wir müssen weiter.« Jeremias legte seinen Arm um Lenis Schultern und schob das Mädchen mit leichtem Druck nach draußen. »Und du weißt wirklich nicht, wo Christine Weingard ist?«, versuchte er erneut, Leni zum Reden zu bringen, nachdem sie in seinen Wagen gestiegen war und sich auf dem Beifahrersitz anschnallte.

»Ich habe keine Ahnung, Herr Rimbar.«

»Wo bist du ihr denn begegnet?«, fragte er, während er den Motor startete.

»In der Nähe des Wildbaches. Sie hatte sich in den Bergen verlaufen.«

»War Rick bei ihr?«

»Nein.«

»Weißt du, wo er ist?«

»Nein.«

»Du hast gerade mit der Bergwacht telefoniert. Warum? Du weißt, dass ein Anruf von mir genügt, um herauszufinden, was los ist.« Um das Mädchen von seinem Vorhaben zu überzeugen, griff er nach dem Telefon, das in der Halterung in der Mittelkonsole steckte.

»Der Rick ist oben an der Nordwand abgestürzt«, flüsterte sie, so als hoffte sie, dass niemand mitbekam, dass sie vor dem Bürgermeister einknickte.

»Wurde er schon gefunden?«

»Sie waren nur kurz draußen, mussten wegen des herannahenden Unwetters erst mal wieder umkehren. Wenn es nachher dunkel ist, wird es noch schwieriger, hat der Mario gesagt.«

»Rick war schon immer ein zäher Bursche. Mach dir mal keine Sorgen um ihn, er wird schon durchhalten«, spielte Jeremias den Tröster. »Wie ist der Sturz denn passiert?«

»Das hat sie mir nicht gesagt. Ganz schön edel.« Leni fuhr mit ihren Fingern über das helle Leder des Armaturenbretts, so als wollte sie sich von den düsteren Gedanken um ihr Idol ablenken.

Da Leni keinerlei Misstrauen ihm und seinen Fragen gegenüber zeigte, lag für Jeremias die Vermutung nahe, dass die Fotografin dem Mädchen nichts erzählt hatte, was ihm schaden könnte. Dafür war er ihr dankbar. Er hätte Leni Burger nur sehr widerwillig für die Fehler der anderen büßen lassen.

»Willst du den Wagen mal fahren?«, fragte er sie, weil er das Bedürfnis hatte, ihr etwas Gutes zu tun. »Du hast doch gerade den Führerschein gemacht, oder?«

»Das ist nicht Ihr Ernst?«, zeigte sich Leni verblüfft.

»Aber ja, komm.« Er fuhr in eine Haltebucht, und sie tauschten die Plätze. »Mit mehr Gefühl, Mädchen«, bat er, als Leni sich kurz darauf beim Anfahren verschaltete.

»Verstanden.« Sie ließ sich nicht entmutigen und gab sich mehr Mühe, während seine Hand über der Handbremse schwebte, um gegebenenfalls in Lenis Fahrkünste eingreifen zu können.

»Langsam!«, rief er erschrocken, als das Mädchen wenig später mit hohem Tempo auf den Parkplatz vor dem Rathaus einbog.

Der Regen hatte inzwischen an Stärke zugenommen. Er trommelte auf das Autodach, die Scheibenwischer kamen kaum noch nach, und das Kopfsteinpflaster glänzte rutschig. Als Leni auf die Bremse trat, geriet der Wagen sofort aus der Spur.

»Sorry«, entschuldigte sie sich mit einem gekonnten Augenaufschlag, als sie einparkte.

»Schon gut, stell jetzt den Motor ab.« Äußerlich war er ruhig, doch innerlich atmete er auf, dass er diese Fahrt überlebt hatte.

»Das war echt super, vielen, vielen Dank, Herr Rimbar.« Noch ganz benommen von ihrer ersten Fahrt mit einem Lamborghini stieg Leni aus dem Wagen. »Moment noch, meine Tasche.« Sie wollte sich noch einmal in das Auto beugen.

»Ich bringe sie dir mit. Geh lieber schon vor, sonst denkt dein Vater gleich wer weiß was. Er hat uns bestimmt schon unter Beobachtung.«

»Bin schon fort.« Leni sprintete durch den klatschenden Regen.

Jeremias nutzte die Gelegenheit, holte das Papiertaschentuch, das Leni im Krankenhaus eingesteckt hatte, aus ihrer Handtasche und faltete es auseinander. Er wusste sofort, was die Zeichnung darstellte. Als er gleich darauf das Polizeirevier betrat, stand Leni vor Burgers Schreibtisch, stützte sich mit den Händen auf und schaute ihren Vater verärgert an.

»Noch einmal, ich weiß nicht, wo sie ist«, verkündete sie betont langsam.

»Sie hat dir also erzählt, dass Christine Weingard wieder aufgetaucht ist?« Jeremias gab Leni die Tasche und setzte sich auf den Stuhl vor Burgers Schreibtisch.

»Was uns aber nicht weiterbringt, weil die Dame offensichtlich schon wieder verschwunden ist.« Franz Burger trommelte mit den Fingern auf seine Schreibtischunterlage und musterte seine Tochter aus zusammengekniffenen Augen. »Wo genau hast du sie getroffen?«

»Am Wildbach«, wiederholte Leni die Geschichte, die sie schon dem Bürgermeister erzählt hatte. »Und wie es aussieht, muss Rick wohl die ganze Nacht in den Bergen ausharren. Wenn er überhaupt noch lebt.« Sie schaute auf den Regen, der in kleinen Sturzbächen vom Dach schoss und gegen die Scheiben prasselte. Das Gewitter war jetzt genau über ihnen, der nächste Blitz erleuchtete das Polizeirevier taghell. »Er darf einfach nicht tot sein«, flüsterte sie und fuhr zusammen, als der Donner über das Tal hinwegrollte.

»Warum hast du mir nicht gesagt, dass die Fotografin wieder da ist? Du hättest mich anrufen können«, wandte sich Burger seiner Tochter zu.

»Ich habe ihr versprochen, nichts zu sagen.«

»So, hast du das? Und woher hast du gewusst, dass Christine Weingard im Krankenhaus ist?«, wandte sich Burger an Jeremias.

»Toni hat sie zufällig gesehen. Sie lag auf demselben Gang wie seine Mutter, und die Tür stand offen. Allerdings war er sich nicht ganz sicher und wollte, dass ich die Sache für ihn überprüfe, bevor er dich unnötig aufschreckt.«

»Entschuldige, Jeremias, aber du solltest deinem Neffen klarmachen, dass du nicht die übergeordnete Stelle der Sinacher Polizei bist.« Burgers Reaktion zeigte deutlich, dass er Toni Renners Entscheidung, ihn zu übergehen, missbilligte.

»Der Junge weiß schon, dass du der Chef bist, er wollte mir nur ein bisschen imponieren. In diesem Fall hat deine Tochter doch wohl den größeren Bock geschossen.«

»Tut mir leid«, entschuldigte sich Leni.

»Eine gute Aktion war das wirklich nicht, mein Schatz. Wollen wir nur hoffen, dass sich Frau Weingard wieder hier einfindet.«

»Sie hat nichts verbrochen, Papa.«

»Trotzdem muss ich sie befragen. In Denningers Scheune wurde damals nach dem Brand eine Pistolenkugel gefunden.« Franz Burgers Blick haftete auf Jeremias.

»Tatsächlich? Ich wusste gar nicht, dass Denninger dort Schießübungen veranstaltet hat.«

»Georg besaß keine Waffe.«

»Bist du dir da so sicher? Wer weiß schon, was in seinen Mitmenschen wirklich vor sich geht. Lass von dir hören, Franz. Bis dahin«, verabschiedete sich Jeremias und ließ Vater und Tochter allein. Er hatte längst einen Verdacht, wo er Christine Weingard suchen musste. Franz Burger reimte sich da gerade etwas zusammen, was ihm gar nicht gefiel. Viel Zeit blieb ihm vermutlich nicht mehr, um die Dinge zu regeln.

»Warum hat er nicht gefragt, ob sich die Kugel einer Waffe zuordnen lässt?«, murmelte Burger.

»Was sagst du, Papa?«

»Nichts, schon gut. Aber kommen wir noch mal auf Frau Weingard zu sprechen.«

»Sie hat vor irgendetwas eine fürchterliche Angst«, vertraute sich Leni ihrem Vater an. »Schau, das hat sie gezeichnet, bevor sie fort ist. Vielleicht kannst du etwas damit anfangen«, sagte sie und reichte ihrem Vater das Papiertaschentuch.

39

Christine hatte den Weg entlang des Bachs gewählt. Hier würde sie bei diesem Wetter sicher niemandem begegnen. Der strömende Regen störte sie nicht. Erst als ein Blitz den Himmel erleuchtete und nicht weit von ihr in die Erde schlug, rannte sie schnell über den knirschenden weißen Kies zurück zu dem Bootsverleih, an dem sie kurz zuvor vorbeigekommen war. Durch die großen Fensterscheiben konnte sie die bunten Kanus sehen. Alle Türen waren verschlossen, niemand war in der Nähe. Sie flüchtete unter die überdachte Terrasse, setzte sich dort auf eine Hollywoodschaukel, zog die Beine an und verfolgte fasziniert das Naturschauspiel.

Grelle Blitze schossen aus den Wolken heraus, zackten über die Berggipfel und tauchten die Wolken in flammende Bronze. Irgendwo dort oben hatte sie Rick für immer verloren, und Jeremias Rimbar würde dafür büßen müssen.

Als der Himmel wieder aufklarte, stand die Sonne bereits tief am Horizont, und rosafarbene Schäfchenwolken zogen über die im Schatten liegenden kahlen Berggipfel hinweg. Christine schaute einem Reiher nach, der aus einem Gebüsch heraus ins Wasser stolzierte, sich siegesgewiss nach Beute umsah und plötzlich mit seinem spitzen langen Schnabel ins Wasser stach und einen Fisch verschlang. Der ewige Kreislauf von Leben und Tod. Sosehr sie sich auch nach dem Leben sehnte, sie musste sich erneut mit dem Tod beschäftigen.

Als sie die Friedhofskapelle erreichte, war diese unverschlossen. Auch die Tür zum Abstellraum neben dem Eingangsportal war nur angelehnt. Sie schaute hinein. Die Gartengeräte waren fein säuberlich in einer Reihe an der Wand aufgehängt. Es war alles da, was sie brauchte. Dass es geregnet hatte, wertete sie als gutes Omen. Der aufgeweichte Boden würde ihr Vorhaben erleichtern. Jetzt musste sie nur noch warten, bis es dunkel war, dann konnte sie sich an die Arbeit machen. Doch bis dahin würde sie sich in der Kapelle verbergen.

Der Raum war in schlichtem Weiß gehalten, über dem Altar aus dunklem Holz hing ein mit Gold überzogenes Kruzifix, für die Gläubigen gab es schmale Holzbänke mit roten Sitzkissen. Auf der kleinen Empore über dem Eingang stand die Orgel. Dort oben würde sie sich verstecken.

40

Das Gewitter war vorüber. Regentropfen rannen über die Nadeln der Kiefern und Tannen, ein frischer Duft erfüllte die Luft. Rick wusste nicht, wie lange er ohnmächtig gewesen war, als er wieder zu sich kam. Es dauerte eine Weile, bis er begriff, dass er noch immer auf dem Felsvorsprung lag, auf dem er nach dem Kampf mit Jeremias gelandet war. Dumpf erinnerte er sich daran, in den letzten Stunden schon einige Male die Augen geöffnet zu haben, aber er war nicht stark genug gewesen, sie offen zu halten. Irgendwann hatte es gedonnert, er hatte den Regen auf seinem Gesicht gefühlt, aber auf seltsame Weise schien seine Kleidung so gut wie trocken zu sein.

Er schaute sich um. Offenbar hatte er sich unbewusst an den Berg gedrängt. Die überhängende Felswand hatte ihn vor dem Regen geschützt. Vorsichtig bewegte er seine Glieder. Erst die Arme, dann die Beine. Wie es aussah, hatte er sich bei dem Sturz nichts gebrochen. Von nun an würde er die Berggeister ernster nehmen. Johanns Rat, sich der Natur anzuvertrauen, hatte ihm vermutlich das Leben gerettet.

Als Jeremias ihn über den Hang stieß, hatte er die Hände ausgestreckt und unwillkürlich jede Pflanze berührt, die in der Wand wuchs. Schließlich war er in einem Kiefernstrauch gelandet, der seinen Sturz merklich gebremst hatte. Beinahe sanft war er auf den darunter liegenden Felsen gesunken. Trotzdem war er für einige Stunden mehr ohnmächtig als wach gewesen. Keine Überraschung nach den Tritten, die Jeremias ihm beigebracht hatte. Der plötzliche Schmerz in seinem linken Knöchel erinnerte ihn daran, dass der Bürgermeister auf ihn geschossen hatte. Er richtete sich auf, schob die Jeans hoch und schaute auf die blutige Wunde. Vorsichtig betupfte er sie mit seinem Taschentuch. Glück gehabt. Soweit er es beurteilen konnte, war es nur ein Streifschuss. Seine Gedanken wanderten zu Christine. Was mochte ihr inzwischen passiert sein? Wo war sie?

»Hör zu, wenn wir uns irgendwie verlieren, dann treffen wir

uns morgen Abend nach Anbruch der Dunkelheit an Amatas Grab«, hatte sie gesagt.

Er hatte keine Ahnung, ob es bei der Abmachung geblieben war, aber das war jetzt auch unwichtig. Wichtig war nur, dass Christine Jeremias entkommen war und sich hoffentlich in Sicherheit gebracht hatte. Er musste so schnell wie möglich ins Tal hinunter, um sich Gewissheit zu verschaffen. Stöhnend vor Schmerzen rappelte er sich auf.

Der Weg gestaltete sich schwierig. Die Blutergüsse, die Jeremias' Tritte und der Sturz hinterlassen hatten, schmerzten durch die Belastung beim Abstieg. Immer wieder wurde ihm schwindlig, und er musste stehen bleiben, da sich alles um ihn herum drehte. Es war dunkel, als er die ersten Almen erreichte. Der Pfad, der von den Traktoren hinauf zu den Hochwiesen benutzt wurde, war aber nicht mehr weit. Dort angekommen, legte er eine Pause am Wegesrand ein. Gleich darauf hörte er ein Brummen, das näher kam.

Der schwarze Traktor mit dem roten Flammenmuster auf der Motorhaube, der bald darauf den sandigen Pfad entlangratterte, hielt sofort an, als Rick sich aufrichtete.

»Servus, Meister, alles klar?« Der Traktorfahrer war ein junger Mann in sonnengelbem Overall. Er warf seine Rastalocken zurück, stellte den Motor ab und stieg aus. »Geh, ich glaube, ich drehe durch. Der leibhaftige Rick Linden!«, zeigte er sich völlig aus dem Häuschen, als er sich im Scheinwerferlicht über Rick beugte.

»Nehmen Sie mich mit nach Sinach?«, fragte Rick, als der Mann ihm die Hand reichte und ihn hochzog.

»Freilich, keine Frage, ich war ohnehin auf dem Weg ins Tal. Ich bin der Joe Bernbacher, sag einfach Joe, dann passt es schon. Du schaust aus, als wärst du bei einer Bergtour verloren gegangen.« Er half Rick auf den Traktor und setzte sich wieder hinter das Lenkrad. »Trink was, Mann«, forderte er Rick auf, nahm eine Flasche Wasser aus einer Kühltasche und gab sie ihm.

»Danke.« Erst als er die Flasche ansetzte, wurde ihm bewusst, wie durstig er war.

»Wo genau willst du denn in Sinach hin?«, wollte Joe wissen.

»Zum Friedhof.«

»Geh, willst du es nicht erst mit dem Krankenhaus versuchen?«

»Zum Friedhof, Joe, bitte.«

»Okay, du bist ein freier Mensch. Ziemlich viel los die letzten Tage bei uns, hast du das mitbekommen? Der Denninger Georg und ein gerade erst aus dem Gefängnis entlassener Raubmörder sollen umgebracht worden sein.«

»Gibt es schon einen Verdacht, wer die beiden getötet hat?«, fragte Rick und gab sich möglichst gleichgültig.

»Die Polizei hält sich bedeckt, heißt es im Radio. Was wohl bedeutet, dass sie noch nichts wissen.«

»Wie lange brauchen wir bis Sinach?«

»Zwanzig Minuten. Ist halt doch nur ein Traktor – trotz des sportlichen Anstrichs«, antwortete Joe lachend. »Aber wenn du dich umschaust, hast du trotzdem das große Los gezogen. Mich hat das Gewitter überrascht, ich hab mich in meine Hütte draußen auf der Alm geflüchtet, und jetzt bin ich auf dem Heimweg, was dein Glück ist.«

Joe Bernbacher hatte recht. Sie waren soeben auf die Bundesstraße eingebogen, aber nirgendwo war ein Auto zu sehen. Kilometerweite Finsternis, sonst nichts.

»Was ist denn da los?« Joe starrte auf den Polizeiwagen, der bei ihrer Ankunft in Sinach am Ortseingang aus einer Seitenstraße herausschoss und sich vor sie setzte. »Der Renner Toni, schau mal einer an. Wen jagst du denn in der Dunkelheit? Gespenster?«, wunderte er sich, als er den Polizisten erkannte, der die Kelle aus dem Fenster streckte und sie zum Anhalten zwang.

Toni Renner überging Joes Frage, stieg aus dem Polizeiwagen und baute sich neben der Fahrerseite des Traktors auf. »Hast du eine junge Frau gesehen, Bernbacher? Mittelgroß, schlank, dunkles Haar, Jeans, rotes Oberteil?«

»Ist dir deine neue Freundin weggelaufen?«

»Die Sache ist kein Spaß, Bernbacher. Es geht um eine polizeiliche Ermittlung. Die Dame ist heute aus dem Krankenhaus verschwunden.«

»Hat die Gesuchte etwas mit den Morden auf dem Denningerhof zu tun?«

»Möglich«, tat der junge Polizist wichtig.

»Hast du das gehört?«

»Mit wem sprichst du?«, fragte Toni Renner, als Joe seinen Kopf nach rechts wandte, aber gleich wieder zurückzuckte, weil da niemand mehr war.

»Ich spreche mit dir, Renner, natürlich! Hast du gehört, dass die Leute darüber spekulieren, ob das Geld aus dem Raubüberfall von vor dreißig Jahren noch irgendwo hier vergraben ist?«, zog sich Joe Bernbacher aus der Affäre.

»Die Leute spekulieren halt gern.«

»Freilich. Also dann, gute Nacht.«

»Ja, gute Nacht.« Sichtlich enttäuscht stieg Toni Renner wieder in seinen Wagen und fuhr im Schritttempo weiter durch Sinachs Straßen.

»Hey, Mann, bist du noch irgendwo?«, flüsterte Joe und horchte in die Dunkelheit hinaus, aber es kam keine Antwort mehr. »Hast dich wohl heimlich aus dem Staub gemacht.« Joe Bernbacher zuckte die Achseln, steckte sich eine Selbstgedrehte an und tuckerte gemütlich weiter.

41

Christine war kurz eingenickt. Das Beruhigungsmittel, das sie ihr im Krankenhaus verabreicht hatten, wirkte anscheinend noch nach. Als sie wieder zu sich kam, war es dunkel. Der Geruch nach kaltem Weihrauch, der in der Kirche hing, erinnerte sie daran, wo sie war und was sie vorhatte. Sie stand auf und rollte ein paarmal die Schultern, um die Verspannungen zu lösen, die sie dem harten Holzfußboden verdankte, auf den sie sich gekauert hatte. Es graute ihr davor, was sie tun wollte, aber sie durfte nicht davonlaufen. Sie war es Amata und Rick schuldig, für die Wahrheit zu kämpfen.

Im Geräteraum holte sie eine Schaufel, klemmte sie sich unter den Arm und eilte über den Friedhof zu Amatas Grab. Auf der Straße bemerkte sie ein flackerndes Licht. Es gehörte zu dem beleuchteten Bagger der Firma Rimbar-Bau, der vor dem Eingang abgestellt war. Amatas Grab und einige andere in der Reihe waren mit roten Bändern abgesperrt, ein Teil der Erde auf den Gräbern war bereits zur Seite geschaufelt. Christine musste nicht lange überlegen, was das zu bedeuten hatte. Rimbar wollte die Gräber einebnen lassen. Sie riss das Band, das Amatas Grab umgab, von seinen Haltestangen und rammte die Schaufel in die Erde. Die Vorarbeit des Baggers und der durch den Regen aufgeweichte Boden würden ihr die Arbeit erleichtern. Sie stemmte ihren Fuß auf das Blech der Schaufel und drückte es wieder und wieder in die Erde. Schon bald stieß sie auf einen Widerstand. Ihr Herz klopfte schneller, und der Schweiß tropfte von ihrer Stirn, als die Schaufel über Holz kratzte.

»Gute Arbeit.«

Erschrocken fuhr sie herum. Sie hatte seine Stimme sofort erkannt. Er lehnte an einer Tanne neben dem Grab, eine Taschenlampe unter dem Arm, und zündete sich eine Pfeife an. Ein würziger Kräuterduft zog zu ihr herüber. Rimbars Erscheinen versetzte Christine in eine Art Schockstarre. Ihr Plan war gescheitert, sie musste sofort weg von hier, war aber nicht in der Lage, sich zu rühren.

»Was hast du vor, Mädchen?«, duzte er sie jetzt unvermittelt. »Amata war deine Halbschwester. Willst du dir wirklich den Anblick ihres von Würmern zerfressenen Skeletts antun?«

»Ich weiß, was mich erwartet«, antwortete Christine und schaute auf den verrotteten Sarg, dessen eine Ecke im Boden erkennbar war.

»Sicher?«

»Woher wussten Sie, dass ich hier bin?« Und was tue ich, um von hier wieder unbeschadet wegzukommen?, dachte sie, während sie bedauerte, dass sie auf Ricks Warnung nicht gehört hatte.

»Das Papiertaschentuch mit der Zeichnung. Leni trägt es mit sich herum. Ich konnte einen Blick darauf werfen.« Jeremias trat aus dem Schatten des Baumes heraus und betrachtete sie mit einem abschätzenden Lächeln.

»Was ist mit Leni?« Hatte sie das Mädchen etwa doch in Gefahr gebracht?

»Ihr geht es gut, immerhin warst du klug genug, sie nicht ins Vertrauen zu ziehen. Grab weiter, wir wollen doch nicht die ganze Nacht auf dem Friedhof verbringen. Das heißt, du ... – egal, weitermachen«, trieb er Christine mit einem höhnischen Grinsen an.

»Ich denke nicht daran, die Arbeit für Sie zu erledigen. Ich nehme an, Sie sind hinter dem Ring her.« Sie musste möglichst viel Lärm veranstalten und sich dabei Zeit lassen. Vielleicht würde jemand auf sie aufmerksam werden und ihr zur Hilfe kommen. Kein genialer Plan, aber immerhin ein Plan.

»Es geht mir um den Ring, richtig, genauso wie dir. Mach also weiter. Grab!«

»Das werde ich nicht tun. Nein!«, schrie Christine laut auf, als der Boden unter ihr plötzlich nachgab.

»Ach, du Scheiße.« Jeremias löschte seine Pfeife, steckte sie in die Hosentasche und leuchtete mit der Taschenlampe in das Grab. Angeekelt wandte er sich sofort wieder ab.

Der Sarg war unter Christines Gewicht zerfallen. Sie selbst war neben dem von kleinen Löchern durchsetzten Skelett gelandet. Ihr wurde übel, als sie Amatas Überreste betrachtete. Die feinen Knochen der zierlichen Hände waren noch vollständig erhalten, an dem linken Mittelfinger steckte der gesuchte silberne Ring mit dem grünen Stein.

»Gib mir den Ring.« Jeremias hatte sich gefangen.

»Vergiss es«, duzte sie ihn zurück. Wenn er den Ring wollte, sollte er sich doch selbst darum bemühen. Christine presste ihre linke Hand gegen ihre Nase und atmete möglichst flach, um gegen die Übelkeit anzukämpfen.

»Widerstand ist zwecklos. Auch wenn es mir leidtut: Dein Verhalten lässt mir keine Wahl. Ich kann dich nicht laufen lassen. Aber das weißt du, weil du ein kluges Mädchen bist.« Sobald er den Ring hatte, würde er Christine Weingard mit seiner unregistrierten Pistole erschießen. Anschließend musste er nur noch dafür sorgen, dass alle glaubten, der unbekannte Mörder vom Denningerhof hätte sie verfolgt und erneut zugeschlagen. Um das Motiv sollte sich Franz Burger kümmern. »Gib mir endlich den Ring, dann werde ich gnädig zu dir sein. Keine Schmerzen, das verspreche ich«, versuchte er sie erneut dazu zu bewegen, ihm den Ring aus dem Grab zu holen.

So leicht werde ich es dir nicht machen, Jeremias Rimbar. Christine hatte eine Idee, wie sie ihn wenigstens für einen Moment aufhalten konnte. Mit angehaltener Luft beugte sie sich über Amatas Skelett und zog den Ring mit gespreizten Fingern von der Hand ihrer Halbschwester.

Jeremias wollte schon triumphieren, als Christine sich zu ihm umwandte und den Ring über ihren rechten Mittelfinger schob. »Wenn man mich mit dem Ring findet, wird das Fragen aufwerfen, nicht wahr?«

»Was auch immer du dir einfallen lässt, es zögert die Sache nur hinaus. Helfen wird es dir letztendlich nicht.« Mutiges kleines Ding, dachte er und bedauerte erneut, dass er sich ihrer entledigen musste.

»Was ist mit dem Ring? Willst du ihn nicht mehr?« Für ihn gab es jetzt nur noch zwei Möglichkeiten, um an den Ring zu gelangen: Entweder kam er zu ihr ins Grab hinunter, dann würde sie sich mit der Schaufel gegen ihn wehren, oder er entschloss sich, sie aus der Grube zu ziehen, dann aber würde er ihr die Chance eröffnen zu fliehen.

»Herkommen«, flüsterte er und streckte seine Hände nach ihr aus.

Sie griff sofort zu. Dies war die eindeutig bessere Lösung, schließlich war er nach dem Schlag von Rick noch immer gehandicapt. Sie würde diesen Vorteil zu nutzen wissen. Leider entpuppte sich ihre Idee der Flucht als Illusion. Jeremias zog sie mit einem Ruck aus dem Grab heraus und presste sie wie ein Schutzschild so fest gegen seinen Körper, dass sich der Verschluss ihrer Halskette löste und sie auf den Boden fiel. Sie spürte, wie sein Herz gegen seine Brust hämmerte. Irgendetwas hatte ihn aufgeschreckt. Dann bemerkte auch sie den Schatten, der über die Friedhofsmauer glitt.

»Komm nicht näher!«, schrie Jeremias, als müsse er den Teufel persönlich abwehren. Sein Brustkorb hob und senkte sich immer schneller. Er stand unter Stress, vermutlich kämpfte er sogar mit der Angst. Christine hatte nur einen Schatten erkannt, er aber schien zu wissen, wer da auf sie zukam.

»Lass sie los!«

Rick! Kein Zweifel, das war seine Stimme! Hatte sie ihre Ermordung vielleicht gar nicht gespürt? Befand sie sich schon in einer anderen Welt, in einem Paralleluniversum, in dem sich die Parameter verschoben hatten? Würden Rick und sie in dieser Welt siegen? Nein, niemand hat das Universum gewechselt, es ist noch nicht vorbei, dachte sie, als Rick unter einer Tanne hervortrat und sie ihn leibhaftig vor sich sah.

»War es das wirklich wert, Jeremias?«, fragte er. Er stand auf der anderen Seite von Amatas Grab und blickte auf das Skelett seiner Halbschwester.

»Amatas Tod geht auf dein Konto, Linden.«

»Nein, es war nicht meine Schuld«, erwiderte Rick, trat von dem Grab zurück und verbarg sich erneut im Schatten einer Tanne.

»Ich werde mich nicht auf dein Katz-und-Maus-Spiel einlassen, Linden!« Jeremias hatte keine Ahnung, wie Rick den Sturz offensichtlich unverletzt überlebt hatte, er wusste nur eins: Er durfte sich keinen weiteren Fehler erlauben. »Ich verspreche dir, es ist schnell vorüber«, flüsterte er, drückte den Pistolenlauf mit dem aufgeschraubten Schalldämpfer an Christines Schläfe und entsicherte die Waffe.

Christine spürte, wie sich alles in ihr verkrampfte. Gleich würde ihr Leben zu Ende sein. Die Angst schnürte ihr die Kehle zu, sie konnte nicht einmal mehr schreien.

»Jeremias, du wirst dich selbst töten, wenn du abdrückst!« Rick war nur noch wenige Schritte von den beiden entfernt.

»Erspare mir deine philosophischen Ansichten. Das ist Zeitverschwendung.«

»Weißt du es denn wirklich nicht?« Welch elender Moment für die Wahrheit, dachte Rick.

»Was weiß ich nicht?«

»Wer sie ist.«

»Das hatten wir doch schon, du langweilst mich.«

»Verdammt, hör mir zu!«

»Bleib stehen!«

»Sie ist deine Tochter, Jeremias.« Rick ließ sich nicht einschüchtern und ging weiter auf ihn zu.

»Erspare uns diese Farce, Linden. Für Bettis Kinder war allein dein Vater zuständig.« Jeremias lockerte den Griff, mit dem er Christine umklammerte.

Sie spürte, dass er verunsichert war. Hatte er etwa tatsächlich mit ihrer Mutter geschlafen? Das war grotesk, mit Amata und ihrer Mutter? Christine lief es eiskalt den Rücken herunter. Nein, Jeremias Rimbar war nicht ihr Vater. Rick hatte sich die Notlüge nur ausgedacht, um ihn abzulenken.

»Betti hat sich damals deinem Vater anvertraut, Jeremias. Sie wollte, dass du die Vaterschaft anerkennst.«

»Bullshit!«

»So ungefähr hat dein Vater wohl auch reagiert und sich mit unserem damaligen Pfarrer besprochen. Gemeinsam haben sie Betti zu einer Abtreibung gedrängt.«

»Es reicht, Linden, die Märchenstunde ist zu Ende.« Blitzschnell umfasste er Christine wieder fester.

»Als deinem Vater klar wurde, dass er Betti nicht zu einer Abtreibung überreden konnte, hat er ihr Geld angeboten, damit sie Sinach für immer verlässt.«

»Daher weht also der Wind. Sie hat mich zum Vater gemacht, um sich das Startkapital für ein neues Leben zu erschwindeln.«

»Sie hat das Geld nicht genommen.«

»Vermutlich aus Einsicht, weil sie ihre Lüge nicht länger aufrechterhalten wollte.«

»Erinnerst du dich an den Tag, als Gundi dich wegen einer angeblichen Viruserkrankung in die Praxis bestellt hat, um dir Blut abzunehmen?«

»Und?«

»Gundi wusste, wie mies dein Vater auf Bettis Eröffnung reagiert hatte. Sie hat dein Blut mit dem von Betti und Christine vergleichen lassen. Du und Christine, ihr habt AB negativ, die seltenste Blutgruppe überhaupt. Auch alle anderen Vergleichswerte der Untersuchung stimmen überein.«

»Schwachsinn.«

»Sieh Christine an, Jeremias. Sieh genau hin.«

In Jeremias begann es zu arbeiten. Könnte Rick eventuell doch die Wahrheit sagen? Unwillkürlich ließ er die Waffe sinken. Diesen Moment nutzte Rick. Er stieß Christine zur Seite und stellte sich zwischen sie und Jeremias.

»Ihre Augen, Jeremias, erkennst du sie?« Rick holte aus und schlug auf seine Hand, damit er die Waffe fallen ließ.

Aber Jeremias hielt dagegen, nahm nicht einmal den Finger vom Abzug. Während sie um die Pistole rangen, stießen sie gegen das Kreuz an Amatas Grab. Es hatte sich durch die Grabung gelockert, geriet ins Wanken. Rick spürte den Lauf der Pistole an seiner Brust, Jeremias musste nur noch abdrücken. Nein, das schaffst du nicht! Nicht noch einmal!, dachte er, und ein Ruck ging durch seinen Körper. Blitzschnell trat er einen Schritt zurück, verschaffte sich ein paar Zentimeter Freiraum, packte die Pistole mit beiden Händen und drückte sie von sich weg. In diesem Moment krachte das Kreuz zu Boden und traf Jeremias an der Schulter. Er konnte sich nicht mehr auf den Beinen halten und kippte nach vorn. Was dann folgte, war ein dumpfer Knall. Rick prallte mit der Pistole in der Hand an die Tanne neben Amatas Grab, danach war es still. Niemand bewegte sich.

»Er ist getroffen!«, rief Christine entsetzt, als Jeremias sich plötzlich aufrichtete, aber gleich wieder zusammensackte und auf den Rücken fiel.

Sofort löste sich auch Rick aus seiner Erstarrung, lief zu Jeremias und ging neben ihm auf die Knie. Als er den Schwall Blut sah, der aus der Brust des Bürgermeisters quoll, zog er sein Hemd aus und presste es auf die Schusswunde. »Dein Telefon?«

Jeremias deutete auf seine rechte Westentasche.

Rick fischte das Handy heraus und warf es Christine zu. Während er die Blutung zu stoppen versuchte, meldete sie der Notrufzentrale einen Schwerverletzten mit Schusswunde.

»Verdammt, so sollte es nicht ausgehen, nicht so. Du wirst jetzt nicht einfach abhauen, du bleibst noch bei uns, hörst du, Jeremias? Du wirst dich für alles verantworten«, redete Rick auf ihn ein.

»Er ist nicht mein Vater, es war nur eine Notlüge, oder?«, wollte sich Christine versichern, als sie sich neben ihn hockte.

»Lies das.« Rick gab ihr Gundi Moosbachers Aufzeichnungen, die Georg Denninger ihm auf der Terrasse anvertraut hatte.

»Noch ein wichtiges Dokument. Ich hätte dich besser durchsuchen sollen, Linden«, flüsterte Jeremias.

»Vielleicht wäre das tatsächlich besser gewesen.«

Christine hatte Jeremias' Taschenlampe vom Boden aufgehoben. Sie las die Urkunde und alles, was Gundi auf der Rückseite des Papiers vermerkt hatte. Jeremias Rimbars Vaterschaft von Christine Weingard, Tochter von Betti Weingard, geborene Lachner, stand zweifelsfrei fest. Entsetzt sah sie den Verletzten an.

»Gib mir den Wisch, Mädchen«, forderte Jeremias sie auf. Sie reichte ihm das Dokument und beleuchtete es mit der Taschenlampe. »April 1981 bist du geboren, das Datum passt«, murmelte er und sah Christine verblüfft an. »Ich kenne sonst niemanden mit dieser Blutgruppe, du?«

Christine schüttelte den Kopf. Sie hatte sich nie Gedanken über ihre Blutgruppe gemacht. Für sie hatte doch immer festgestanden, dass Robert Weingard ihr leiblicher Vater war.

Ein Martinshorn schallte durch die Straßen und näherte sich schnell. Autotüren flogen auf, Stiefel klapperten über das Pflaster. Franz Burger stürmte gefolgt von Josef Kreitmüller und Toni

Renner über den Friedhof. Die Notrufzentrale hatte den Chef der Sinacher Polizei sofort benachrichtigt.

»Halte durch!«, rief Toni Renner, der seinen Chef überholte, als er seinen Onkel auf dem Boden liegen sah.

»Geh zur Seite, Junge!«, herrschte Jeremias seinen Neffen an. »Ihr auch!«, bedeutete er den beiden anderen Beamten, sich fernzuhalten, während er sich wieder Christine zuwandte. »Bedauerlich, dass ich nichts von dir wusste. Es wäre schön gewesen, einen Menschen um mich zu haben, der wirklich zu mir gehört.«

»Du hättest sie beinahe getötet.« Rick bemühte sich weiter um Jeremias und versuchte mit starkem Druck auf die Wunde die Blutung zu stoppen.

»Die Betonung liegt auf beinahe. Du warst gründlicher. Vermutlich hast du mich bald auf dem Gewissen, Linden.«

»Dass du hier liegst, dafür hast du selbst gesorgt.«

»Vielleicht steckt sie dahinter, was meinst du? Die Faust aus dem Jenseits?« Jeremias grinste mit schmerzverzerrtem Gesicht und sah auf Amatas Grabkreuz, das neben der Grube auf dem Boden lag.

»Dann solltest du hoffen, dass sie dir verziehen hat. Mach bitte weiter, Christine.« Rick zeigte ihr, wie sie das Hemd auf die Wunde drücken sollte, und ließ die beiden allein. Sein Verstand sagte ihm, dass er nicht für Jeremias' Verletzung verantwortlich war. Der Schuss aus der Pistole hatte sich während ihres Kampfes gelöst. Aber Tatsache war auch, dass er die Waffe in der Hand gehalten hatte, als Jeremias getroffen zu Boden gesunken war. Diesen Umstand musste er erst einmal mit sich selbst ausmachen.

»Was ist passiert? Würde mir das endlich mal jemand sagen?« Franz Burger ließ sich nicht länger aufhalten und ging neben Jeremias in die Hocke.

»Sie ist meine Tochter, Franz.« Jeremias drückte dem Kommissar das Dokument in die Hand und sah dann wieder zu Christine, betrachtete sie wie etwas Kostbares, dessen Wert ihm gerade erst bewusst wurde.

»Ich hatte schon so einen Verdacht, der in diese Richtung ging.

Erinnerst du dich, als ich zu dir sagte, dass du dich nicht mit ihr anlegen solltest, es könnte dir leidtun?«

»Vielleicht hättest du ein bisschen deutlicher werden sollen.«

»Du hättest doch nichts auf meine Ahnung gegeben.«

»Vermutlich nicht, das stimmt.«

»Wer hat auf dich geschossen, Jeremias?«

Rick, der an Amatas Grab stand, um von ihr Abschied zu nehmen, hob die Kette auf, die Christine verloren hatte, und schaute abwartend zu Jeremias. Wahrheit oder Rache? Wofür würde er sich entscheiden?

»Es war ein Unfall«, sagte er.

»Und welche Art von Unfall soll das gewesen sein?« Burger sah auf die Pistole, die Rick neben dem Verletzten abgelegt hatte.

»Hast du ein Aufnahmegerät bei dir?«

»Der Krankenwagen ist da«, unterbrach sie Toni Renner, während er den Sanitätern winkte, die mit einer Trage angerannt kamen.

»Zur Seite, bitte, machen Sie Platz, ich kümmere mich um den Verletzten.« Ein blonder junger Mann in roter Notarztjacke und mit dem Notfallkoffer in der Hand schob Christine und Toni Renner zur Seite. Gleich darauf knieten er und seine beiden Kollegen neben Jeremias, überprüften Puls und Blutdruck und verbanden die Wunde.

»Was wird das?«, fragte Christine, als Josef Kreitmüller Rick am Arm packte und von Amatas Grab wegzog.

»Nur Routine, ich muss seine Zeugenaussage aufnehmen. Der Franz wird sich dann um deine und um die von Jeremias kümmern.«

»Es tut mir leid, Christine«, sagte Rick und streichelte ihr im Vorübergehen zärtlich über das Haar.

»Was tut dir leid?«, rief sie ihm nach, aber er drehte sich nicht mehr um.

Es hört nicht auf, dachte Rick, die Toten werden uns niemals in Ruhe lassen. Er fühlte sich unendlich müde. Christine und er, vielleicht hatten sie keine gemeinsame Zukunft, sondern nur eine gemeinsame Vergangenheit.

»Er wird zurückkommen. Er kann von den Lachner-Frauen

nicht lassen, darin sind wir uns sehr ähnlich«, sagte Jeremias, als die Sanitäter ihn auf die Trage hoben. »Bleib, Christine«, bat er, als sie sich abwenden wollte.

»Warum? Ich empfinde nichts für dich.«

»Das erwarte ich auch gar nicht. Ich bitte dich nur, jetzt bei mir zu bleiben. Ob es dir gefällt oder nicht, ich bin dein Vater. Dieses Leben hat mir ein unerwartetes Abschiedsgeschenk offeriert. Nimm es mir nicht fort.«

Obwohl sie sich dagegen wehrte, flackerte plötzlich so etwas wie Mitgefühl in ihr auf. Was Jeremias auch getan hatte, sie war ein Teil von ihm. Vielleicht hatte das Schicksal allein diesen kurzen gemeinsamen Weg für sie beide vorgesehen. »Gut, ich bleibe«, gab sie seinem Wunsch nach, weil es sich richtig anfühlte.

»Franz, ich möchte, dass du mit uns im Krankenwagen fährst. Ich habe dir einiges zu sagen«, wandte sich Jeremias an Burger, als die Sanitäter mit der Trage losliefen.

Nachdem Rick seine Aussage auf dem Polizeirevier gemacht hatte, ließ Kreitmüller ihn ziehen, bat ihn aber, sich wegen seiner Verletzungen sofort in ärztliche Behandlung zu begeben. Rick hatte das ohnehin vorgehabt. Was auch immer geschehen war, er hatte nicht vor, die letzten Auftritte mit der Band zu gefährden.

Er hatte Johann angerufen, der sich noch in Garmisch im Hotel aufhielt. Der Freund hatte sich gleich auf den Weg gemacht und wartete jetzt mit Limousine und Chauffeur vor dem Polizeirevier. Johann schwieg, als Rick mit regloser Miene einstieg und dem Chauffeur das Zeichen gab, loszufahren. Er ließ ihm Zeit, um die richtigen Worte zu finden.

»Ich habe mich den Dämonen gestellt, aber ich konnte sie nicht besiegen«, sagte Rick endlich, als sie Sinach längst hinter sich gelassen hatten.

»Doch, du hast sie besiegt. Es dauert nur eine Weile, bis du es begreifst.«

»Ich habe ihren Vater tödlich verletzt, Johann«, fasste Rick kurz zusammen, was passiert war.

»Rimbar hat es richtig wiedergegeben – es war ein Unfall.«

»Mag sein, aber es sind immer die Toten, die Christine und

mich verbinden werden.« Rick betrachtete die Kette, die er an Amatas Grab aufgehoben hatte, und ließ sie zärtlich durch seine Finger gleiten.

»Die Toten haben auch etwas Gutes. Ihre Geister werden euch beide beschützen.« Johann betrachtete den blauen Anhänger mit dem Edelweiß. Amatas Kette, Christines Kette.

42

Eine Stunde nachdem Jeremias ins Krankenhaus eingeliefert wurde, starb er. Christine saß neben seinem Bett und blieb bei ihm, bis es vorbei war. Franz Burger war mit ihnen im Krankenwagen gefahren, und Jeremias hatte ein umfassendes Geständnis abgelegt. Burger hatte ihr erklärt, dass die meisten Mörder an der Schwelle des Todes ihre Schuld eingestehen in der Hoffnung, ihr Gewissen auf diese Weise zu erleichtern. Christine hatte ihm den Ring gegeben, den Burger sofort als Judith Bischoffs Ring identifizierte, nachdem er das eingravierte Datum gelesen hatte: 22. August 1982.

Als sie Jeremias aus dem Zimmer rollten, weinte Christine. Um ihn, um Amata, um ihre Eltern. Sie alle waren gegangen, und Rick, so schien es, war auf der Flucht vor sich selbst.

Am nächsten Morgen entdeckte eine Gruppe Wanderer den Toten am Gipfelkreuz. Karl Borgrieder hatte sich erhängt. Die Leute im Dorf waren ein paar Stunden lang erschüttert, widmeten sich aber schnell wieder hingebungsvoll den Ereignissen um ihren Bürgermeister, der ihnen so viel vertrauter gewesen war. Franz Burger hatte den letzten Bericht aus der Gerichtsmedizin ohne viel Aufhebens zu den Akten gelegt. Die Kugel, die Jeremias Rimbar getötet hatte, stammte aus derselben Waffe wie die *secret bullet* von vor dreißig Jahren. Alles passte zu seinem Geständnis, auch dass Judith, Schwabes Verlobte, vor dreißig Jahren sein erstes Opfer gewesen war. Zusammen mit denen von Rick und Christine hatte Jeremias' Aussage keine Fragen offen gelassen. Der damalige Brand der Scheune, die Toten von damals und die neuen Mordfälle, alles war geklärt.

Christine hatte beschlossen, noch eine Weile in Sinach zu bleiben. Burger hatte ihr angeboten, in seinem Haus zu wohnen, worüber sich besonders Leni freute. Das Mädchen unterstützte Christine bei der Suche nach Fotos und Dokumenten, die ihr mehr über ihre Vorfahren erzählen konnten. Auch Gundi

Moosbacher beteiligte sich und versorgte Christine mit alten Geschichten. Gundi war es auch, die ihr klarmachte, dass sie sich nicht in dem Wesen ihrer Mutter getäuscht hatte. Sie sollte ihr die Liebe, die sie für Leonhard und Jeremias empfunden hatte, nicht zum Vorwurf machen, und Christine beschloss, ihrer Mutter zu verzeihen. Barbara Rimbar, die von der Kur zurückgekehrt war, schenkte ihr die Fotosammlung ihres Mannes. Auch ihre eigene Leica, ihr Handy und Amatas Tagebuch, das in seinem Safe im Boden verstaut gewesen war, erhielt Christine zurück. Das Messer mit dem Schlangengriff, das ebenfalls gefunden wurde, wanderte allerdings schnurstracks in die Asservatenkammer von Franz Burger.

Alle schienen sich mit den Vorgängen der letzten Tage abzufinden, niemand gab Christine die Schuld daran, dass sich das Leben in Sinach von Grund auf verändert hatte. Nur eine wollte sich nicht mit der Tatsache abfinden, dass Jeremias Rimbar seinen Tod selbst verschuldet hatte, und sprach bis zum Tag der Beerdigung mit niemandem: Maria Borgrieder, frisch gebackene Witwe und trauernde Geliebte.

Sinach hatte beschlossen, seinen Bürgermeister am selben Tag zu beerdigen wie Georg Denninger und Karl Borgrieder. Schwabe, der vierte Tote der letzten Tage, war bereits zu seiner Familie überführt worden.

Christine hielt sich von der Trauerfeier fern. Während Sinachs Bürger an einem sonnigen warmen Spätsommertag in der Friedhofskapelle Abschied nahmen, stand sie unter der Tanne vor Amatas Grab. Sie hatte darauf gepocht, dass die Grabstätte erhalten blieb und sofort bepflanzt wurde. Ein gelber Schmetterling flatterte über die dunkelroten Rosen hinweg, die Christine dort abgelegt hatte, verweilte kurz und flog wieder davon. Sie griff sich an ihren Hals, er fühlte sich leer an. Sie vermisste die Kette mit Amatas Edelweiß.

Als das Portal der Kapelle geöffnet wurde, eilte Leni an den Trauergästen vorbei auf sie zu. »Er ist da, und er sieht unglaublich gut aus«, raunte sie ihr ins Ohr und trat einen Schritt von Christine zurück, als Rick auf sie zukam.

Sie hatte die Harley auf der Straße schon bemerkt. Sein Auftauchen hatte ihr einen Stich versetzt. Sie hatte keine Ahnung, wie es sein würde, wenn sie ihn wiedersah.

»Christine.«

Sie wagte nicht aufzusehen, als er ihre Hand nahm und die Kette mit dem Edelweiß hineinfließen ließ.

»Danke«, sagte sie, aber er war schon weitergegangen. Leni hatte recht, Rick sah gut aus, der dunkle Anzug, sein Haar, das noch etwas länger geworden war.

»Ich helfe Ihnen.« Leni nahm die Kette und legte sie ihr behutsam um. »Er ist ganz bestimmt nur wegen Ihnen hier«, beteuerte sie.

Ach was, er hat mich nicht einmal richtig wahrgenommen, dachte Christine und schaute auf ihre Hand, die er gerade so zärtlich berührt hatte.

Fast das ganze Dorf hatte sich auf dem Friedhof versammelt. Die drei neuen Gräber lagen in der Reihe vor Amatas Grab. Maria schwieg, als der Sarg ihres Mannes hinuntergelassen wurde, weinte erst, als ihr Geliebter an der Reihe war. Barbara Rimbar war der Beerdigung ihres Mannes ferngeblieben. Sie hatte in aller Stille von ihm Abschied genommen, wollte sich den Blicken der anderen nicht aussetzen. »Musstest du uns das antun?«, rief Maria, als sie an Jeremias' Grab trat. Mit Tränen in den Augen schaute sie auf den schlichten Sarg, den Barbara für ihren Mann ausgesucht hatte. Wenigstens im Tod sollte er bescheiden sein, hatte sie gesagt.

Alle wussten, wem Marias unerwarteter Ausbruch galt. Die Bürger von Sinach starrten unverblümt zu Christine hinüber. In dem ärmellosen weißen Kleid und den roten Ballerinas erschien sie den meisten nicht dem Anlass entsprechend angezogen.

Christine spürte ihre Blicke, hob die beiden roten und die eine weiße Rose auf, die vor ihr im Gras lagen, und ging zuerst zu Georg Denningers Grab, an dem auch Rick stand.

Sie warf eine rote Rose auf den Sarg. Rick sah zu Boden und tat, als bemerke er sie nicht. Es kostete sie Überwindung, weiter zu Karl Borgrieders Grab zu gehen, dem sie die zweite rote Rose zugedacht hatte.

Als sie sich schließlich doch der Menschenmenge näherte und vor dem Grab ihres leiblichen Vaters stehen blieb, trat Maria mit versteinerter Miene zur Seite.

»Ich wünsche dir Frieden, Vater«, sagte Christine so laut, dass es alle hören konnten, dann ließ sie die weiße Rose auf den Sarg fallen. Anschließend verließ sie mit hocherhobenem Kopf den Friedhof. Niemand sollte bemerken, dass sie mit den Tränen kämpfte und ihr das Herz bis zum Hals schlug.

Sie lief die Straße entlang, bis sie den Feldweg erreichte, der zu Georg Denningers Hof führte. Sie wollte noch einmal an den Ort zurückkehren, wo sie erfahren hatte, dass Amata ihre Halbschwester gewesen war.

Die Ruine des Hofs erhob sich wie ein Mahnmal inmitten der verkohlten Felder. Je näher sie kam, umso langsamer wurde sie. Aber es war nicht die Ruine, die sie anzog. Sie wollte zur Lichtung. Zu Amata, zu Rick, zu ihren Erinnerungen.

Der Weizen auf den Feldern war verbrannt, und es roch noch immer nach verkohltem Holz. Anstelle des Kellereingangs klaffte nun ein großes Loch im Boden. Die versengten Baumstämme waren gegeneinandergerollt, sahen aus wie ein Floß, das an Klippen zerschellt war.

»Ich werde dich nie vergessen, Rick«, flüsterte Christine traurig. Es war vorbei, sie musste allein in ihre alte Welt zurückkehren.

Sie wollte schon den Weg ins Dorf einschlagen, da sah sie ihn. Er lehnte an einer halbhohen Mauer, die vom Feuer verschont geblieben war. Als sie näher kam, nahm er seine Sonnenbrille ab, fing ihren Blick auf und hielt ihn fest. »Könntest du dich für den Weinanbau begeistern?«, fragte er und kam ihr entgegen.

»Ja, Rick, das könnte ich.« Alles kann ich mir mit dir vorstellen, dachte sie, als er sie in seine Arme nahm und zärtlich an sich zog.